BIBLIOTECA CLÁSICA BÁSICA
DE LA REAL ACADEMIA ESPAÑOLA

VIAJE DEL PARNASO
Y POESÍAS SUELTAS

MIGUEL DE CERVANTES

VIAJE DEL PARNASO Y POESÍAS SUELTAS

EDICIÓN DE JOSÉ MONTERO REGUERA
Y FERNANDO ROMO FEITO

CON LA COLABORACIÓN
DE MACARENA CUIÑAS GÓMEZ

REAL ACADEMIA ESPAÑOLA

BIBLIOTECA CLÁSICA BÁSICA
DE LA REAL ACADEMIA ESPAÑOLA

El proyecto de la Biblioteca Clásica de la Real Academia Española (BCRAE) preparado en 2010 por el académico don Francisco Rico, que fue su director, contempla la publicación de ciento once volúmenes que tratan de reunir las obras que pueden considerarse el núcleo esencial de la tradición literaria española e hispanoamericana hasta finales del siglo XIX. Esta selección de autores y la preferencia de unos títulos sobre otros resultan sin duda opinables. El parecer de la Academia ha sido que, supuesto que la colección no pretende ser exhaustiva, en la selección establecida no falta ninguno de los grandes libros ni de los grandes escritores españoles y hay una muestra suficientemente representativa de los hispanoamericanos hasta bien entrado el siglo XIX. Todas las obras que integran la colección ofrecen un texto crítico depurado, con los estudios y notas filológicamente más seguros y que mejor reflejan el estado actual de la investigación sobre los distintos temas. Su preparación, encomendada a los primeros especialistas, está autorizada por la RAE.

La RAE inaugura ahora la serie popular, que contempla la edición en rústica, a un precio más asequible, de los principales títulos de la BCRAE, desprovista de aquellos elementos que distraigan al lector o puedan interrumpir la lectura del texto sin más. La serie popular o de bolsillo comienza con la publicación de seis títulos de Cervantes: *Don Quijote de la Mancha*, que inaugura la colección, *Entremeses, La Galatea*, *Novelas ejemplares*, *Viaje del Parnaso* y *Comedias y tragedias.*

Este nuevo formato prescinde, por tanto, de algunas de las secciones fijas que integran la rigurosa Biblioteca Clásica. Se elimina el apartado de «notas complementarias», cuyo objeto era profundizar en las cuestiones someramente tratadas en las notas al pie, exponiendo los fundamentos y los problemas de las explicaciones que allí se dan a la luz de las aportaciones del editor y de toda la bibliografía al respecto. El texto se publica exclusivamente con las ilustrativas notas a pie de página que explican de manera clara y sucinta la materia, palabra o alusión que las motiva, con el desarrollo justo para no omitir ningún elemento esencial a la comprensión, pero sin pormenores ni disquisiciones que entorpezcan la fluidez de la lectura. En la misma línea, se omiten los estudios dedicados al texto, el exhaustivo aparato crítico y la amplia bibliografía sobre el autor y la obra. Se añade, sin embargo, una breve introducción o invitación al lector a conocer al autor editado y leer la obra que tiene en sus manos.

Dentro de la obra literaria de Miguel de Cervantes, la poesía ha quedado a menudo en un segundo plano, eclipsada por el enorme prestigio de su narrativa y, en especial, por el *Quijote*. Sin embargo, la figura de Cervantes va mucho más allá de la novela. Su producción poética —al igual que su teatro— constituye una parte esencial de su universo creativo y resulta fundamental para comprender en toda su amplitud su pensamiento literario y artístico.

Esta edición busca completar la visión de Cervantes como poeta mediante el acercamiento a los dos grandes núcleos de su obra poética. Por un lado, el *Viaje del Parnaso*, extenso poema narrativo publicado en 1614; y, por otro, una cuidada selección de más de treinta composiciones escritas en distintos momentos de su vida y con finalidades diversas, que muestran la variedad de tonos, temas y estilos cultivados por el autor.

El *Viaje del Parnaso* es una obra de carácter alegórico y satírico en la que Cervantes ofrece una aguda crítica del panorama literario de su tiempo. En ella narra un viaje imaginario al monte Parnaso, morada de Apolo y las musas, adonde es convocado para defender la verdadera poesía frente a los malos poetas. A lo largo del relato, el autor combina fantasía, humor e ironía, menciona a numerosos escritores contemporáneos y reflexiona sobre el valor, la función y las dificultades del arte poético.

Este volumen permite al lector descubrir al Cervantes poeta, una faceta menos conocida pero llena de ingenio y sentido crítico, que amplía y completa la imagen de un autor atento a su tiempo y siempre dispuesto a reflexionar sobre la literatura y quienes la practican.

Miguel de Cervantes Saavedra (1547-1616) ha sido considerado como la figura más destacada de la literatura española y uno de los grandes autores de la literatura universal. Además de novelista, fue dramaturgo y poeta, autor de obras como *La Galatea*, *Novelas ejemplares* y *Los trabajos de Persiles y Sigismunda*. Su vida estuvo marcada por las dificultades económicas, el cautiverio en Argel y su constante dedicación a las letras. La riqueza lingüística, la complejidad de sus personajes y su visión crítica y humanista del mundo hacen de Cervantes un pilar esencial de la literatura occidental.

VIAJE DEL PARNASO
Y POESÍAS SUELTAS

Los signos ○ y □ remiten respectivamente a las notas complementarias y a las entradas del aparato crítico del volumen 44 de la Biblioteca Clásica de la Real Academia Española.

VIAGE
DEL PARNASO,
COMPVESTO POR Miguel de Ceruantes Saauedra.

Dirigido a don Rodrigo de Tapia, Cauallero del Habito de Santiago, hijo del ſeñor Pedro de Tapia Oydor de Conſejo Real, y Conſultor del Santo Oficio de la Inquiſicion Suprema.

Año 1614

CON PRIVILEGIO

EN MADRID,
Por la viuda de Alonſo Martin.

[1] *Don Rodrigo de Tapia Alarcón y Luna* (Madrid, 1599-?) era muy joven cuando Cervantes le dedicó el *Viaje del Parnaso*, motivo por el que se ha especulado que el auténtico destinatario pudiera ser su padre, el licenciado Pedro de Tapia, que desde 1595 ocupó puestos destacados en los Consejos del reino.°

LICENCIA[2]

Por comisión y mandado de los señores del Consejo he hecho ver el libro contenido en este memorial,[3] no tiene cosa contra la fe ni buenas costumbres, es libro curioso y se puede imprimir. Hecho en Madrid, a 16 de setiembre de 1614.

El doctor Gutierre de Cetina[4]

LICENCIA

Por mandado y comisión de los señores del Consejo he visto *El viaje del Parnaso*, de Miguel de Cervantes Saavedra, y después de no tener cosa contra lo que tiene y enseña nuestra santa fe católica ni buenas costumbres, tiene muchas muy apacibles y entretenidas, y muy conformes a las que del mismo autor honran la nación y celebra el mundo. Este es mi parecer, salvo etc. En Madrid, a 20 de setiembre, 1614.

El maestro Joseph de Valdivielso[5]

[2] *licencia*: requisito legal para la impresión de libros; en este caso se trata de una aprobación.°

[3] *Consejo*: se trata del Consejo Real, que exigía estos requisitos de impresión; *memorial*: 'papel o escrito en que se pide alguna gracia'.

[4] El doctor Gutierre de Cetina no debe confundirse con el poeta Gutierre de Cetina (1520-1557), que falleció en México. El firmante de esta licencia es un vicario eclesiástico de Madrid, y su nombre figura en numerosas aprobaciones y licencias para la impresión de libros a lo largo del siglo XVII.°

[5] El maestro José de Valdivielso (Toledo, último tercio del siglo XVI-Madrid, 1638) fue capellán del rito mozárabe en la iglesia de Toledo. También era escritor; Cervantes lo alaba en *Viaje*, IV, 405.°

PRIVILEGIO[6]

Por cuanto por parte de vos, Miguel de Cervantes Saavedra, nos fue fecha relación que habíades compuesto un libro titulado *Viaje del Parnaso*, de que hacíades presentación, y porque os había costado algún trabajo y ser curioso y deleitable, nos suplicasteis que os mandásemos dar licencia para le imprimir y privilegio por veinte años, o como la nuestra merced fuese; lo cual, visto por los del nuestro Consejo, por cuanto en el dicho libro se hizo la diligencia que la premática por nos sobre ello fecha dispone,[7] fue acordado que debíamos mandar dar esta nuestra cédula en la dicha razón y nos tuvímoslo por bien.[8] Por la cual vos damos licencia y facultad para que, por tiempo y espacio de seis años cumplidos primeros siguientes, que corran y se cuenten desde el día de la fecha desta nuestra cédula en adelante, vos, o la persona que para ello vuestro poder hubiere y no otra alguna, podáis imprimir y vender el dicho libro que de suso se hace mención.[9] Y por la presente damos licencia y facultad a cualquier impresor de nuestros reinos que nombráredes, para que durante el dicho tiempo le pueda imprimir por el original que en el nuestro Consejo se vio, que va rubricado y firmado al fin de Hernando de Vallejo, nuestro escribano de Cámara y uno de los que en él residen, con que antes y primero que se venda lo traigáis ante ellos juntamente con el dicho original,[10] para que se vea si la dicha impresión está conforme a él, o traigáis fe en pública forma cómo por corretor por nos nombrado se vio y corrigió la dicha impresión por el dicho original. Y mandamos al dicho impresor que ansí imprimiere el dicho libro no imprima el principio y primer pliego dél, ni entregue más de un solo libro con el original al autor y persona a cuya costa lo imprimiere ni a otro alguno, para efeto de la dicha correción y tasa, hasta que antes y primero el dicho libro esté corregido y tasado por los del nuestro Consejo. Y estando hecho y no de otra manera, pueda imprimir el dicho principio y primer pliego, en el cual inmediatamente ponga esta nuestra licencia y la aprobación, tasa y erratas;

[6] El *privilegio* fijaba las condiciones y el tiempo en que se podía publicar el libro.°

[7] *premática*: 'pragmática' (es decir, 'ley') dada en Valladolid a 7 de septiembre de 1558, que prescribía que se antepusiese a todo libro impreso la aprobación, el privilegio, la fe de erratas y la tasa.

[8] *cédula*: en este caso *cédula real*, esto es, 'despacho que refiere el decreto que se ha conseguido, por el cual el rey concede alguna gracia'.

[9] *de suso*: 'más arriba'.

[10] *con que*: nótese el valor condicional, algo así como 'con tal de que, con la condición de que'.

ni lo podáis vender ni vendáis vos ni otra persona alguna hasta que esté el dicho libro en la forma susodicha, so pena de caer e incurrir en las penas contenidas en la dicha premática y leyes de nuestros reinos que sobre ello disponen. Y mandamos que durante el dicho tiempo persona alguna sin vuestra licencia no le pueda imprimir ni vender, so pena que el que lo imprimiere y vendiere haya perdido y pierda cualesquiera libros, moldes y aparejos que dél tuviere, y más incurra en pena de cincuenta mil maravedís por cada vez que lo contrario hiciere; de la cual dicha pena sea la tercera parte para nuestra Cámara, y la otra tercia parte para el juez que lo sentenciare, y la otra tercia parte para el que lo denunciare. Y mandamos a los del nuestro Consejo, presidente y oidores de las nuestras Audiencias, alcaldes, alguaciles de la nuestra Casa y Corte y Chancillerías,[11] y otras cualesquiera justicias de todas las ciudades, villas y lugares de los nuestros reinos y señoríos, y a cada uno en su jurisdición, ansí a los que agora son como a los que serán de aquí adelante, que vos guarden y cumplan esta nuestra cédula y merced que así vos hacemos, y contra ella no vayan, ni pasen, ni consientan ir ni pasar en manera alguna, so pena de la nuestra merced y de diez mil maravedís para la nuestra Cámara. Fecha en Ventosilla, a diez y ocho días del mes de octubre de mil y seiscientos y catorce años.

YO, EL REY

Por mandado del Rey nuestro señor:
Jorge de Tovar[12]

[11] *chancillería*: 'alto tribunal de apelaciones, con funciones administrativas'.

[12] Jorge de Tovar Valderrama, natural de Toledo, era secretario de Cámara y Patronazgo Eclesiástico Real y miembro del Consejo Real.°

TASA[13]

Yo, Hernando de Vallejo, escribano de cámara del Rey nuestro señor,[14] de los que residen en su Consejo, doy fe que, habiéndose visto por los señores dél un libro que compuso Miguel de Cervantes Saavedra, intitulado *Viaje del Parnaso*, que con su licencia fue impreso, le tasaron a cuatro maravedís el pliego, el cual tiene once pliegos, que al dicho respeto suma y monta cuarenta y cuatro maravedís cada volumen en papel; y mandaron que a este precio se haya de vender y venda y no a más, y que esta tasa se ponga al principio de cada volumen del dicho libro, para que por él se sepa y entienda lo que se ha de pedir y llevar, sin que se haya de exceder ni exceda della en manera alguna. Y para que dello conste, de pedimiento del dicho Miguel de Cervantes y mandamiento de los dichos señores del Consejo, di la presente en la villa de Madrid, a diez y siete días del mes de noviembre, de mil y seiscientos y catorce años.

Hernando de Vallejo

[13] La *tasa* estipulaba el precio al que se había de vender el libro.°

[14] «Un escribano ... era un funcionario por oposición, asignado a uno de los consejos –en este caso, el Consejo Real de Castilla– que constituían los órganos principales en la administración del Estado» (*Quijote*, I, «Tasa», p. 3, n. 1). Los escribanos de cámara nada tienen que ver con los escribanos municipales y judiciales, satirizados con frecuencia en la literatura de la época.

ERRATAS[15]

Fojas 4, plana 1, terceto tercero: donde dice *y cen*, diga *y con*.
Fojas 11, plana 2, terceto 6: donde dice *inceso*, diga *Enciso*.
Fojas 14, plana 1, terceto 6: donde dice *palma lleva*, diga *y palma lleva*.
Fojas 14, plana 2, terceto primero: donde dice *cuenta*, diga *quinta*.

Este libro, intitulado *Viaje del Parnaso*, compuesto por Miguel de Cervantes Saavedra, con estas erratas, corresponde con su original. Dada en Madrid, a diez días del mes de noviembre de 1614.

El licenciado Murcia de la Llana[16]

DEDICATORIA

Dirijo a vuesa merced este viaje que hice al Parnaso,[17] que no desdice a su edad florida ni a sus loables y estudiosos ejercicios. Si vuesa merced le hace el acogimiento que yo espero de su condición ilustre, él quedará famoso en el mundo y mis deseos premiados. Nuestro Señor, etc.

Miguel de Cervantes Saavedra

[15] La fe de erratas era el último requisito legal exigido para la publicación de un libro.

[16] Médico, comentarista de Aristóteles y escritor, Francisco Murcia de la Llana fue corrector de libros de Su Majestad desde 1601 y corrector general de 1609 a 1635. No fue nunca especialmente cuidadoso en esta labor.°

[17] *dirijo*: 'dedico'.

PRÓLOGO AL LECTOR

Si por ventura, lector curioso, eres poeta y llegare a tus manos (aunque pecadoras) este *Viaje*, si te hallares en él escrito y notado entre los buenos poetas, da gracias a Apolo por la merced que te hizo; y si no te hallares, también se las puedes dar. Y Dios te guarde.[18]

[18] Se ha pretendido reconocer intenciones irónicas en este prólogo, y en el contenido del paréntesis (*aunque pecadoras*) una alusión a que tal vez el lector-poeta no haya pagado el ejemplar que llega a sus manos.°

DON AUGUSTINI DE CASANATE ROJAS[19]

Epigramma

Excute cæruleum, proles Saturnia, tergum,
verbera quadrigæ sentiat alma Tetis.
Agmen Apollineum, noua sacri iniuria ponti,
carmineis ratibus per freta tendit iter.
Proteus æquoreas pecudes, modulamina Triton,
monstra cauos latices obstupefacta sinunt.
At caueas tantæ torquent quæ mollis habenas,
carmina si excipias nulla tridentis opes.
Hesperiis Michael claros conduxit ab oris
in pelagus vates; delphica castra petit.
Imo age, pone metus, mediis subsiste carinis,
Parnasi in litus vela secunda gere.[20]

[19] Posiblemente se trate de un pariente de Juan Luis de Casanate, mencionado en *Viaje*, III, 113.°

[20] 'Sacude, hijo de Saturno, la cerúlea espalda, / de la cuadriga los azotes sienta la alma Tetis. / El escuadrón de Apolo, nueva afrenta del sagrado ponto, / en naves de versos por el mar hace camino. / Proteo el marino rebaño, las cadencias Tritón, / los asombrados monstruos las profundidades líquidas abandonan. / Pero, si tienes en nada los versos, contén benigno las fuerzas de tu tridente / que son tantas que atormentan las naves. / De las hesperias riberas Miguel, a los preclaros vates conduce / a alta mar; a los délficos campamentos se dirige. / Ea, depón más bien el miedo, afiánzate en medio de las naves, / del Parnaso a las costas dirige las favorables velas' (traducción de Fernando Romo Feito).°

EL AUTOR A SU PLUMA[21]

Soneto

Pues veis que no me han dado algún soneto
que ilustre deste libro la portada,
venid vos, pluma mía mal cortada,
y hacedle, aunque carezca de discreto.[22]
Haréis que escuse el temerario aprieto
de andar de una en otra encrucijada,
mendigando alabanzas, escusada
fatiga e impertinente, yo os prometo.[23]
Todo soneto y rima allá se avenga
y adorne los umbrales de los buenos,
aunque la adulación es de ruin casta.
Y dadme vos que este *Viaje* tenga
de sal un panecillo por lo menos,[24]
que yo os le marco por vendible y basta.

[21] Constan múltiples ejemplos de diálogos entre el autor y su pluma.□○

[22] *de discreto*: 'de discreción', italianismo usado en ocasiones por Cervantes.○

[23] 'yo os aseguro'.

[24] *panecillo*: «por semejanza se llaman las masas de otras cosas, que no se hacen de semillas, formándolas en figura de pan: como de higos, de habón, de sal, etc.» (*Autoridades*).

CAPÍTULO PRIMERO DEL VIAJE DEL PARNASO

Un quídam Caporal italiano
de patria perusino (a lo que entiendo),
de ingenio griego y de valor romano,
llevado de un capricho reverendo,
le vino en voluntad de ir a Parnaso
por huir de la corte el vario estruendo.
Solo y a pie partiose y paso a paso
llegó donde compró una mula antigua,
de color parda y tartamudo paso.
Nunca a medroso pareció estantigua
mayor ni menos buena para carga,
grande en los huesos y en la fuerza exigua,
corta de vista, aunque de cola larga,
estrecha en los ijares y en el cuero
más dura que lo son los de una adarga.
Era de ingenio cabalmente entero,
caía en cualquier cosa fácilmente,
así en abril como en el mes de enero.
En fin, sobre ella el poetón valiente
llegó al Parnaso y fue del rubio Apolo
agasajado con serena frente.

[1] *un quídam Caporal*: 'un tal, un cierto Caporal'; se refiere Cesare Caporali di Perugia (1531-1601), que escribió *Il viaggio di Parnaso*, impreso en 1582 (Parma) con las *Rime piacevoli*. Se trata de un poema en tercetos, probablemente escrito antes de 1578, y que responde a la tradición satírico-burlesca del Cinquecento italiano, cuyo máximo exponente fue Francesco Berni (1498-1535). En el prólogo a las *Novelas ejemplares*, Cervantes apunta también esta filiación entre su *Viaje del Parnaso* y el de Caporali.°

[4] *reverendo*: 'circunspecto, serio, grave'; este vocablo ya aparece en *Quijote*, I, 49, p. 619 («dueña con tocas reverendas») con el sentido de 'grande, exagerado'.

[10] *estantigua*: 'figura deforme o fantasmal'.

[12] *exigua*: 'insuficiente'.

[13] «Era di coda lunga e vista corta», *Il Viaggio di Parnaso*, I, v. 29.

[14] *ijares*: 'costados del animal'; *cuero*: 'piel'.

[15] *adarga*: 'escudo generalmente ovalado, hecho de varios cueros'.

[17] *caía*: anfibología del verbo *caer*, 'físicamente y con el entendimiento'.

[19] *poetón*: aumentativo jocoso; véase *Viaje*, VIII, 409.

Contó, cuando volvió el poeta solo
y sin blanca a su patria, lo que en vuelo
llevó la fama deste al otro polo.
Yo, que siempre trabajo y me desvelo
por parecer que tengo de poeta
la gracia que no quiso darme el cielo,
quisiera despachar a la estafeta
mi alma o por los aires y ponella
sobre las cumbres del nombrado Oeta.
Pues descubriendo desde allí la bella
corriente de Aganipe, en un saltico
pudiera el labio remojar en ella,
y quedar del licor suave y rico
el pancho lleno, y ser de allí adelante
poeta ilustre o al menos magnifico.
Mas mil inconvenientes al instante
se me ofrecieron y quedó el deseo
en cierne, desvalido e ignorante.
Porque en la piedra que en mis hombros veo,
que la fortuna me cargó pesada,
mis mal logradas esperanzas leo.
Las muchas leguas de la gran jornada
se me representaron, que pudieran
torcer la voluntad aficionada,
si en aquel mesmo instante no acudieran
los humos de la fama a socorrerme,
y corto y fácil el camino hicieran.

[23] *blanca*: 'moneda de vellón'; *en vuelo*: 'pronta y ligeramente'.

[25-27] Estos versos, desgajados de su contexto, han sido el argumento principal a la hora de criticar a Cervantes como mal poeta.°

[28] *despachar a la estafeta*: enviar por correo, 'deprisa'.°

[30] El 'renombrado Oeta' era el monte griego donde supuestamente murió Hércules.

[32] *Aganipe*: fuente del Parnaso consagrada a las musas cuyas aguas inspiraban a los poetas.

[35] *pancho*: 'panza', en estilo vulgar y cómico.

[36] Los adjetivos *ilustre* y *magnifico*, en llamativa gradación, están dedicados al talento y dignidad más alta. Se ha de leer la acentuación de *magnifico* como oxítona, para mantener la rima con *rico*.°

[38] *se me ofrecieron*: 'se me presentaron, manifestaron'.

Dije entre mí: «Si yo viniese a verme
en la difícil cumbre deste monte
y una guirnalda de laurel ponerme,
no envidiaría el bien decir de Aponte
ni del muerto Galarza la agudeza,
en manos blando, en lengua Rodamonte».
Mas como de un error otro se empieza
(creyendo a mi deseo) di al camino
los pies, porque di al viento la cabeza.
En fin, sobre las ancas del destino,
llevando a la elección puesta en la silla,
hacer el gran viaje determino.
Si esta cabalgadura maravilla,
sepa el que no lo sabe que se usa
por todo el mundo, no solo en Castilla.
Ninguno tiene o puede dar escusa
de no oprimir desta gran bestia el lomo,
ni mortal caminante lo rehúsa.
Suele tal vez ser tan ligera como
va por el aire el águila o saeta,
y tal vez anda con los pies de plomo.
Pero para la carga de un poeta
(siempre ligera), cualquier bestia puede
llevarla, pues carece de maleta.
Que es caso ya infalible que, aunque herede
riquezas un poeta, en poder suyo
no aumentarlas, perderlas le sucede.

[49] Se ha hecho notar que la expresión *entre mí* o *decir entre mí* es frecuente en Cervantes, que la emplea también en *Viaje*, III, 472; *Quijote*, I, 19; etc. Otros autores también la emplean, como santa Teresa en *Camino de perfección*, LXXII.°

[52] *Aponte*: no se conoce la identidad de este personaje.°

[53] *Galarza*: acaso Beltrán de Galarza, sevillano famoso por sus chistes; menos probable resulta la identificación con Antonio de Galarza, nuevamente citado en el *Viaje* (III, 383) y también en el prólogo de sus *Comedias* donde destaca precisamente su «agudo ingenio».°

[54] *Rodamonte*: rey moro del *Orlando* de Ariosto y Boyardo tenido por fanfarrón; de ahí el calificativo al modo de hablar de Galarza, que Cervantes caracteriza por su agudeza.

[55] Nótese la similitud con el verso garcilasiano «y como d'un dolor otro s'empieça» (égloga II, v. 494).

Desta verdad ser la ocasión arguyo
que tú, ¡oh gran padre Apolo!, les infundes
en sus intentos el intento tuyo.
Y como no le mezclas ni confundes
en cosas de agibílibus rateras,
ni en el mar de ganancia vil le hundes,
ellos, o traten burlas o sean veras
(sin aspirar a la ganancia en cosa),
sobre el convexo van de las esferas,
pintando en la palestra rigurosa
las acciones de Marte o entre las flores
las de Venus, más blanda y amorosa.
Llorando guerras o cantando amores,
la vida como en sueño se les pasa
o como suele el tiempo a jugadores.
Son hechos los poetas de una masa
dulce, suave, correosa y tierna
y amiga del hogar de ajena casa.
El poeta más cuerdo se gobierna
por su antojo baldío y regalado,
de trazas lleno y de ignorancia eterna.
Absorto en sus quimeras y admirado
de sus mismas acciones, no procura
llegar a rico como a honroso estado.
Vayan, pues, los leyentes con letura
(cual dice el vulgo mal limado y bronco),
que yo soy un poeta desta hechura.
Cisne en las canas y en la voz un ronco
y negro cuervo, sin que el tiempo pueda
desbastar de mi ingenio el duro tronco.

80 *agibílibus rateras*: ‘habilidades bajas’. *Agibílibus* es término coloquial procedente del bajo latín: «habilidad, ingenio, a veces pícaro, para desenvolverse en la vida» (*DRAE*).

84 *convexo*: ‘ángulo convexo’.°

86 Verso hipermétrico.

87 Cervantes repite esta misma expresión referida a Venus en la primera jornada de *El rufián dichoso* (I, 758; *Comedias y tragedias*, p. 394); y los dos versos en tres ocasiones de la misma comedia (II, 1760-1, 1780-1 y 1810-11; *Comedias y tragedias*, pp. 431-433).

96 *trazas*: ‘apariencias’.

100 *ir con letura*: ‘ir con cuidado, avisado’; la expresión *ir con* encierra un sentido moral.

103-104 El *cisne* y el *cuervo* son símbolos tópicos del buen y el mal poeta, ya em-

Y que en la cumbre de la varia rueda
jamás me pude ver solo un momento,
pues cuando subir quiero se está queda.
Pero por ver si un alto pensamiento
se puede prometer feliz suceso,
seguí el viaje a paso tardo y lento.
Un candeal con ocho mis de queso
fue en mis alforjas mi repostería,
útil al que camina y leve peso.
«Adiós», dije a la humilde choza mía;
«adiós, Madrid; adiós tu Prado y fuentes,
que manan néctar, llueven ambrosía.
»Adiós, conversaciones suficientes
a entretener un pecho cuidadoso
y a dos mil desvalidos pretendientes.
»Adiós, sitio agradable y mentiroso,
do fueron los gigantes abrasados
con el rayo de Júpiter fogoso.
»Adiós, teatros públicos, honrados
por la ignorancia que ensalzada veo
en cien mil disparates recitados.
»Adiós, de San Felipe el gran paseo,
donde si baja o sube el turco galgo,
como en gaceta de Venecia leo.

pleados por Cervantes en *La Galatea*, p. 361.°

106-108 Nótese la similitud de estos versos y los de la copla X de Jorge Manrique: «Que bienes son de Fortuna / que revuelven con su rueda / presurosa, / la cual no puede ser una / ni estar estable ni queda / en una cosa».

112 *candeal*: 'pan candeal'; *mis*: 'abreviatura popular de maravedíes'.

115-116 Ecos de Garcilaso de la Vega, égloga II, vv. 638-640: «Adiós montañas; adiós, verdes prados; / adiós, corrientes ríos espumosos: / vivid sin mí con siglos prolongados».

119 *cuidadoso*: 'solícito, diligente'.

121-123 El *sitio* es el mentidero de los representantes de Madrid, sito en la Puerta de Guadalajara, que estuvo adornado con grandes estatuas.

126 Nótese la invectiva cervantina contra la comedia nueva.

127 *San Felipe* alude a las gradas del convento del mismo nombre, al comienzo de la madrileña calle Mayor; fue demolido en 1838 y se convirtió en lugar de reunión de soldados muy celebrado por los poetas de entonces.

128 *turco galgo*: 'el mahometano o el judío'.

129 Venecia fue la primera ciudad europea que publicó una *Gaceta* a principios del XVII, que solían exagerar las noticias o contar rumores; aquí se refie-

»Adiós, hambre sotil de algún hidalgo,
que, por no verme ante tus puertas muerto,
hoy de mi patria y de mí mismo salgo.»

Con esto poco a poco llegué al puerto
a quien los de Cartago dieron nombre,
cerrado a todos vientos y encubierto,

a cuyo claro y sin igual renombre
se postran cuantos puertos el mar baña,
descubre el sol y ha navegado el hombre.

Arrojose mi vista a la campaña
rasa del mar, que trujo a mi memoria
del heroico don Juan la heroica hazaña,

donde, con alta de soldados gloria
y con propio valor y airado pecho,
tuve (aunque humilde) parte en la vitoria.

Allí con rabia y con mortal despecho
el otomano orgullo vio su brío
hollado y reducido a pobre estrecho.

Lleno, pues, de esperanzas y vacío
de temor, busqué luego una fragata
que efectuase el alto intento mío,

cuando por la (aunque azul) líquida plata
vi venir un bajel a vela y remo,
que tomar tierra en el gran puerto trata.

Del más gallardo y más vistoso extremo
de cuantos las espaldas de Neptuno
oprimieron jamás, ni más supremo

cual este nunca vio bajel alguno
el mar, ni pudo verse en el armada
que destruyó la vengativa Juno.

No fue del vellocino a la jornada
Argos tan bien compuesta y tan pomposa,
ni de tantas riquezas adornada.

re Cervantes a los cotilleos que traían y llevaban los soldados en el mentidero de San Felipe.

[134] El puerto de Cartagena, la romana Cartago Nova.

[141] Se refiere a don Juan de Austria y a la batalla de Lepanto.

[142] Nótese el fuerte hipérbaton.

[147] *estrecho*: 'aprieto, necesidad'.

[158-159] Es decir, la armada de Eneas, que Eolo destruyó a petición de Juno (*Eneida*, I, vv. 81-124).

[161] *Argos*: nave de Jasón en la que embarcaron los argonautas cuando partie-

Cuando entraba en el puerto, la hermosa
aurora por las puertas del oriente
salía en trenza blanda y amorosa.

Oyose un estampido de repente,
haciendo salva la real galera,
que despertó y alborotó la gente.

El son de los clarines la ribera
llenaba de dulcísima armonía,
y el de la chusma alegre y placentera.

Entrábanse las horas por el día,
a cuya luz con distinción más clara
se vio del gran bajel la bizarría.

Áncoras echa y en el puerto para
y arroja un ancho esquife al mar tranquilo
con música, con grita y algazara.

Usan los marineros de su estilo,
cubren la popa con tapetes tales
que es oro y sirgo de su trama el hilo.

Tocan de la ribera los umbrales,
sale del rico esquife un caballero
en hombros de otros cuatro principales,

en cuyo traje y ademán severo
vi de Mercurio al vivo la figura,
de los fingidos dioses mensajero.

En el gallardo talle y compostura,
en los alados pies y el caduceo
(símbolo de prudencia y de cordura),

digo que al mismo paraninfo veo,
que trujo mentirosas embajadas
a la tierra del alto coliseo.

ron a la conquista del vellocino de oro.

[165] *en trenza*: 'con la cabeza descubierta'; referencia homérica: «la aurora de trenzas hermosas» (*Odisea*, canto V, v. 390).

[167] *salva*: 'disparo en honor de alguien, como símbolo de alegría y cortesía'.

[171] *chusma*: 'galeotes; tripulación'.

[176] *esquife*: 'embarcación pequeña que se lleva dentro de otras más grandes para saltar a tierra'.

[180] *sirgo*: 'tela labrada de seda'.

[188] *caduceo*: 'vara lisa y redonda, rodeada de dos culebras'; se representa con ella a Mercurio.

[190] *paraninfo*: 'anunciador'.

[192] *el alto coliseo*: el Olimpo.

Vile y apenas puso las aladas
plantas en las arenas, venturosas
por verse de divinos pies tocadas,

cuando yo revolviendo cien mil cosas
en la imaginación, llegué a postrarme
ante las plantas por adorno hermosas.

Mandome el dios parlero luego alzarme
y con medidos versos y sonantes
desta manera comenzó a hablarme:

«¡Oh Adán de los poetas, oh Cervantes!
¿Qué alforjas y qué traje es este, amigo,
que así muestra discursos ignorantes?».

Yo respondiendo a su demanda, digo:
«Señor, voy al Parnaso y como pobre
con este aliño mi jornada sigo».

Y él a mí dijo: «¡Oh sobrehumano y sobre
espíritu cilenio levantado,
toda abundancia y todo honor te sobre!

»Que en fin has respondido a ser soldado
antiguo y valeroso, cual lo muestra
la mano de que estás estropeado.

»Bien sé que en la naval dura palestra
perdiste el movimiento de la mano
izquierda para gloria de la diestra.

»Y sé que aquel instinto sobrehumano
que de raro inventor tu pecho encierra
no te le ha dado el padre Apolo en vano.

»Tus obras los rincones de la tierra
(llevándolas en grupa Rocinante)
descubren y a la envidia mueven guerra.

[199] *el dios parlero*: Mercurio, dios de la elocuencia.

[202] *Adán*: 'el primero o el más viejo'. El verso es eco de la *Divina Comedia*, Inferno, I, v. 82: «O de li altri poeti onore e lume».

[209] *cilenio*: de Cilene, montaña del Peloponeso donde nació Mercurio; aparece de nuevo en *Viaje*, IV, 533; VII, 172; VIII, 164.

[210] Nótese la frecuencia con la que Cervantes establece una consonancia, en este caso del término *sobre* de este verso con el 208, con la misma palabra y distintos significados.°

[214] Referencia a la batalla de Lepanto.

[222] Cervantes se vanagloria en estos versos de la fama mundial que ya ha adquirido su *Quijote* a la altura de 1614, tanta que causa envidia.

»Pasa, raro inventor, pasa adelante
con tu sotil disinio y presta ayuda
a Apolo, que la tuya es importante,
»antes que el escuadrón vulgar acuda
de más de veinte mil sietemesinos
poetas que de serlo están en duda.
»Llenas van ya las sendas y caminos
desta canalla inútil contra el monte,
que aun de estar a su sombra no son dignos.
»Ármate de tus versos luego y ponte
a punto de seguir este viaje
conmigo y a la gran obra disponte.
»Conmigo segurísimo pasaje
tendrás, sin que te empaches ni procures
lo que suelen llamar matalotaje.
»Y porque esta verdad que digo apures,
entra conmigo en mi galera y mira
cosas con que te asombres y asegures».
Yo, aunque pensé que todo era mentira,
entré con él en la galera hermosa
y vi lo que pensar en ello admira.
De la quilla a la gavia, ¡oh estraña cosa!,
toda de versos era fabricada,
sin que se entremetiese alguna prosa.
Las ballesteras eran de ensalada
de glosas todas hechas a la boda
de la que se llamó malmaridada.

[224] *disinio*: 'designio'; es italianismo.°

[228] Encierra una frase anfibológica e irónica: 'los demás dudan que los poetas lo sean'.

[230] *monte*: se refiere al Parnaso.

[232] *ármate de tus versos*: dado que el *Viaje* es también una batalla poética, el término *verso* también puede significar aquí, por dilogía, una 'culebrina de poco calibre'.

[237] *matalotaje*: 'provisiones, víveres que se llevan en una embarcación'.

[238] *apures*: 'averigües'.

[247] *ballesteras*: 'tronera o abertura en las naves o muros por donde se disparaban las ballestas'; *ensalada*: 'canción de diversos metros, y recogida de diversos autores'.

[248] *glosa*: 'composición poética que explica o amplifica otros versos'.

[249] *malmaridada*: se refiere al viejo romance de «La bella malmaridada» famoso y muy glosado ya desde mediados del siglo XVI.°

Era la chusma de romances toda,
gente atrevida, empero necesaria,
pues a todas acciones se acomoda.
La popa, de materia extraordinaria,
bastarda y de legítimos sonetos,
de labor peregrina en todo y varia.
Eran dos valentísimos tercetos
los espalderes de la izquierda y diestra,
para dar boga larga muy perfectos.
Hecha ser la crujía se me muestra
de una luenga y tristísima elegía,
que no en cantar, sino en llorar es diestra.
Por esta entiendo yo que se diría
lo que suele decirse a un desdichado
cuando lo pasa mal: pasó crujía.
El árbol hasta el cielo levantado,
de una dura canción prolija estaba
de canto de seis dedos embreado.
Él y la entena que por él cruzaba
de duros estrambotes la madera
de que eran hechos claro se mostraba.
La racamenta, que es siempre parlera,
toda la componían redondillas,
con que ella se mostraba más ligera.

[254] *bastarda*: voz que adjetiva al sustantivo *popa* (véase *Viaje*, I, 253) y significa 'ensanchada'. Mediante una dilogía, se contrapone a los *legítimos sonetos*, que si bien son italianos, los versos endecasílabos provienen del hexámetro latino.°

[255] *peregrina*: 'extraordinaria'; *varia*: 'diferente'.

[257] *espalder*: 'el remero que sirve en la popa de la galera'.

[258] *boga larga*: 'acción de remar o bogar con serenidad y mayor duración'.

[259] *crujía*: 'en las galeras, camino de tablas para ir de popa a proa, situado en medio de una y otra banda de los bancos y remeros'; véase *Viaje*, III, 110.

[264] *pasar crujía* es expresión que hace referencia a que en las galeras se castigaba a los soldados haciéndoles pasar varias veces por la crujía mientras eran golpeados por los forzados con un cordel o vara.

[265] *árbol*: 'mástil mayor'.

[267] *embreado*: 'recubierto de brea, para una mejor navegación'.

[268] *entena*: 'palo en el que se asegura la vela latina; verga'.

[269] *estrambotes*: 'versos añadidos al soneto' o 'canción amorosa en octavas reales' (del italiano *strambotto*).°

[271] *racamenta* o *racamento*: «guarnimiento, especie de anillo que sujeta las vergas a sus palos o masteleros respecti-

Las jarcias parecían seguidillas
de disparates mil y más compuestas,
que suelen en el alma hacer cosquillas.
Las rumbadas, fortísimas y honestas
estancias, eran tablas poderosas,
que llevan un poema y otro a cuestas.
Era cosa de ver las bulliciosas
banderillas que al aire tremolaban
de varias rimas algo licenciosas.
Los grumetes, que aquí y allí cruzaban,
de encadenados versos parecían,
puesto que como libres trabajaban.
Todas las obras muertas componían
o versos sueltos o sextinas graves,
que a la galera más gallarda hacían.
En fin, con modos blandos y suaves
viendo Mercurio que yo visto había
el bajel, que es razón, lector, que alabes,
junto a sí me sentó y su voz envía
a mis oídos en razones claras
y llenas de suavísima armonía,

vos, para que puedan correr fácilmente a lo largo de ellos» (*DRAE*). Nótese que se viene hablando del mástil de la galera (I, 265) y la entena o verga que lo cruza (I, 268).

[274] *jarcias*: 'conjunto de aparejos y cabos de un navío'.

[276] Nótense las palabras sobre las seguidillas en *Quijote*, II, 38: «Allí era el brincar de las almas, el retozar de la risa, el desasosiego de los cuerpos y, finalmente, el azogue de todos los sentidos».

[277] *rumbadas*: 'arrumbadas'; se refiere al corredor que tenían las galeras en la parte de proa a una y otra banda, donde se colocaban los soldados para hacer fuego.

[278] *estancias*: 'capítulos de un canto poético'; pero también 'octavas de ocho versos heroicos' o, en las canciones, 'las que tienen pies y consonantes distintos y dividen una de otra'.

[286] *obras muertas*: 'parte de la embarcación que sobresale del agua'.

[287] *versos sueltos*: 'endecasílabos blancos'; *sextinas graves*: artificiosa composición de origen trovadoresco, usada por Petrarca, que consiste en seis estrofas de seis endecasílabos sin rima, pero dispuestos de modo que las palabras que rematan los versos de la primera estrofa han de repetirse en los finales de todas, con libertad solo para cambiar el orden. Se añade una estrofa de tres versos en la que se han de mencionar esas mismas seis palabras.

[289-294] Eco de la *Divina comedia*, «Inferno», III, vv. 19-20: «E poi che la sua mano a la mia pose / con lieto volto, ond'io mi confortai, / mi mise dentro a le secrete cose».

[291] Cervantes se dirige al lector para pedir su alabanza en reconocimiento a su talento poético.

diciendo: «Entre las cosas que son raras
y nuevas en el mundo y peregrinas
verás (si en ello adviertes y reparas)
»que es una este bajel de las más dignas
de admiración, que llegue a ser espanto
a naciones remotas y vecinas.
»No le formaron máquinas de encanto,
sino el ingenio del divino Apolo,
que puede, quiere y llega y sube a tanto.
»Formole, ¡oh nuevo caso!, para solo
que yo llevase en él cuantos poetas
hay desde el claro Tajo hasta Pactolo.
»De Malta el gran maestre, a quien secretas
espías dan aviso que en oriente
se aperciben las bárbaras saetas,
»teme y envía a convocar la gente
que sella con la blanca cruz el pecho,
porque en su fuerza su valor se aumente.
»A cuya imitación Apolo ha hecho
que los famosos vates al Parnaso
acudan, que está puesto en duro estrecho.
»Yo, condolido del doliente caso,
en el ligero casco ya instruido
de lo que he de hacer, aguijo el paso.
»De Italia las riberas he barrido,
he visto las de Francia y no tocado
por venir solo a España dirigido.
»Aquí con dulce y con felice agrado,
hará fin mi camino a lo que creo
y seré fácilmente despachado.

[299] *espanto*: 'admiración'.

[306] *Pactolo*: río de Lidia cuyas arenas auríferas se hicieron proverbiales entre los clásicos grecolatinos; es clásica también la costumbre de citar lugares distantes entre sí por medio del nombre de los ríos cercanos.

[307] *de Malta el gran maestre*: alusión al gran maestre de la Orden de Malta, a la Orden de San Juan y a las batallas temibles para los españoles que se produjeron en sus aguas.°

[311] *blanca cruz el pecho*: esto es, la cruz de los caballeros de la Orden de San Juan, que se bordaba en sus ropas.

[318] *aguijo*: 'acelero, apuro'.

»Tú, aunque en tus canas tu pereza veo,
serás el paraninfo de mi asunto
y el solicitador de mi deseo.
»Parte y no te detengas solo un punto
y a los que en esta lista van escritos
dirás de Apolo cuanto aquí yo apunto».
Sacó un papel y en él casi infinitos
nombres vi de poetas, en que había
yangüeses, vizcaínos y coritos.
Allí famosos vi de Andalucía
y entre los castellanos vi unos hombres
en quien vive de asiento la poesía.
Dijo Mercurio: «Quiero que me nombres
desta turba gentil, pues tú lo sabes,
la alteza de su ingenio con los nombres».
Yo respondí: «De los que son más graves
diré lo que supiere, por moverte
a que ante Apolo su valor alabes».
Él escuchó, yo dije desta suerte.

[328] *solo un punto*: 'ni siquiera un momento'.

[333] *yangüeses y coritos*: gentilicios del lugar de Yanguas, nombre de dos pueblos en Segovia y Soria, y de los llamados *montañeses*, que principalmente eran cántabros; véase *Quijote*, I, 10 y 15.

[336] *vive de asiento*: 'vive permanentemente'.

DEL VIAJE DEL PARNASO, CAPÍTULO SEGUNDO

Colgado estaba de mi antigua boca
el dios hablante, pero entonces mudo
(que al que escucha, el guardar silencio toca),
cuando di de improviso un estornudo
y, haciendo cruces por el mal agüero,
del gran Mercurio al mandamiento acudo.
Miré la lista y vi que era el primero
el licenciado Juan de Ochoa, amigo
por poeta y cristiano verdadero.
«Deste varón en su alabanza digo
que puede acelerar y dar la muerte
con su claro discurso al enemigo.
»Y que si no se aparta y se divierte
su ingenio en la gramática española,
será de Apolo sin igual la suerte.
»Pues de su poesía, al mundo sola,
puede esperar poner el pie en la cumbre
de la inconstante rueda o varia bola.
»Este, que de los cómicos es lumbre,
que el licenciado Poyo es su apellido,
no hay nube que a su sol claro deslumbre.
»Pero como está siempre entretenido
en trazas, en quimeras e invenciones,
no ha de acudir a este marcial ruido.

[1] *colgado ... de mi antigua boca*: 'atento a lo que dejé pendiente de decir al final del capítulo anterior'.°

[2] *dios hablante*: Mercurio, el dios de la elocuencia.

[4] El *estornudo* era señal de buen o mal agüero.°

[5] *hacerse cruces*: 'santiguarse'.°

[8] *Juan de Ochoa*: no hay seguridad sobre la identidad de quien es aludido por este nombre, sobre la que se apuntan varias hipótesis.°

[13] *divierte*: 'distrae'.

[16] *al mundo sola*: 'única en el mundo'; es italianismo.°

[18] Se refiere a la fortuna, comúnmente representada mediante una rueda.

[20] Se refiere al licenciado Damián Salucio o Salustio o Salustrio del Poyo (*c.* 1530-*c.* 1614), clérigo y dramaturgo natural de Murcia y vecino de Sevilla.°

[21] *deslumbre*: 'confunda'.

[23] *trazas*: 'ideas, intenciones, maneras de conseguir algo'.

»Este, que en lista por tercero pones,
que Hipólito se llama de Vergara,
si llevarle al Parnaso te dispones,
»haz cuenta que en él llevas una jara,
una saeta, un arcabuz, un rayo,
que contra la ignorancia se dispara.
»Este, que tiene como mes de mayo
florido ingenio y que comienza ahora
a hacer de sus comedias nuevo ensayo,
»Godínez es, y estotro, que enamora
las almas con sus versos regalados,
cuando de amor ternezas canta o llora,
»es uno que valdrá por mil soldados,
cuando a la estraña y nunca vista empresa
fueren los escogidos y llamados;
»digo que es don Francisco, el que profesa
las armas y las letras con tal nombre
que por su igual Apolo le confiesa.
»Es de Calatayud su sobrenombre,
con esto queda dicho todo cuanto
puedo decir con que a la envidia asombre.
»Este que sigue es un poeta santo,
digo famoso, Miguel Cid se llama,
que al coro de las Musas pone espanto.
»Estotro, que sus versos encarama
sobre los mismos hombros de Calisto,
tan celebrado siempre de la fama,

[26] Hipólito de Vergara, dramaturgo sevillano de finales del XVI, alabado también por Lope.°

[28] *jara*: 'saeta o flecha delgada'.

[34] Felipe Godínez (1588-¿1659?), dramaturgo sevillano que se trasladó a Madrid; era doctor en teología, sacerdote y orador sacro.°

[39] *los escogidos y llamados*: evocación de Mateo, 20, 16: «Muchos son los llamados, pero pocos los escogidos»; la alusión al mismo pasaje bíblico se repite más adelante, en *Viaje*, IV, 505; VIII, 70, y en *Quijote*, I, 11 y 46.

[43] *sobrenombre*: 'apellido'. Francisco de Calatayud y Sandoval (Madrid, 1582-?), poeta, era vecino de Sevilla desde 1604.°

[47] Miguel Cid (1550-1615), poeta religioso sevillano, famoso por sus coplas para la celebración de la Inmaculada Concepción de la Virgen.°

[48] *poner espanto*: 'causar admiración'.

[50] *Calisto*: la Osa mayor.°

»es aquel agradable, aquel bienquisto,
aquel agudo, aquel sonoro y grave
sobre cuantos poetas Febo ha visto;
»aquel que tiene de escribir la llave
con gracia y agudeza en tanto estremo
que su igual en el orbe no se sabe;
»es don Luis de Góngora, a quien temo
agraviar en mis cortas alabanzas,
aunque las suba al grado más supremo.
»¡Oh tú, divino espíritu, que alcanzas
ya el premio merecido a tus deseos
y a tus bien colocadas esperanzas,
»ya en nuevos y justísimos empleos,
divino Herrera, tu caudal se aplica
aspirando del cielo a los trofeos!
»Ya de tu hermosa luz y clara y rica
el bello resplandor miras seguro
en la que el alma tuya beatifica,
»y, arrimada tu yedra al fuerte muro
de la inmortalidad, no estimas cuanto
mora en las sombras deste mundo escuro.
»Y tú, don Juan de Jáuregui, que a tanto
el sabio curso de tu pluma aspira
que sobre las esferas le levanto,
»aunque Lucano por tu voz respira,
déjale un rato y con piadosos ojos
a la necesidad de Apolo mira,

57 *sabe*: 'conoce'.

58 Luis de Góngora y Argote (Córdoba, 1561-1627), al que Cervantes alaba como el más celebrado, querido y agradable de los poetas, pues destaca por su sonoridad, gravedad, gracia y agudeza. Elogios a su «vivo, raro ingenio» y «saber alto y profundo» aparecen ya en la estrofa 61 del «Canto de Calíope». Vuelve a mencionarle más adelante en el *Viaje*, VII, 256-258 y 322-327, de manera menos significativa.°

65 Fernando de Herrera (Sevilla, 1534-1597), a quien Cervantes elogia superlativamente en los versos que siguen. Ya antes lo había hecho en la estrofa 45 del «Canto de Calíope» y en un soneto dedicado expresamente a él (núm. 26, en p. 218).°

67 *Luz* era el nombre poético que Herrera dio a su amada, doña Leonor de Milán, condesa de Gelves.

73 Juan de Jáuregui (1583-1641), poeta y pintor sevillano.°

»que te están esperando mil despojos
de otros mil atrevidos, que procuran
fértiles campos ser, siendo rastrojos.
»Y tú, por quien las musas aseguran
su partido, don Félix Arias, siente
que por su gentileza te conjuran
»y ruegan que defiendas desta gente
non sancta su hermosura y de Aganipe
y de Hipocrene la inmortal corriente.
»¿Consentirás tú a dicha participe
del licor suavísimo un poeta
que al hacer de sus versos sude e hipe?
»No lo consentirás, pues tu discreta
vena abundante y rica no permite
cosa que sombra tenga de imperfecta.
»Señor, este que aquí viene se quite»
dije a Mercurio, «que es un chacho necio
que juega y es de sátiras su envite.
»Este sí que podrás tener en precio,
que es Alonso de Salas Barbadillo,
a quien me inclino y sin medida aprecio.
»Este que viene aquí (si he de decirlo),
no hay para qué le embarques; y así, puedes
borrarle». Dijo el dios: «Gusto de oíllo».

[81] *rastrojos*: 'campo de cultivo después de segada la mies'.

[82-83] *aseguran / su partido*: 'tienen su lugar asegurado'.

[83] Félix Arias Girón (muerto en 1626), hijo del Conde de Puñonrostro (don Juan Arias Portocarrero), militar en Flandes, capitán de la infantería española en tiempos de Felipe II, músico y poeta, alabado también por Lope.°

[86] *gente non sancta*: expresión religiosa latina popular que proviene del Salmo 42, 1.

[86-87] *Aganipe* e *Hipocrene*: La fuente Hipocrene ('fuente del caballo'), por otro nombre Aganipe, nació al golpear la tierra el caballo Pegaso con el casco, en el monte Helicón. Estaba consagrada a las musas.°

[88] *a dicha*: 'por ventura'.

[92] *vena*: 'inspiración, facilidad de componer versos'.

[94] *se quite*: es decir, que 'se borre' de la lista de poetas.

[95] *chacho*: 'muchacho'.

[96] *envite*: 'apuesta'.

[98] Alonso Jerónimo de Salas Barbadillo (Madrid, 1581-1635), dramaturgo y novelista, escritor fecundísimo y gran pintor de retratos.°

«Es un cierto rapaz, que a Ganimedes
quiere imitar, vistiéndose a lo godo,
y, así, aconsejo que sin él te quedes.
»No lo harás con este dese modo,
que es el gran Luis Cabrera, que, pequeño,
todo lo alcanza pues lo sabe todo;
»es de la historia conocido dueño
y en discursos discretos tan discreto
que a Tácito verás si te le enseño.
»Este que viene es un galán sujeto
de la varia fortuna a los vaivenes
y del mudable tiempo al duro aprieto;
»un tiempo rico de caducos bienes
y ahora de los firmes e inmudables
más rico, a tu mandar firme le tienes.
»Pueden los altos riscos siempre estables
ser tocados del mar, mas no movidos
de sus ondas en cursos variables.
»Ni menos a la tierra trae rendidos
los altos cedros Bóreas, cuando airado
quiere humillar los más fortalecidos.
»Y este, que vivo ejemplo nos ha dado
desta verdad con tal filosofía,
don Lorenzo Ramírez es de Prado.

[103] *Ganimedes*: hijo de Tros, rey troyano; Homero cuenta en *Ilíada*, XX, vv. 232 y ss., que los dioses lo raptaron por medio de un águila por tratarse del mortal más bello y se convirtió en el copero de Zeus, que se enamoró de él. Se ha sugerido que bajo esta alusión a Ganimedes se esconde una referencia a algún joven poeta del momento.°

[104] *a lo godo*: 'a lo noble', esto es, vistiéndose para aparentar ser más de lo que es, un hombre de linaje o cristiano viejo.

[107] Luis Cabrera de Córdoba (Madrid, 1559-1623), famoso historiador, fue organizador de la expedición marítima a Malta para defender a los caballeros de los piratas turcos y venecianos.°

[111] La comparación laudatoria cervantina entre Luis Cabrera y Tácito era común en la época; Herrera Maldonado en su *Sannazaro español* (1620) escribe: «El Tácito español, Luis de Cabrera».

[118-120] Nótese la similitud de estos versos con este pasaje del *Persiles*, III, 21, p. 621: «que yo le he estado aquí aguardando más firme que roca puesta a las ondas del mar, que la tocan, mas no la mueven».

[121-123] Compárese con Horacio, oda II, v. 10: «Saepius ventis agitatur inges pinus».°

[122] *Bóreas*: en la mitología griega, el dios del viento frío y seco del norte.

[126] Lorenzo Ramírez de Prado, abogado y humanista extremeño (¿1583?-

»Deste que se le sigue aquí diría
que es don Antonio de Monroy, que veo
en él lo que es ingenio y cortesía.
»Satisfación al más alto deseo
puede dar de valor heroico y ciencia,
pues mil descubro en él y otras mil creo.
»Este es un caballero de presencia
agradable y que tiene de Torcato
el alma sin alguna diferencia:
»de don Antonio de Paredes trato,
a quien dieron las Musas, sus amigas,
en tierna edad anciano ingenio y trato.
»Este, que por llevarle te fatigas,
es don Antonio de Mendoza y veo
cuánto en llevarle al sacro Apolo obligas.
»Este, que de las Musas es recreo,
la gracia y el donaire y la cordura,
que de la discreción lleva el trofeo,
»es Pedro de Morales, propria hechura
del gusto cortesano, y es asilo
adonde se repara mi ventura.
»Este, aunque tiene parte de Zoílo,
es el grande Espinel, que en la guitarra
tiene la prima y en el raro estilo.

1658), autor de un comentario sobre Marcial (París, 1607).°

[128] Antonio de Monroy y Zúñiga (Plasencia, 1571-?), poeta de alta alcurnia, elogiado también por Lope.°

[134] *Torcato* era la forma habitual en la época para referirse a Torquato Tasso (1544-1595).

[136] Antonio de Paredes, poeta natural de Trujillo, vivió en Córdoba y era amigo de Góngora.°

[140] Antonio Hurtado de Mendoza (Burgos, 1586-Zaragoza, 1644), renombrado dramaturgo y poeta, fue secretario y ayuda de cámara de Felipe IV y caballero de la Orden de Calatrava. Lope también lo alabó.°

[145] Pedro de Morales era un famoso representante y autor teatral de la época; es mencionado de nuevo en *Viaje*, VIII, 398; parece que era gran amigo de Cervantes.°

[148] *Zoílo*: gramático griego del siglo IV a.C. al que se atribuyen mordaces comentarios sobre Homero, Platón e Isócrates, por lo que la tradición lo ha convertido en paradigma caricaturesco del crítico.°

[149] Vicente Martínez Espinel (Ronda, 1550-Madrid, 1624), sacerdote, poeta y gran músico; sobre estas dos facetas, con las que «al cielo aspira», se pronuncia ya Cervantes, buen amigo suyo, en la estrofa 52 del «Canto de Calíope».°

[150] *prima*: 'primer puesto y la primera cuerda de los instrumentos musicales'.

»Este, que tanto allá tira la barra
que las cumbres se deja atrás de Pindo,
que jura, que vocea y que desgarra,
»tiene más de poeta que de lindo
y es Jusepe de Vargas, cuyo astuto
ingenio y rara condición deslindo.
»Este, a quien pueden dar justo tributo
la gala y el ingenio que más pueda
ofrecer a las Musas flor y fruto,
»es el famoso Andrés de Balmaseda,
de cuyo grave y dulce entendimiento
el magno Apolo satisfecho queda.
»Este es Enciso, gloria y ornamento
del Tajo y claro honor de Manzanares,
que con tal hijo aumenta su contento.
»Este, que es escogido entre millares,
de Guevara Luis Vélez es el bravo,
que se puede llamar quitapesares;
»es poeta gigante, en quien alabo
el verso numeroso, el peregrino
ingenio, si un Gnatón nos pinta o un Davo.
»Este es don Juan de España, que es más digno
de alabanzas divinas que de humanas,
pues en todos sus versos es divino.

[151] *tira la barra*: 'se alarga, aspira a'; expresión tomada de un juego gimnástico.

[152] *Pindo*: cadena montañosa del norte de Grecia que separa el Adriático del Egeo.

[155] De Jusepe de Vargas se desconoce casi todo, aparte de su relación con Lope; Cervantes lo menciona como poeta de carácter un tanto rudo y vuelve a citarlo más adelante, en *Viaje*, VII, 161.°

[160] Andrés Carlos de Balmaseda, poeta toledano.°

[163] Este *Enciso* es de identidad controvertida; tal vez se trate de Bartolomé López de Enciso, escritor toledano.°

[167] Luis Vélez de Guevara (Écija, 1579-1644), dramaturgo y novelista; Cervantes destaca el ritmo y sonoridad de su verso e imaginación, y lo menciona más adelante tratándolo de amigo (*Viaje*, VIII, 394).°

[169] *poeta gigante*: posible referencia tanto a la estatura poética de Vélez de Guevara como a su altura física.°

[170] *numeroso*: 'proporcionado, cadencioso, armonioso'.

[171] *Gnatón* y *Davo*, es decir, Gnatho y Davus, son personajes de las comedias *Andria* y *Eunuchus* de Terencio, traducidas al castellano por Pedro Simón Abril en 1577; el primero es un *parasitus* o truhán,y el segundo, un siervo. Este verso es hipermétrico.

[172] Juan de España y Moncada, poeta madrileño alabado también por Lope.°

»Este, por quien de Luso están ufanas
las musas, es Silveira, aquel famoso
que por llevarle con razón te afanas.
»Este que se le sigue es el curioso
gran don Pedro de Herrera, conocido
por de ingenio elevado en punto honroso.
»Este, que de la cárcel del olvido
sacó otra vez a Proserpina hermosa,
con que a España y al Dauro ha enriquecido,
»verasle en la contienda rigurosa
que se teme y se espera en nuestros días
(culpa de nuestra edad poco dichosa)
»mostrar de su valor las lozanías,
pero ¿qué mucho, si es aqueste el docto
y grave don Francisco de Farías?
»Este, de quien yo fui siempre devoto,
oráculo y Apolo de Granada
y aun deste clima nuestro y del remoto,
»Pedro Rodríguez es. Este es Tejada,
de altitonantes versos y sonoros,
con majestad en todo levantada.
»Este, que brota versos por los poros
y halla patria y amigos dondequiera
y tiene en los ajenos sus tesoros,
»es Medinilla, el que la vez primera
cantó el *Romance de la tumba escura*
entre cipreses puestos en hilera.

[175] De Luso, hijo o compañero de Baco, tomó el nombre Lusitania.

[176] Miguel de Silveira (*c.* 1580-1639), poeta portugués de familia conversa, doctor y maestro de cosmografía. Lope también lo alabó.°

[179] De Pedro de Herrera apenas se sabe que era eclesiástico, autor de una *Descripción de la Capilla de Nuestra Señora del Sagrario* (Madrid, 1617).°

[182] *Proserpina*: hija de Júpiter y Ceres, Plutón la raptó por amor y la llevó al reino de los infiernos.

[183] *Dauro*: Darro, río de Granada.

[189] Francisco de Faría (*c.* 1562-1616), sacerdote natural de Granada, fue canónigo de la Santa Iglesia de Málaga y doctoral de la de Almería. Lope también lo alaba.°

[193] Pedro Rodríguez de Ardila (*c.* 1550-h. 1640), natural de Granada, era poeta y librero; Agustín de Tejada Páez (Antequera, 1567-1635), racionero en la catedral de Granada, es uno de los mejores representantes de la escuela antequerano-granadina.°

[199] De Pedro de Medina Medinilla (Sevilla, ?-a. de 1621), alabado por Lope,

»Este, que en verdes años se apresura
y corre al sacro lauro, es don Fernando
Bermúdez, donde vive la cordura.

»Este es aquel poeta memorando
que mostró de su ingenio la agudeza,
en las selvas de Erífile cantando.

»Este, que la coluna nueva empieza
con estos dos, que con su ser convienen,
nombrarlos aun lo tengo por bajeza.

»Miguel Cejudo y Miguel Sánchez vienen
juntos aquí, ¡oh par sin par!, en estos
las sacras musas fuerte amparo tienen.

»Que en los pies de sus versos bien compuestos
(llenos de erudición rara y doctrina)
al ir al grave caso serán prestos.

»Este gran caballero, que se inclina
a la lección de los poetas buenos
y al sacro monte con su luz camina,

»don Francisco de Silva es por lo menos,
¿qué será por lo más? ¡Oh edad madura,
en verdes años de cordura llenos!

se sabe que siendo aún joven viajó a América y luego a la India, sin que se supiera más de él.°

[204] Fernando Bermúdez de Carvajal, natural de Plasencia, poeta y camarero del duque de Sessa, era buen amigo de Cervantes.°

[207] Con *selvas de Erífile* alude al libro *Siglo de oro, en las Selvas de Erífile... en que se describe una agradable y rigurosa imitación del estilo pastoril de Teócrito, Virgilio y Sanazaro* (Madrid, 1607), del doctor Bernardo de Balbuena (Valdepeñas, 1568-Puerto Rico, 1627).°

[208] Se deduce, pues, que la lista de nombres de los poetas está escrita a dos columnas.

[211] Frey Miguel Cejudo (Valdepeñas, 1578-1652) era buen amigo de Lope de Vega. A Miguel Sánchez, poeta y dramaturgo, lo elogia Cervantes en el prólogo de las *Ocho comedias* (1615).°

[214-216] Nótese la anfibología a partir del doble significado de *pies*: 'parte del cuerpo humano' y 'cualquiera de las partes de que se compone y con que se mide el verso, y consta de dos, tres o más sílabas, largas o breves o mezcladas'.

[220] *por lo menos*: 'nada menos que'. Francisco de Silva y Mendoza (?-1615), fue el organizador de la *Academia Selvaje* en 1612, en Madrid, de la cual formaban parte Lope de Vega y Pedro Soto de Rojas, y a la que acudió también Cervantes.°

[221-222] Compárense estos versos con Bembo («Senno maturo a la più verde etade», *Rime*, soneto V, v. 10) y con Virgilio («Jam senior, sed cruda deo viridisque senectus», *Eneida*, VI, v. 304).°

»Don Gabriel Gómez viene aquí. Segura
tiene con él Apolo la vitoria
de la canalla siempre necia y dura.
»Para honor de su ingenio, para gloria
de su florida edad, para que admire
siempre de siglo en siglo su memoria,
»en este gran sujeto se retire
y abrevie la esperanza deste hecho
y Febo al gran Valdés atento mire.
»Verá en él un gallardo y sabio pecho,
un ingenio sutil y levantado,
con que le deje en todo satisfecho.
»Figueroa es estotro, el doctorado,
que cantó de Amarili la constancia
en dulce prosa y verso regalado.
»Cuatro vienen aquí en poca distancia,
con mayúsculas letras de oro escritos,
que son del alto asunto la importancia.
»De tales cuatro, siglos infinitos
durará la memoria, sustentada
en la alta gravedad de sus escritos.
»Del claro Apolo la real morada,
si viniere a caer de su grandeza,
será por estos cuatro levantada.
»En ellos nos cifró naturaleza
el todo de las partes, que son dignas
de gozar celsitud, que es más que alteza.
»Esta verdad, gran conde de Salinas,
bien la acreditas con tus raras obras,
que en los términos tocan de divinas.

223 Gabriel Gómez de Sanabria, natural de Madrid, poeta y jurisconsulto también alabado por Lope.°

231 El *gran Valdés* podría ser Alonso de Valdés, mencionado anteriormente por Cervantes en el «Canto de Calíope», pero no hay certeza al respecto.°

235 Cristóbal Suárez de Figueroa (Valladolid, ¿1571-1644?), prosista y poeta, desempeñó varios cargos públicos en Italia, entre ellos el de auditor de la infantería española.°

249 *celsitud*: 'excelsitud', cultismo.

250 Diego de Silva y Mendoza (1564-1630), duque de Francavila, conde de Ribadeo, marqués de Alenquer, conde de Salinas y virrey de Portugal de 1615 a 1626.°

»Tú, el de Esquilache príncipe, que cobras
de día en día crédito tamaño
que te adelantas a ti mismo y sobras,
»serás escudo fuerte al grave daño
que teme Apolo, con ventajas tantas
que no te espere el escuadrón tacaño.
»Tú, conde de Saldaña, que con plantas
tiernas pisas de Pindo la alta cumbre
y en alas de tu ingenio te levantas,
hacha has de ser de inestinguible lumbre,
que guíe al sacro monte al deseoso
de verse en él, sin que la luz deslumbre.
»Tú, el de Villamediana, el más famoso
de cuantos entre griegos y latinos
alcanzaron el lauro venturoso,
»cruzarás por las sendas y caminos
que al monte guían, porque más seguros
lleguen a él los simples peregrinos.
»A cuya vista destos cuatro muros
de Parnaso, caerán las arrogancias
de los mancebos sobre necios duros.
¡Oh cuántas y cuán graves circunstancias
dijera destos cuatro, que felices
aseguran de Apolo las ganancias!
»Y más si se les llega el de Alcañices,
marqués insigne, harán (puesto que hay una
en el mundo no más) cinco fenices.

253 Francisco de Borja y Aragón (¿1577?-1658) fue un poeta famosísimo, juez en las academias poéticas que celebraba Felipe IV en el Buen Retiro. Desempeñó los cargos de gentilhombre de Su Majestad y de virrey del Perú.°

255 *sobras*: 'superas'.

258 *tacaño*: 'astuto, bellaco, ruin'.

259 Diego Gómez de Sandoval y Rojas (?-1622), hijo segundo del duque de Lerma, valido del rey Felipe III y poeta.°

265 Juan Bautista de Tassis y Peralta (Lisboa, 1582-Madrid, 1622), conde de Villamediana, vivió en Italia y fue desterrado de la corte en dos ocasiones como consecuencia de sus punzantes sátiras.°

277 Álvaro Antonio Enríquez de Almansa y Borja (Madrid 1587-c. 1642), séptimo marqués de Alcañices, fue alabado también por Lope. Entre los preliminares de las *Novelas ejemplares* se incluye un soneto suyo.°

279 *fenices*: plural de Fénix.°

»Cada cual de por sí será coluna
que sustente y levante el edificio
de Febo sobre el cerco de la luna.
»Este (puesto que acude al grave oficio
en que se ocupa) el lauro y palma lleva
que Apolo da por honra y beneficio;
»en esta ciencia es maravilla nueva
y en la jurispericia único y raro:
su nombre es don Francisco de la Cueva.
»Este, que con Homero le comparo,
es el gran don Rodrigo de Herrera,
insigne en letras y en virtudes raro.
»Este que se le sigue es el de Vera,
don Juan, que por su espada y por su pluma
le honran en la quinta y cuarta esfera.
»Este que el cuerpo y aun el alma bruma
de mil, aunque no muestra ser cristiano,
sus escritos el tiempo no consuma».
Cayóseme la lista de la mano
en este punto y dijo el dios: «Con estos
que has referido está el negocio llano.
»Haz que con pies y pensamientos prestos
vengan aquí, donde aguardando quedo
la fuerza de tan válidos supuestos».

287 *jurispericia*: «lo mismo que jurisprudencia» (*Autoridades*); *único y raro*: italianismo que Cervantes toma de Bernardo Tasso, «O miracol del mondo unico e raro», en *Amori*, IV, v. 43 y que vuelve a aparecer en el soneto «El caballero del Febo a don Quijote de la Mancha» (preliminares del *Quijote*, I): «Amela por milagro único y raro».°

288 Francisco de la Cueva y Silva (1550-1628), famoso jurisconsulto, poeta y dramaturgo. Apreciado también por Lope y Quevedo, Cervantes ya lo había citado en la estrofa 83 del «Canto de Calíope».°

290 Rodrigo de Herrera y Ribera (1592-1657), poeta y dramaturgo notable, fue alabado también por Lope.°

292 Juan Antonio de Vera, Zúñiga y Figueroa (Mérida, 1584-Madrid, 1658), después conde de la Roca, fue embajador en Venecia, Roma y Saboya, y escritor reconocido en la época, dado que Lope de Vega le dedicó dos de sus comedias.°

294 *quinta y cuarta esfera*: es decir, las de Marte y Sol, respectivamente, en la teoría del universo precopernicana.°

295 *bruma*: 'muele a palos, quebranta'.

300 *llano*: 'fácil'.

«Mal podrá don Francisco de Quevedo
venir», dije yo entonces y él me dijo:
«Pues partirme sin él de aquí no puedo.
»Ese es hijo de Apolo, ese es hijo
de Calíope musa, no podemos
irnos sin él y en esto estaré fijo.
»Es el flagelo de poetas memos
y echará a puntillazos del Parnaso
los malos que esperamos y tenemos».
«¡Oh señor», repliqué, «que tiene el paso
corto y no llegará en un siglo entero!».
«Deso», dijo Mercurio, «no hago caso,
»que el poeta que fuere caballero
sobre una nube entre pardilla y clara
vendrá muy a su gusto caballero».
«Y el que no», pregunté, «¿qué le prepara
Apolo? ¿qué carrozas? ¿o qué nubes?
¿qué dromerio? ¿o alfana en paso rara?».
«Mucho», me respondió, «mucho te subes
en tus preguntas, calla y obedece».
«Sí haré, pues no es *infando* lo que *jubes.*»
Esto le respondí, y él me parece
que se turbó algún tanto, y en un punto
el mar se turba, el viento sopla y crece.
Mi rostro entonces como el de un difunto
se debió de poner y sí haría,
que soy medroso, a lo que yo barrunto.

[304] A Francisco de Quevedo y Villegas (Madrid, 1580-Villanueva de los Infantes, 1645) Cervantes le cita más adelante como «flagelo de poetas memos» (v. 310) y hace referencia a su defecto al andar (v. 313- 314).°

[310] *flagelo*: 'azote', en el sentido de que Quevedo era el castigo de los malos poetas por su mordaz sátira; se alude aquí a la *Premática del desengaño contra los poetas güeros* (1600-1608), cuya similitud con los «Privilegios, ordenanzas y advertencias que Apolo envía a los poetas españoles» del *Viaje del Parnaso* parece evidente.

[311] *puntillazos*: 'golpes dados con la punta del pie'.

[318] *caballero*: 'jinete'.

[321] *dromerio*: 'dromedario'; *alfana*: 'caballo corpulento y fuerte'.

[324] *no es infando lo que jubes*: evoca el verso de Virgilio, *Eneida*, II, 3: «Infandum, regina, jubes renovare dolorem»; Cervantes se burla con él de los poetas culteranos.°

[329] *y sí haría*: 'y sí se pondría'.

Vi la noche mezclarse con el día,
las arenas del hondo mar alzarse
a la región del aire, entonces fría.

Todos los elementos vi turbarse,
la tierra, el agua, el aire y aun el fuego
vi entre rompidas nubes azorarse.

Y en medio deste gran desasosiego,
llovían nubes de poetas llenas
sobre el bajel, que se anegara luego,

si no acudieran más de mil sirenas
a dar de azotes a la gran borrasca,
que hacía el saltarel por las entenas.

Una (que ser pensé Juana la Chasca,
de dilatado vientre y luengo cuello,
pintiparado a aquel de la tarasca)

se llegó a mí y me dijo: «De un cabello
deste bajel estaba la esperanza
colgada a no venir a socorrello.

»Traemos, y no es burla, a la bonanza,
que estaba descuidada oyendo atenta
los discursos de un cierto Sancho Panza».

En esto sosegose la tormenta,
volvió tranquilo el mar, serenó el cielo,
que al regañón el céfiro le ahuyenta.

Volví la vista y vi en ligero vuelo
una nube romper el aire claro,
de la color del condensado yelo.

¡Oh maravilla nueva! ¡Oh caso raro!
Vilo y he de decillo, aunque se dude
del hecho que por brújula declaro.

[336] *azorarse*: ‘turbarse, alterarse, enojarse’.

[342] *saltarel*: ‘especie de baile de la escuela antigua española’; término procedente del italiano.

[343] *Juana la Chasca*: personaje folclórico que ha suscitado dudas en torno a su identidad.°

[345] *tarasca*: ‘figura de sierpe monstruosa, con una boca muy grande, que en algunas partes se saca durante la procesión del Corpus’.

[351] Cervantes se autocita al nombrar a uno de sus personajes más afamados ya a la altura de 1614.

[353] El sujeto de *volvió* es el *mar*, en el sentido reflexivo del verbo.

[354] *regañón*: alude así al viento del norte, por lo desabrido que es.

[360] *por brújula*: ‘por observancia’.

Lo que yo pude ver, lo que yo pude
notar fue que la nube, dividida
en dos mitades, a llover acude.
Quien ha visto la tierra prevenida
con tal disposición que, cuando llueve
(cosa ya averiguada y conocida),
de cada gota en un instante breve
del polvo se levanta o sapo o rana,
que a saltos o despacio el paso mueve,
tal se imagine ver, ¡oh soberana
virtud!, de cada gota de la nube
saltar un bulto, aunque con forma humana.
Por no creer esta verdad estuve
mil veces, pero vila con la vista,
que entonces clara y sin legañas tuve.
Eran aquestos bultos de la lista
pasada los poetas referidos,
a cuya fuerza no hay quien la resista.
Unos por hombres buenos conocidos,
otros de rumbo y hampo y Dios es Cristo,
poquitos bien y muchos mal vestidos.
Entre ellos pareciome de haber visto
a don Antonio de Galarza, el bravo,
gentilhombre de Apolo y muy bienquisto.
El bajel se llenó de cabo a cabo
y su capacidad a nadie niega
copioso asiento, que es lo más que alabo.
Llovió otra nube al gran Lope de Vega,
poeta insigne, a cuyo verso o prosa
ninguno le aventaja ni aun le llega.

[368] La creencia entonces de que las ranas y los sapos caían llovidos del cielo o se formaban en la tierra al llover estaba muy extendida.°

[374] *vila con la vista*: pleonasmo.

[380] *rumbo*: 'peligro'; *hampo*: 'hampa, delincuencia'; *y Dios es Cristo*: 'jaleo, bulla, riña', como en *Guzmán de Alfarache*, p. 729: «de los de Dios es Cristo».

[383] No se tienen datos de Antonio de Galarza, citado por Cervantes como dramaturgo en el prólogo a las *Ocho comedias* (1615).°

[384] *quisto*: 'querido'.

[387] *lo más que*: hipérbaton por 'lo que más'.

[388] Lope Félix de Vega Carpio (Madrid, 1562-1635).°

Era cosa de ver maravillosa
de los poetas la apretada enjambre,
en recitar sus versos muy melosa,
este muerto de sed, aquel de hambre.
Yo dije, viendo tantos, con voz alta:
«¡Cuerpo de mí con tanta poetambre!».
Por tantas sobras conoció una falta
Mercurio y, acudiendo a remedialla,
ligero en la mitad del bajel salta.
Y con una zaranda que allí halla
(no sé si antigua o si de nuevo hecha)
zarandó mil poetas de gramalla.
Los de capa y espada no desecha
y destos zarandó dos mil y tantos,
que fue de guilla entonces la cosecha.
Colábanse los buenos y los santos
y quedábanse arriba los granzones,
más duros en sus versos que los cantos.
Y sin que les valiesen las razones
que en su disculpa daban, daba luego
Mercurio al mar con ellos a montones.
Entre los arrojados, se oyó un ciego,
que murmurando entre las ondas iba
de Apolo con un pésete y reniego.
Un sastre (aunque en sus pies flojos estriba,
abriendo con los brazos el camino)
dijo: «¡Sucio es Apolo, así yo viva!».

396 *¡cuerpo de mí!*: 'interjección o juramento que expresa admiración', como eufemismo en lugar de la expresión «¡Cuerpo de Dios!»; *poetambre*: neologismo cervantino despectivo para denominar a la muchedumbre de malos poetas.

400 *zaranda*: 'criba o cedazo'.

402 *gramalla*: 'tipo de vestidura talar'; estos *mil poetas* quizá serían religiosos o licenciados.

405 *de guilla*: 'abundante'; siempre asociado al término *cosecha* (*Autoridades*).

407 *granzones*: 'cada pedazo grueso de mineral que no pasa por la criba'.

414 *pésete y reniego*: 'juramentos, maldiciones y blasfemias'.

415 *sastre*: hace alusión al «sastre de Toledo», autor dramático citado por otros escritores de la época.°

417 *¡así yo viva!*: interjección de afirmación, 'aquí estoy yo'.

Otro (que, al parecer, iba mohíno,
con ser un zapatero de obra prima)
dijo dos mil, no un solo desatino.
Trabaja un tundidor, suda y se anima
por verse a la ribera conducido,
que más la vida que la honra estima.
El escuadrón nadante, reducido
a la marina, vuelve a la galera
el rostro con señales de ofendido.
Y uno por todos dijo: «Bien pudiera
ese chocante embajador de Febo
tratarnos bien y no desta manera.
Mas oigan lo que digo: Yo me atrevo
a profanar del monte la grandeza
con libros nuevos y en estilo nuevo».
Calló Mercurio y a poner empieza
con gran curiosidad seis camarines,
dando a la gracia ilustre rancho y pieza.
De nuevo resonaron los clarines
y así Mercurio, lleno de contento,
sin darle mal agüero los delfines,
remos al agua dio, velas al viento.

[419] *zapatero de obra prima*: 'el que confecciona zapatos', por contraposición al remendón, de inferior categoría.

[421] *tundidor*: 'el que corta el pelo de los paños'.

[425] *marina*: 'costa'.

[428] *chocante*: 'violento'.

[434] *curiosidad*: 'perfección, belleza'.

[435] *rancho*: 'sitio, lugar'.

[438] Antiguamente se creía que los delfines anunciaban viento cuando salían a la superficie.°

DEL VIAJE DEL PARNASO, CAPÍTULO TERCERO

Eran los remos de la real galera
de esdrújulos y dellos compelida
se deslizaba por el mar ligera.
Hasta el tope la vela iba tendida,
hecha de muy delgados pensamientos,
de varios lizos por amor tejida.
Soplaban dulces y amorosos vientos,
todos en popa, y todos se mostraban
al gran viaje solamente atentos.
Las sirenas en torno navegaban
dando empellones al bajel lozano,
con cuya ayuda en vuelo le llevaban.
Semejaban las aguas del mar cano
colchas encarrujadas y hacían
azules visos por el verde llano.
Todos los del bajel se entretenían,
unos glosando pies dificultosos,
otros cantaban, otros componían.
Otros de los tenidos por curiosos
referían sonetos, muchos hechos
a diferentes casos amorosos.
Otros, alfeñicados y deshechos
en puro azúcar, con la voz suave,
de su melifluidad muy satisfechos,
en tono blando, sosegado y grave,
églogas pastorales recitaban,
en quien la gala y la agudeza cabe.

2 *esdrújulos*: 'versos esdrújulos, que terminan en palabra con acento esdrújulo'; *compelida*: 'obligada, impelida'.

6 *lizos*: 'hilos fuertes con que el tejedor divide la seda o el estambre (lana fina) para que pase la lanzadera con la trama'; Cervantes emplea una expresión similar en *Quijote*, I, 47, p. 602 y en I, 6, p. 87.

14 *encarrujadas*: 'ensortijadas, retorcidas'.

15 *visos*: 'reflejos'.

22 *alfeñicados*: 'lo que es sumamente blando, delicado y sutil'.

27 *quien*: 'las cuales'.

Otros de sus señoras celebraban
en dulces versos, de la amada boca,
los escrementos que por ella echaban.
Tal hubo a quien amor así le toca
que alabó los riñones de su dama,
con gusto grande y no elegancia poca.
Uno cantó que la amorosa llama
en mitad de las aguas le encendía,
y como toro agarrochado brama.
Desta manera andaba la poesía
de en uno en otro, haciendo que hablase
este latín, aquel algarabía.
En esto, sesga la galera, vase
rompiendo el mar con tanta ligereza
que el viento aun no consiente que la pase.
Y en esto descubriose la grandeza
de la escombrada playa de Valencia,
por arte hermosa y por naturaleza.
Hizo luego de sí grata presencia
el gran don Luis Ferrer, marcado el pecho
de honor y el alma de divina ciencia.
Desembarcose el dios y fue derecho
a darle cuatro mil y más abrazos,
de su vista y su ayuda satisfecho.
Volvió la vista y reiteró los lazos
en don Guillén de Castro, que venía
deseoso de verse en tales brazos.

[30] *escrementos*: 'materia inútil y superflua que se expide por cualquier parte del cuerpo'; en este caso puede referirse a la saliva o, por metáfora, a las palabras que salen de la boca de las damas.

[35] Motivo poético, ahora satirizado, que se repite en *Los baños de Argel* (1615).°

[36] *agarrochado*: 'lastimado por garrochas, vara larga que acaba en un harponcillo'.

[39] *algarabía*: 'lengua árabe'.

[40] *sesga*: 'se desplaza oblicuamente'.

[44] *escombrada*: 'despejada'.

[47] Luis Ferrer de Cardona (1574?-1641), caballero y poeta valenciano también elogiado por Lope.°

[47-48] *marcado el pecho de honor*: es decir, con la insignia de Santiago, de cuya Orden era miembro Luis Ferrer.

[53] Guillén de Castro y Bellvís (1569-1631), poeta y dramaturgo valenciano,

Cristóbal de Virués se le seguía
con Gaspar de Aguilar, junta famosa
de las que Turia en sus riberas cría.
No le pudo llegar más valerosa
escuadra al gran Mercurio ni él pudiera
desearla mejor ni más honrosa.
Luego se descubrió por la ribera
un tropel de gallardos valencianos,
que a ver venían la sin par galera.
Todos con instrumentos en las manos
de estilos y librillos de memoria,
por bizarría y por ingenio ufanos.
Codiciosos de hallarse en la vitoria,
que ya tenían por segura y cierta,
de las heces del mundo y de la escoria.
Pero Mercurio les cerró la puerta,
digo, no consintió que se embarcasen
y el porqué no lo dijo, aunque se acierta.
Y fue porque temió que no se alzasen,
siendo tantos y tales, con Parnaso
y nuevo imperio y mando en él fundasen.
En esto viose con brioso paso
venir al magno Andrés Rey de Artieda,
no por la edad descaecido o laso.
Hicieron todos espaciosa rueda
y, cogiéndole en medio, le embarcaron,
más rico de valor que de moneda.

autor de *Las Mocedades del Cid* (1618). Cervantes lo menciona también en el Prólogo a las *Ocho comedias* (1615).°

55 Cristóbal de Virués (1550?-1615?), poeta y dramaturgo valenciano que Cervantes ya había citado en la estrofa 104 del «Canto de Calíope».°

56 Gaspar de Aguilar (Valencia 1561-1623), poeta y dramaturgo.°

57 *Turia:* río que pasa por Valencia; la expresión era tópica.

65 *estilos y librillos de memoria*: 'plumas de metal y libretas de bolsillo'.

72 *se acierta*: 'se adivina'.

73 *se alzasen*: 'tomasen (un territorio)'.

77 Andrés Rey de Artieda (1549-1613) fue poeta y dramaturgo, además de jurista y soldado. Cervantes lo cita también en la estrofa 102 del «Canto de Calíope».°

78 *descaecido o laso*: 'decaído o flojo'.

Al momento las áncoras alzaron
y las velas ligadas a la entena
los grumetes apriesa desataron.
De nuevo por el aire claro suena
el son de los clarines y de nuevo
vuelve a su oficio cada cual sirena.
Miró el bajel por entre nubes Febo
y dijo en voz que pudo ser oída:
«Aquí mi gusto y mi esperanza llevo».
De remos y sirenas impelida,
la galera se deja atrás el viento
con milagrosa y próspera corrida.
Leíase en los rostros el contento
que llevaban los sabios pasajeros,
durable por no ser nada violento.
Unos por el calor iban en cueros;
otros, por no tener godescas galas,
en traje se vistieron de romeros.
Hendía en tanto las neptúneas salas
la galera, del modo como hiende
la grulla el aire con tendidas alas.
En fin, llegamos donde el mar se extiende
y ensancha y forma el golfo de Narbona,
que de ningunos vientos se defiende.
Del gran Mercurio la cabal persona,
sobre seis resmas de papel sentada,
iba con cetro y con real corona.
Cuando una nube, al parecer preñada,
parió cuatro poetas en crujía
o los llovió, razón más concertada.

[85-86] Cabe reconocer aquí un eco lejano de los versos 31-32 de la «Profecía del Tajo» de fray Luis de León: «al cielo toca / con temeroso son la trompa fiera».°

[96] Compárese con el aforismo latino «Nihil violentum durabile».°

[98] *godescas*: 'nobles'.

[104] El *golfo de Narbona* está entre el cabo de Leucate y el de San Pedro, esto es, entre la parte sur de la costa francesa y la sur de la española.

[110] *crujía*: véase I, 259. Se entiende que la nube arrojó cuatro poetas a la galera, los cuales fueron a parar al camino de tablas entre los bancos de los galeotes, que recorría la galera de proa al alcázar de popa. Esto es: a la crujía.

Fue el uno aquel de quien Apolo fía
su honra, Juan Luis de Casanate,
poeta insigne de mayor cuantía.
El mismo Apolo de su ingenio trate,
él le alabe, él le premie y recompense,
que el alabarle yo sería dislate.
Al segundo llovido, el uticense
Catón no le igualó, ni tiene Febo
quien tanto por él mire ni en él piense.
Del contador Gaspar de Barrionuevo
mal podrá el corto flaco ingenio mío
loar el suyo así como yo debo.
Llenó del gran bajel el gran vacío
el gran Francisco de Rioja, al punto
que saltó de la nube en el navío.
A Cristóbal de Mesa vi allí junto
a los pies de Mercurio, dando fama
a Apolo, siendo dél propio trasumpto.
A la gavia un grumete se encarama
y dijo a voces: «La ciudad se muestra
que Génova del dios Jano se llama».
«Déjese la ciudad a la siniestra
mano –dijo Mercurio–, el bajel vaya
y siga su derrota por la diestra».
Hacer al Tíber vimos blanca raya
dentro del mar, habiendo ya pasado
la ancha, romana y peligrosa playa.

[113] Existen dudas sobre la identidad de este *Juan Luis de Casanate*; lo más probable es que se trate de un sacerdote y abogado natural de Tarazona.°

[114] *cuantía*: 'calidad'.

[118-119] el *uticense / Catón*: político romano (95-46 a.C.) partidario de Pompeyo que se suicidó en Útica.

[121] Gaspar de Barrionuevo (Toledo, 1562-Sicilia, *c.* 1624) fue soldado y poeta, amigo de Lope de Vega.°

[125] Nótese la reiteración del adjetivo *gran* que ensalza la figura de Francisco de Rioja (Sevilla, 1583-1659), afamado poeta, clérigo y bibliotecario, fue cronista real.°

[127] A Cristóbal de Mesa (Zafra, 1559-Madrid, 1633), conocido poeta épico que vivió en Sevilla, Cervantes ya le había citado en el «Canto de Calíope» de *La Galatea*, p. 372.°

[130] *gavia*: 'garita redonda que rodea toda la extremidad del mástil para que desde ella el grumete pueda avistar lo que sucede en el mar'.

[132] Se pensaba que el nombre de la ciudad de Génova proviene del dios Jano.°

[135] *derrota*: 'rumbo'.

De lejos viose el aire condensado
del humo que el Estrómbalo vomita
de azufre y llamas y de horror formado.
Huyen la isla infame y solicita
el suave poniente así el viaje
que lo acorta, lo allana y facilita.
Vímonos en un punto en el paraje
do la nutriz de Eneas piadoso
hizo el forzoso y último pasaje.
Vimos desde allí a poco el más famoso
monte que encierra en sí nuestro emisfero,
más gallardo a la vista y más hermoso.
Las cenizas de Títiro y Sincero
están en él y puede ser por esto
nombrado entre los montes por primero.
Luego se descubrió donde echó el resto
de su poder naturaleza, amiga
de formar de otros muchos un compuesto.
Viose la pesadumbre sin fatiga
de la bella Parténope, sentada
a la orilla del mar, que sus pies liga,
de castillos y torres coronada,
por fuerte y por hermosa en igual grado
tenida, conocida y estimada.

[140] *Estrómbalo*: es decir, Estrómboli, volcán de la isla del mismo nombre perteneciente al archipiélago de las Eolias, al norte de Sicilia.

[142] *la isla infame*: probablemente Capri, pero también puede ser Cerdeña.°

[146] *la nutriz de Eneas*: la nodriza Caieta o Gaeta, citada por Virgilio en la *Eneida*, VII, vv. 1 y ss.).

[149] *emisfero*: 'hemisferio'; es italianismo.°

[151] *Títiro y Sincero*: Virgilio y Sannazaro; el verso hace referencia a la colina del monte Posilipo, sepultura de ambos poetas.

[154] *echó el resto*: 'puso lo mejor', expresión naipesca; véase *Viaje*, IV, 322 y V, 46.

[156] *otros muchos*: se refiere a 'elementos'.

[158] *Parténope*: antiguo nombre de Nápoles, por metonimia del nombre de la sirena allí enterrada que trató de atraer a Ulises con su canto; lugar poético común, como en la elegía II de Garcilaso.

[160] Hace referencia a los castillos y torres de la ciudad de Nápoles: castillo san Elmo, del Ovo, Novo, del Carmine y Capuano.

Mandome el del alígero calzado
que me aprestase y fuese luego a tierra
a dar a los Lupercios un recado
en que les diese cuenta de la guerra
temida, y que a venir les persuadiese
al duro y fiero asalto, al ¡cierra, cierra!
«Señor», le respondí, «si acaso hubiese
otro que la embajada les llevase
que más grato a los dos hermanos fuese
que yo no soy, sé bien que negociase
mejor». Dijo Mercurio: «No te entiendo
y has de ir antes que el tiempo más se pase».
«Que no me han de escuchar estoy temiendo»,
le repliqué, «y así el ir yo no importa,
puesto que en todo obedecer pretendo.
»Que no sé quién me dice y quién me exhorta
que tienen para mí, a lo que imagino,
la voluntad, como la vista, corta.
»Que si esto así no fuera, este camino
con tan pobre recámara no hiciera
ni diera en un tan hondo desatino.
»Pues si alguna promesa se cumpliera
de aquellas muchas que al partir me hicieron,
lléveme Dios si entrara en tu galera.
»Mucho esperé, si mucho prometieron,
mas podía ser que ocupaciones nuevas
les obligue a olvidar lo que dijeron.
»Muchos, señor, en la galera llevas
que te podrán sacar el pie del lodo,
parte y escusa de hacer más pruebas».
«Ninguno –dijo– me hable dese modo,
que si me desembarco y los embisto,
voto a Dios, que me traiga al Conde y todo.

[163] Es decir, Mercurio.

[165] *Lupercios*: se trata de los hermanos Argensola, Lupercio Leonardo (1559-1613) fue secretario del virrey de Nápoles y Bartolomé Leonardo (1561-1631) fue eclesiástico e historiador.°

[168] *al ¡cierra, cierra!*: 'al combate'.

[182] *recámara*: 'equipaje'.

[195] Alude al conde de Lemos, virrey de Nápoles, de cuyo séquito hubiera querido formar parte Cervantes; véanse más adelante los versos 206 y VIII, 337.

»Con estos dos famosos me enemisto,
que habiendo levantado a la poesía
al buen punto en que está como se ha visto,
»quieren con perezosa tiranía
alzarse (como dicen) a su mano
con la ciencia que a ser divinos guía.
»¡Por el solio de Apolo soberano
juro...! Y no digo más», y, ardiendo en ira,
se echó a las barbas una y otra mano.
Y prosiguió diciendo: «El dotor Mira,
apostaré, si no lo manda el Conde,
que también en sus puntos se retira.
»Señor galán, parezca: ¿a qué se esconde?
Pues a fe, por llevarle, si él no gusta,
que ni le busque, aseche ni le ronde.
»¿Es esta empresa acaso tan injusta
que se esquiven de hallar en ella cuantos
tienen conciencia limitada y justa?
»¿Carece el cielo de poetas santos,
puesto que brote a cada paso el suelo
poetas, que lo son tantos y tantos?
»¿No se oyen sacros himnos en el cielo?
¿La arpa de David allá no suena,
causando nuevo acidental consuelo?
»¡Fuera melindres! ¡Ícese la entena,
que llegue al tope!», y luego obedecido
fue de la chusma sobre buenas buena.

[200] *alzarse*: 'en el juego de naipes, es levantarse el que está ganando, sin permitir el desquite al contrario'.

[202] *solio*: 'trono'.

[203] *ardiendo en ira*: se dan expresiones similares en *Viaje*, IV, 558; VII, 20; VIII, 95.°

[205] Antonio Mira de Amescua (1574?-1644), eclesiástico, poeta y dramaturgo, alabado por Cervantes en el Prólogo a las *Ocho comedias* (1615) por su gravedad.°

[207] 'también lo deja cuando alcanza los puntos necesarios en el juego', expresión naipesca.

[210] *aseche*: 'disponga con malicia algo para hacer daño a alguien'.°

[212] *hallar*: con significado reflexivo pero sin la repetición del pronombre *se*, que ya aparece junto al verbo *esquivar*.

[213] *limitada*: 'ceñida'; en el sentido de 'poner límites'.

[219] *acidental*: 'esencial, natural'.°

Poco tiempo pasó cuando un ruido
se oyó que los oídos atronaba
y era de perros áspero ladrido.
Mercurio se turbó, la gente estaba
suspensa al triste son y en cada pecho
el corazón más válido temblaba.
En esto descubriose el corto estrecho,
que Escila y que Caribdis espantosas
tan temeroso con su furia han hecho.
«Estas olas, que veis presuntuosas
en visitar las nubes de contino
y aun de tocar el cielo codiciosas,
»venciolas el prudente peregrino
amante de Calipso, al tiempo cuando
hizo –dijo Mercurio– este camino.
»Su prudencia nosotros imitando,
echaremos al mar en qué se ocupen,
en tanto que el bajel pasa volando.
»Que en tanto que ellas tasquen, roan, chupen
el mísero que al mar ha de entregarse,
seguro estoy que el paso desocupen.
»Miren si puede en la galera hallarse
algún poeta desdichado, acaso,
que a las fieras gargantas pueda darse».
Buscáronle y hallaron a Lofraso,
poeta militar, sardo, que estaba
desmayado a un rincón, marchito y laso;
que a sus *Diez libros de fortuna* andaba
añadiendo otros diez, y el tiempo escoge
que más desocupado se mostraba.

230 *Escila* y *Caribdis* son dos rocas del estrecho de Mesina que ya citó Homero en un célebre pasaje de la *Odisea*, XII, 85, 104; es un tópico poético de la época.

231 *temeroso*: 'temible'.

235-236 *el prudente peregrino / amante de Calipso*: es decir, Ulises.

238 Eco garcilasiano: «sus quejas imitando» (égloga I, v. 3).

246 Existía la superstición de que la furia del mar se calmaba arrojándole una víctima.°

247 Antonio de lo Frasso (Alguer, Cerdeña, *c.* 1540-*c.* 1600), militar y poeta, a quien se vuelve a citar en *Viaje*, VII, 130.°

Gritó la chusma toda: «¡Al mar se arroje,
vaya Lofraso al mar sin resistencia!».
«Por Dios –dijo Mercurio– que me enoje.
»¿Cómo y no será cargo de conciencia,
y grande, echar al mar tanta poesía,
puesto que aquí nos hunda su inclemencia?
»Viva Lofraso, en tanto que dé al día
Apolo luz y en tanto que los hombres
tengan discreta alegre fantasía.
»Tócante a ti, ¡oh Lofraso!, los renombres
y epítetos de agudo y de sincero,
y gusto que mi cómitre te nombres».
Esto dijo Mercurio al caballero,
el cual en la crujía en pie se puso
con un rebenque despiadado y fiero.
Creo que de sus versos le compuso
y no sé cómo fue que en un momento
(o ya el cielo o Lofraso lo dispuso)
salimos del estrecho a salvamento,
sin arrojar al mar poeta alguno
(tanto del sardo fue el merecimiento).
Mas luego otro peligro, otro importuno
temor amenazó, si no gritara
Mercurio cual jamás gritó ninguno,
diciendo al timonero: «¡A orza, para,
amáinese de golpe!», y todo a un punto
se hizo y el peligro se repara.
«Estos montes que veis que están tan junto
son los que Acroceraunos son llamados,
de infame nombre, como yo barrunto».

[264] *cómitre*: 'contramaestre que marca el ritmo de la boga y que decide y aplica el castigo y rigor usado con remeros y forzados'.

[267] *rebenque*: «látigo largo de cuero o cáñamo que se usaba con los galeotes» (*Autoridades*); el término es empleado también en *Quijote*, I, 22, p. 266, II, 63, p. 1254.

[277] *a orza*: 'acción de virar el barco llevando la proa contra el viento', lo que detiene la nave.

[278] *amáinese*: 'recójanse las velas'.

[281] *Acroceraunos*: montes del Epiro, ya citados por Virgilio en la *Eneida* III, 506-507 y por Horacio en *Carmina* I, oda III.°

Asieron de los remos los honrados,
los tiernos, los melifluos, los godescos
y los de a cantimplora acostumbrados.

Los fríos los asieron y los frescos,
asiéronlos también los calurosos
y los de calzas largas y gregüescos.

Del sopraestante daño temerosos,
todos a una la galera empujan
con flacos y con brazos poderosos.

Debajo del bajel se somurmujan
las sirenas, que dél no se apartaron,
y a sí mismas en fuerzas sobrepujan.

Y en un pequeño espacio la llevaron
a vista de Corfú y a mano diestra
la isla inexpugnable se dejaron.

Y, dando la galera a la siniestra,
discurría de Grecia las riberas,
adonde el cielo su hermosura muestra.

Mostrábanse las olas lisonjeras,
impeliendo el bajel suavemente,
como burlando con alegres veras.

Y luego al parecer por el oriente,
rayando el rubio sol nuestro horizonte
con rayas rojas hebras de su frente,

gritó un grumete y dijo: «¡El monte, el monte,
el monte se descubre, donde tiene
su buen rocín el gran Belorofonte!

»Por el monte se arroja y a pie viene
Apolo a recebirnos». «Yo lo creo»,
dijo Lofraso, «y llega a la Hipocrene.

[283] 'que todos se pongan al remo'; contrasta con la idea que expresa el soldado corsario Mamí en *El trato de Argel*, *Comedias y tragedias*, pp. 941-942.°

[284] *los godescos*: 'los nobles'; véase *Viaje*, II, 104.

[285] 'los acostumbrados a beber de cantimplora'.

[288] *gregüescos*: 'calzones'.

[289] *sopraestante*: italianismo, 'inminente'.

[292] *somurmujan*: 'sumergen'.°

[297] *isla inexpugnable*: se refiere a Malta, por su resistencia a los turcos.

[299] *discurría*: 'recorría'.

[307-308] Triple grito al divisar el monte, común en las navegaciones.

[309] Es decir, Pegaso.

[312] *Hipocrene*: fuente de las musas en el monte Helicón (Beocia) que brotó tras una coz de Pegaso.

»Yo desde aquí columbro, miro y veo
que se andan solazando entre unas matas
las musas con dulcísimo recreo.
»Unas antiguas son, otras novatas
y todas con ligero paso y tardo
andan las cinco en pie, las cuatro a gatas».
«Si tú tal ves –dijo Mercurio– ¡oh sardo
poeta!, que me corten las orejas
o me tengan los hombres por bastardo.
»Dime, ¿por qué algún tanto no te alejas
de la ignorancia, pobretón, y adviertes
lo que cantan tus rimas en tus quejas?
»¿Por qué con tus mentiras nos diviertes
de recebir a Apolo cual se debe,
por haber mejorado vuestras suertes?».
En esto mucho más que el viento leve,
bajó el lucido Apolo a la marina
a pie, porque en su carro no se atreve.
Quitó los rayos de la faz divina,
mostrose en calzas y en jubón vistoso,
porque dar gusto a todos determina.
Seguíale detrás un numeroso
escuadrón de doncellas bailadoras,
aunque pequeñas, de ademán brioso.
Supe poco después que estas señoras
(sanas las más, las menos malparadas)
las del tiempo y del sol eran las horas.
Las medio rotas eran las menguadas;
las sanas, las felices y con esto
eran todas en todo apresuradas.
Apolo luego con alegre gesto
abrazó a los soldados que esperaba
para la alta ocasión que se ha propuesto.

[319] *sardo*: 'natural de Cerdeña'.

[325] *diviertes*: 'distraes'.

[331] Eco de Ovidio, *Metamorfosis*, II, 1: «At genitor circum caput omne micantes / deposuit radios».

[332] 'en ropa interior vistosa'.

[339] *las horas*: las Horas, las doce hijas de Cronos.

[340] *menguadas*: 'las horas menguadas', las temibles y desgraciadas.

[345] *la alta ocasión*: 'la batalla'. Ya Cervantes se había referido a la batalla de

Y no de un mismo modo acariciaba
a todos, porque alguna diferencia
hacía con los que él más se alegraba.
Que a los de señoría y excelencia
nuevos abrazos dio, razones dijo
en que guardó decoro y preeminencia.
Entre ellos abrazó a don Juan de Arguijo,
que no sé en qué, o cómo, o cuándo hizo
tan áspero viaje y tan prolijo.
Con él a su deseo satisfizo
Apolo y confirmó su pensamiento,
mandó, vedó, quitó, hizo y deshizo.
Hecho, pues, el sin par recebimiento
do se halló don Luis de Barahona
llevado allí por su merecimiento,
del siempre verde lauro una corona
le ofrece Apolo en su intención, y un vaso
del agua de Castalia y de Helicona.
Y luego vuelve el majestoso paso
y el escuadrón pensado y de repente
le sigue por las faldas del Parnaso.
Llegose en fin a la Castalia fuente
y, en viéndola, infinitos se arrojaron,
sedientos, al cristal de su corriente.
Unos no solamente se hartaron,
sino que pies y manos y otras cosas
algo más indecentes se lavaron;
otros, más advertidos, las sabrosas
aguas gustaron poco a poco, dando
espacio al gusto, a pausas melindrosas.

Lepanto en el Prólogo al *Quijote*, II, como «la más alta ocasión que vieron los siglos pasados».

[352] Juan de Arguijo (Sevilla, 1567-1623), sonetista a quien Lope dedicó *La Dragontea* (1598).°

[357] Fórmula jurídica repetida por Cervantes en el *Quijote*, II, 20, p. 809.

[359] *don Luis de Barahona*: ciertos editores expresan sus dudas acerca de este personaje, que otros identifican con Luis Barahona de Soto (1548-1595).°

[363] *Castalia* y *Helicona*: fuentes de las musas; sus aguas inspiraban a los poetas; la segunda toma el nombre del monte Helicón.

[364] *majestoso*: 'majestuoso'; es italianismo.

[365] *pensado y de repente*: en relación a los poetas, los que componían despacio

El bríndez y el caraos se puso en bando,
porque los más, de bruces y no a sorbos,
el suave licor fueron gustando.
De ambas manos hacían vasos corvos
otros y algunos de la boca al agua
temían de hallar cien mil estorbos.
Poco a poco la fuente se desagua
y pasa en los estómagos bebientes
y aún no se apaga de su sed la fragua.
Mas díjoles Apolo: «Otras dos fuentes
aún quedan, Aganipe e Hipocrene,
ambas sabrosas, ambas excelentes;
cada cual de licor dulce y perene,
todas de calidad aumentativa
del alto ingenio que a gustarlas viene».
Beben y suben por el monte arriba
por entre palmas y entre cedros altos
y entre árboles pacíficos de oliva.
De gusto llenos y de angustia faltos,
siguiendo a Apolo el escuadrón camina,
unos a pedicoj, otros a saltos.
Al pie sentado de una antigua encina
vi a Alonso de Ledesma componiendo
una canción angélica y divina.
Conocile y a él me fui corriendo
con los brazos abiertos como amigo,
pero no se movió con el estruendo.
«¿No ves –me dijo Apolo– que consigo
no está Ledesma agora, no ves claro
que está fuera de sí y está conmigo?».

y escribiendo y los que improvisaban oralmente (conocidos en ciertas tradiciones como «repentistas»).

376 *bríndez*: "brindis'; *caraos*: 'palabra tedesca, introducida en España cuando se brinda unos a otros y vale tanto como acabar el vaso y beberle todo' (Covarrubias); *puso en bando*: 'desterró', italianismo.

393 El arbol del olivo era símbolo de paz y prosperidad.

396 *a pedicoj*: 'a la pata coja'.

398 Alonso de Ledesma Buitrago (Segovia 1562-1632), poeta, autor de las tres partes de *Conceptos espirituales* (Madrid, 1600; 1606; 1612).°

400 *conocíle*: 'lo reconocí'.

A la sombra de un mirto, al verde amparo
Jerónimo de Castro sesteaba,
varón de ingenio peregrino y raro.
Un motete imagino que cantaba
con voz suave, yo quedé admirado
de verle allí, porque en Madrid quedaba.
Apolo me entendió y dijo: «Un soldado
como este no era bien que se quedara
entre el ocio y el sueño sepultado.
Yo le truje (y sé cómo), que a mi rara
potencia no la impide otra ninguna
ni inconveniente alguno la repara».
En esto se llegaba la oportuna
hora, a mi parecer, de dar sustento
al estómago pobre y más si ayuna.
Pero no le pasó por pensamiento
a Delio, que el ejército conduce,
satisfacer al mísero hambriento.
Primero a un jardín rico nos reduce,
donde el poder de la naturaleza
y el de la industria más campea y luce.
Tuvieron los Hespérides belleza
menor, no le igualaron los Pensiles
en sitio, en hermosura y en grandeza.
En su comparación se muestran viles
los de Alcínoo, en cuyas alabanzas
se han ocupado ingenios bien sotiles.

[407] Poeta, Jerónimo de Castro fue albacea en el testamento de Vicente Espinel, fallecido en 1624. Cervantes hace notar en estos versos que era también soldado.

[409] *motete*: 'composición musical breve para cantar en las iglesias; solía escribirse sobre pasajes de la Escritura'.

[414] Eco de fray Luis de León: «en sueño y en olvido sepultado» («Noche serena», v. 5); y de Fernando de Herrera: «en ciego olvido sepultado» (soneto L, v. 5).

[417] *repara*: 'enmienda, corrige'.

[422] *Delio*: Apolo, por ser natural de Delos; así también en *Viaje*, V, 251; VII, 312 y VIII, 122.

[426] *industria*: 'ingenio, sutileza, maña o artificio'.

[427] *Hespérides*: jardines, custodiados por las hermanas de este nombre y un dragón, donde se hallaban las tres manzanas de oro.

[428] *Pensiles*: jardines colgantes de Babilonia, considerados una de las siete maravillas del mundo.

[431] Se refiere a los jardines de Alcí-

No sujeto del tiempo a las mudanzas,
que todo el año primavera ofrece
frutos en posesión, no en esperanzas.
Naturaleza y arte allí parece
andar en competencia y está en duda
cuál vence de las dos, cuál más merece.
Muéstrase balbuciente y casi muda,
si le alaba, la lengua más experta,
de adulación y de mentir desnuda.
Junto con ser jardín, era una huerta,
un soto, un bosque, un prado, un valle ameno,
que en todos estos títulos concierta;
de tanta gracia y hermosura lleno
que una parte del cielo parecía
el todo del bellísimo terreno.
Alto en el sitio alegre Apolo hacía
y allí mandó que todos se sentasen,
a tres horas después de mediodía.
Y porque los asientos señalasen
el ingenio y valor de cada uno,
y unos con otros no se embarazasen,
a despecho y pesar del importuno,
ambicioso deseo, les dio asiento
en el sitio y lugar más oportuno.
Llegaban los laureles casi a ciento,
a cuya sombra y troncos se sentaron
algunos de aquel número contento;
otros los de las palmas ocuparon
de los mirtos y yedras, y los robles
también varios poetas albergaron.
Puesto que humildes, eran de los nobles
los asientos cual tronos levantados,
porque tú, ¡oh envidia!, aquí tu rabia dobles.

noo, rey de los feacios, citados por Homero en la *Odisea*, VII, vv. 112-131.

[435] Ecos de fray Luis de León: «ya muestra en esperanza el fruto cierto» («Vida retirada», oda I, v. 45).

[439-441] Este terceto se repite casi con las mismas palabras en la Epístola a Mateo Vázquez y en parte también aparece en la jornada I de *El trato de Argel*. Se observa la influencia garcilasiana.°

[456] Esto es, bajo el árbol que les correspondía a sus méritos poéticos.

En fin, primero fueron ocupados
los troncos de aquel ancho circuito
para honrar a poetas dedicados,

antes que yo en el número infinito
hallase asiento y así en pie quedeme
despechado, colérico y marchito.

Dije entre mí: «¿Es posible que se extreme
en perseguirme la fortuna airada,
que ofende a muchos y a ninguno teme?».

Y volviéndome a Apolo con turbada
lengua, le dije lo que oirá el que gusta
saber, pues la tercera es acabada,
la cuarta parte desta empresa justa.

469 *en el número infinito*: 'en el grupo de los poetas vulgares, corrientes'.

DEL VIAJE DEL PARNASO, CAPÍTULO CUARTO

Suele la indignación componer versos,
pero si el indignado es algún tonto,
ellos tendrán su todo de perversos.
De mí yo no sé más, sino que prompto
me hallé para decir en tercia rima
lo que no dijo el desterrado a Ponto.
Y así le dije a Delio: «No se estima,
señor, del vulgo vano el que te sigue
y al árbol sacro del laurel se arrima.
»La envidia y la ignorancia le persigue
y así, envidiado siempre y perseguido,
el bien que espera por jamás consigue.
»Yo corté con mi ingenio aquel vestido
con que al mundo la hermosa *Galatea*
salió para librarse del olvido.
»Soy por quien *La confusa*, nada fea,
pareció en los teatros admirable
(si esto a su fama es justo se le crea).
»Yo con estilo en parte razonable
he compuesto comedias, que en su tiempo
tuvieron de lo grave y de lo afable.
»Yo he dado en *Don Quijote* pasatiempo
al pecho melancólico y mohíno
en cualquiera sazón, en todo tiempo.

[1] Juvenal, *Sátiras*, I, v. 79: «Si natura negat, facit indignatio versum».

[3] Juvenal, *Sátiras*, I, v. 80: «Qualemcumque potest: quales ego vel Cluvienus».

[6] Se refiere a Ovidio, desterrado a Tomis, en el Ponto Euxino (Mar Negro), por Octavio Augusto.

[7-9] Cervantes hace alusión al poco aprecio que el vulgo siente hacia el poeta, un tópico de todos los tiempos.

[12] *por jamás*: 'nunca jamás'.

[14] *Galatea*: se refiere aquí Cervantes a su novela pastoril *La Galatea*, publicada en 1585.

[16] *La confusa*: comedia de Cervantes hoy perdida.°

[19-21] Una idea parecida repite Cervantes en el prólogo a las *Ocho comedias* (1615).°

[25] Se refiere a las *Novelas ejemplares*, publicadas en 1613.

»Yo he abierto en mis *Novelas* un camino,
por do la lengua castellana puede
mostrar con propiedad un desatino.
»Yo soy aquel que en la invención excede
a muchos y al que falta en esta parte
es fuerza que su fama falta quede.
»Desde mis tiernos años amé el arte
dulce de la agradable poesía,
y en ella procuré siempre agradarte.
»Nunca voló la pluma humilde mía
por la región satírica, bajeza
que a infames premios y desgracias guía.
»Yo el soneto compuse que así empieza
por honra principal de mis escritos:
"¡Voto a Dios, que me espanta esta grandeza!".
»Yo he compuesto romances infinitos
y el de *Los celos* es aquel que estimo
entre otros, que los tengo por malditos.
»Por esto me congojo y me lastimo
de verme solo en pie, sin que se aplique
árbol que me conceda algún arrimo.
»Yo estoy, cual decir suelen, puesto a pique
para dar a la estampa al gran *Persiles*,
con que mi nombre y obras multiplique.
»Yo en pensamientos castos y sotiles,
dispuestos en sonetos de a docena,
he honrado tres sujetos fregoniles.

[27] Verso muy citado por la crítica a la hora de comentar la mayor o menor verosimilitud de las obras cervantinas que acaso tenga ya un precedente en la «Epístola a Veneziano» (aquí poema número 9, v. 53).°

[28] *invención*: 'artificio retórico con que el orador dispone lo necesario para un discurso y su compostura y erudición'.°

[35] *bajeza*: 'acción indigna'.

[41] La crítica acepta de forma unánime que el romance así titulado por Cervantes es el que empieza «Yace donde el sol se pone» (poema 22, p. 209).

[44] *se aplique*: 'se asigne'.

[46] *a pique*: 'a punto'.

[47] *Los trabajos de Persiles y Sigismunda*, publicados póstumamente en 1617.

[51] Se refiere a los tres sonetos que dedicó, respectivamente, a la protagonista de *La ilustre fregona* («Raro, humilde sujeto que levantas») y a la criada Cristina de *La entretenida* (jornada II: «Pluguiera a Dios que nunca aquí viniera» y «Que de un lacá / la fuerza poderó»).

»También al par de Filis mi Silena
resonó por las selvas, que escucharon
más de una y otra alegre cantilena,
»y en dulces varias rimas se llevaron
mis esperanzas los ligeros vientos,
que en ellos y en la arena se sembraron.
»Tuve, tengo y tendré los pensamientos
(merced al cielo que a tal bien me inclina)
de toda adulación libres y exentos.
»Nunca pongo los pies por do camina
la mentira, la fraude y el engaño,
de la santa virtud total ruina.
»Con mi corta fortuna no me ensaño,
aunque por verme en pie como me veo
y en tal lugar, pondero así mi daño.
»Con poco me contento, aunque deseo
mucho». A cuyas razones enojadas
con estas blandas respondió Timbreo:
«Vienen las malas suertes atrasadas
y toman tan de lejos la corriente
que son temidas, pero no escusadas.
»El bien les viene a algunos de repente,
a otros poco a poco y sin pensallo,
y el mal no guarda estilo diferente.
»El bien que está adquirido, conservallo
con maña, diligencia y con cordura
es no menor virtud que el granjeallo.

[52] El de *Filis* es un nombre pastoril femenino muy común en la poesía de la época; el de *Silena*, asimismo frecuente en la literatura pastoril, lo emplea Cervantes en *La Galatea* y en el llamado *Romance de los celos*.

[53] *resonó por las selvas*: eco del verso «Formosam resonare doces Amaryllida silvas» de Virgilio, égloga I, v. 5.

[54] *cantilena*: 'cantar o copla hechos para ser cantados repetidamente'.

[58] *tuve, tengo y tendré*: aseveración enfática a través de un políptoton.

[69] *Timbreo*: es decir, Apolo, dado que este tenía un templo en Thymbria.

[70] *atrasadas*: 'de atrás'.

[70-72] Compárense estos versos con este pasaje de *Quijote*, I, 27, p. 335: «¿de qué me quejo, desventurado de mí, pues es cosa cierta que cuando traen las desgracias la corriente de las estrellas, como vienen de alto abajo, despeñándose con furor y con violencia, no hay fuerza en la tierra que las detenga, ni industria humana que prevenirlas pueda?».°

»Tú mismo te has forjado tu ventura
y yo te he visto alguna vez con ella,
pero en el imprudente poco dura.
»Mas si quieres salir de tu querella
alegre y no confuso y consolado,
dobla tu capa y siéntate sobre ella,
»que tal vez suele un venturoso estado,
cuando le niega sin razón la suerte,
honrar más merecido que alcanzado».
«Bien parece, señor, que no se advierte»,
le respondí, «que yo no tengo capa».
Él dijo: «Aunque sea así, gusto de verte.
»La virtud es un manto con que tapa
y cubre su indecencia la estrecheza,
que esenta y libre de la envidia escapa».
Incliné al gran consejo la cabeza,
quedeme en pie, que no hay asiento bueno,
si el favor no le labra o la riqueza.
Alguno murmuró, viéndome ajeno
del honor que pensó se me debía,
del planeta de luz y virtud lleno.
En esto pareció que cobró el día
un nuevo resplandor y el aire oyose
herir de una dulcísima armonía.
Y en esto por un lado descubriose
del sitio un escuadrón de ninfas bellas,
con que infinito el rubio dios holgose.
Venía en fin y por remate dellas
una resplandeciendo, como hace
el sol ante la luz de las estrellas.
La mayor hermosura se deshace
ante ella y ella sola resplandece
sobre todas y alegra y satisface.

[79-81] Estos versos admiten ser interpretados en clave biográfica.°

[106] En este terceto se reconoce un eco de la *Divina Comedia*, Purgatorio, XXVIII, vv. 64-66: «Non credo che splendese tanto lume / sotto le ciglia a Venere, trafitta / dal figlio fuor di tutto suo costume».

[107] *como hace*: 'como resplandece'; comienza aquí la descripción de la poesía.

Bien así semejaba, cual se ofrece
entre líquidas perlas y entre rosas
la aurora que despunta y amanece.
La rica vestidura, las preciosas
joyas que la adornaban competían
con las que suelen ser maravillosas.
Las ninfas que al querer suyo asistían
en el gallardo brío y bello aspecto
las artes liberales parecían.
Todas con amoroso y tierno afecto,
con las ciencias más claras y escondidas
le guardaban santísimo respecto.
Mostraban que en servirla eran servidas
y que por su ocasión de todas gentes
en más veneración eran tenidas.
Su influjo y su reflujo las corrientes
del mar y su profundo le mostraban,
y el ser padre de ríos y de fuentes.
Las yerbas su virtud la presentaban;
los árboles, sus frutos y sus flores;
las piedras, el valor que en sí encerraban;
el santo amor, castísimos amores;
la dulce paz, su quietud sabrosa;
la guerra amarga, todos sus rigores.
Mostrábasele clara la espaciosa
vía por donde el sol hace contino
su natural carrera y la forzosa.
La inclinación o fuerza del destino
y de qué estrellas consta y se compone
y cómo influye este planeta o signo

118 *querer*: 'mandar, determinar'.

120 *artes liberales*: aquellas que se ejercen con el intelecto, como la Gramática, Dialéctica o la Geometría.

124 *servidas*: 'complacidas'.

129 La poesía es presentada en este terceto y en el que sigue como ciencia universal que conoce, entre otros secretos, los de las aguas, de las plantas y de los minerales.

130 *virtud*: 'eficacia de algunas cosas para curar'.

138 Se refiere al movimiento del sol.

139-141 Se ha reconocido en estos versos ecos del poema «A Felipe Ruiz» (vv. 51-57) de fray Luis de León.°

todo lo sabe, todo lo dispone
la santa y hermosísima doncella,
que admiración como alegría pone.
Preguntele al parlero si en la bella
ninfa alguna deidad se disfrazaba
que fuese justo el adorar en ella.
Porque en el rico adorno que mostraba
y en el gallardo ser que descubría,
del cielo y no del suelo semejaba.
«Descubres –respondió– tu bobería,
que ha que la tratas infinitos años
y no conoces que es la poesía.»
«Siempre la he visto envuelta en pobres paños»,
le repliqué, «jamás la vi compuesta
con adornos tan ricos y tamaños.
»Parece que la he visto descompuesta,
vestida de color de primavera,
en los días de cutio y los de fiesta».
«Esta que es la poesía verdadera,
la grave, la discreta, la elegante»,
dijo Mercurio, «la alta y la sincera,
»siempre con vestidura rozagante
se muestra en cualquier acto que se halla,
cuando a su profesión es importante.
»Nunca se inclina o sirve a la canalla
trovadora, maligna y trafalmeja,
que en lo que más ignora menos calla.
»Hay otra falsa, ansiosa, torpe y vieja,
amiga de sonaja y morteruelo,
que ni tabanco ni taberna deja.

[144] *pone*: 'causa'.

[145] *el parlero*: esto es, Mercurio.

[159] *de cutio*: 'laborables'.

[163] *vestidura rozagante*: 'vestidura vistosa y muy larga, llamada así porque va rozando con el suelo'.

[167] *trafalmeja*: 'intrépida, atrevida'.

[170] *sonaja y morteruelo*: instrumentos de percusión de fabricación casera y uso popular, propios de muchachos.

[171] *tabanco*: 'puesto callejero de comida'.

»No se alza dos ni aun un coto del suelo,
grande amiga de bodas y bautismos,
larga de manos, corta de cerbelo.
»Tómanla por momentos parasismos,
no acierta a pronunciar y, si pronuncia,
absurdos hace y forma solecismos.
»Baco donde ella está su gusto anuncia
y ella derrama en coplas el poleo,
con pa y vereda, y el mastranzo y juncia.
»Pero aquesta que ves es el aseo,
la gala de los cielos y la tierra,
con quien tienen las Musas su bureo.
»Ella abre los secretos y los cierra,
toca y apunta de cualquiera ciencia
la superficie y lo mejor que encierra.
»Mira con más ahínco su presencia:
verás cifrada en ella la abundancia
de lo que en bueno tiene la excelencia.
»Moran con ella en una misma estancia
la divina y moral filosofía,
el estilo más puro y la elegancia.
»Puede pintar en la mitad del día
la noche y en la noche más escura
el alba bella que las perlas cría.
»El curso de los ríos apresura
y le detiene, el pecho a furia incita
y le reduce luego a más blandura.

172 *coto*: 'medida que corresponde al tamaño del puño y, levantando sobre él, el dedo pulgar'.

174 *cerbelo*: 'seso, juicio'; probable italianismo, de *cervelo* 'intelletto, giudizio, ragione'.°

175 *parasismos*: 'paroxismos'.

177 *solecismos*: 'defectos en la estructura de la oración, en la concordancia y composición'; es tecnicismo propio de la retórica clásica.

178 *Baco* es el dios del vino, al que se alude con metonimia.

179-180 El *poleo*, el *mastranzo* y la *juncia*: son hierbas aromáticas; *con pa y vereda*: expresión que significa 'con jolgorio y desenfreno, de juerga'.°

183 *bureo*: 'entretenimiento, junta'.

184 *secretos*: 'gavetas de los escritorios', típicos en la época.

195 *perlas*: 'gotas de rocío', en terminología petrarquista.

»Por mitad del rigor se precipita
de las lucientes armas contrapuestas,
y da vitorias y vitorias quita.
»Verás cómo le prestan las florestas
sus sombras y sus cantos los pastores,
el mal sus lutos y el placer sus fiestas,
»perlas el Sur, Sabea sus olores,
el oro Tíbar, Hibla su dulzura,
galas Milán y Lusitania amores.
»En fin, ella es la cifra do se apura
lo provechoso, honesto y deleitable,
partes con quien se aumenta la ventura.
»Es de ingenio tan vivo y admirable
que a veces toca en puntos que suspenden,
por tener no sé qué de inescrutable.
»Alábanse los buenos y se ofenden
los malos con su voz y destos tales
unos la adoran, otros no la entienden.
»Son sus obras heroicas inmortales,
las líricas suaves, de manera
que vuelven en divinas las mortales.
»Si alguna vez se muestra lisonjera,
es con tanta elegancia y artificio
que no castigo sino premio espera.
»Gloria de la virtud, pena del vicio
son sus acciones, dando al mundo en ellas
de su alto ingenio y su bondad indicio».
En esto estaba, cuando por las bellas
ventanas de jazmines y de rosas
(que Amor estaba a lo que entiendo en ellas),
divisé seis personas religiosas,
al parecer de honroso y grave aspecto,
de luengas togas, limpias y pomposas.

205 El *Sur* es el Océano Pacífico, mar del sur; *Sabea* o Saba es una región de la Arabia Feliz; véase *Viaje*, VI, 45.

206 *Tíbar* es un topónimo imaginario, empleado como paradigma del oro puro, muy acendrado; *Hibla*: monte siciliano sito en una zona famosa por su miel, de ahí la alusión a su dulzura.

207 Alude a las ricas telas milanesas y a la fama de enamoradizos que tenían los portugueses o lusitanos en esa época.

208 *cifra*: 'suma, compendio'.

Preguntele a Mercurio: «¿Por qué efecto
aquellos no parecen y se encubren
y muestran ser personas de respecto?».

A lo que él respondió: «No se descubren
por guardar el decoro al alto estado
que tienen y así el rostro todos cubren».

«¿Quién son –le repliqué– si es que te es dado
decirlo?». Respondiome: «No, por cierto,
porque Apolo lo tiene así mandado».

«¿No son poetas?» «Sí». «Pues yo no acierto
a pensar por qué causa se desprecian
de salir con su ingenio a campo abierto.

»¿Para qué se embobecen y se anecian,
escondiendo el talento que da el cielo
a los que más de ser suyos se precian?

»¡Aquí del rey! ¿Qué es esto? ¿Qué recelo
o celo les impele a no mostrarse
sin miedo ante la turba vil del suelo?

»¿Puede ninguna ciencia compararse
con esta universal de la poesía?
Que límites no tiene do encerrarse.

»Pues, siendo esto verdad, saber querría,
entre los de la carda, ¿cómo se usa
este miedo o melindre o hipocresía?

»Hace monseñor versos y rehúsa
que no se sepan y él los comunica
con muchos y a la lengua ajena acusa.

»Y más que, siendo buenos, multiplica
la fama su valor y al dueño canta
con voz de gloria y de alabanza rica.

»¿Qué mucho, pues, si no se le levanta
testimonio a un pontífice poeta,
que digan que lo es? Por Dios, que espanta.

[233] *parecen*: 'comparecen'.

[247] *¡aquí del rey!*: expresión que usaba el que, viéndose acosado injustamente, pedía el favor y la ayuda de la autoridad real.

[254] *los de la carda*: 'los rufianes y valentones', en referencia claramente despectiva a los poetas.

[255] Verso hipermétrico.

[256] *monseñor*: quizás el cardenal arzobispo de Toledo, Bernardo de Sandoval y Rojas, protector de Cervantes.°

»Por vida de Lanfusa, la discreta,
que si no se me dice quién son estos
togados de bonete y de muceta,

»que con trazas y modos descompuestos
tengo de reducir a behetría
estos tan sosegados y compuestos.»

«Por Dios», dijo Mercurio, «y a fe mía
que no puedo decirlo y, si lo digo,
tengo de dar la culpa a tu porfía».

«Dilo, señor, que desde aquí me obligo
de no decir que tú me lo dijiste»,
le dije, «por la fe de buen amigo».

Él dijo: «No nos caigan en el chiste,
llégate a mí, dirételo al oído,
pero creo que hay más de los que viste.

»Aquel que has visto allí del cuello erguido,
lozano, rozagante y de buen talle,
de honestidad y de valor vestido,

»es el doctor Francisco Sánchez: dalle
puede cual debe Apolo la alabanza,
que pueda sobre el cielo levantalle.

»Y aun a más su famoso ingenio alcanza,
pues en las verdes hojas de sus días
nos da de santos frutos esperanza.

»Aquel, que en elevadas fantasías
y en éxtasis sabrosos se regala
y tanto imita las acciones mías,

»es el maestro Hortensio, que la gala
se lleva de la más rara elocuencia
que en las aulas de Atenas se señala.

[265] *por vida de Lanfusa:* palabras dichas por Ferragú, personaje del *Orlando* de Ariosto, relativas a su madre Lanfusa: «che giurò per la vita di Lanfusa / non voler mai ch'altro elmo lo coprisse,/ se non quel buono che già in Aspramonte / trasse del capo Orlando al fiero Almonte» (I, 30).

[267] *bonete*: 'cobertura de cabeza de los eclesiásticos colegiales y graduados'; *muceta*: 'esclavina que se ponen los prelados sobre los hombros y se abotona por la parte de delante'.

[269] *behetría*: 'confusión, desorden'.

[283] Francisco Sánchez de Villanueva (Madrid 1581-1658), obispo de Canarias, poeta y predicador de los reyes Felipe III y Felipe IV.°

[292] Hortensio Félix Paravicino (Madrid 1580-1633), famosísimo orador

»Su natural ingenio con la ciencia
y ciencias aprendidas le levanta
al grado que le nombra la excelencia.
»Aquel de amarillez marchita y santa,
que le encubre de lauro aquella rama
y aquella hojosa y acopada planta,
»fray Juan Bautista, Capataz se llama,
descalzo y pobre, pero bien vestido,
con el adorno que le da la fama.
»Aquel que del rigor fiero de olvido
libra su nombre con eterno gozo
y es de Apolo y las musas bien querido,
»anciano en el ingenio y nunca mozo,
humanista divino, es, según pienso,
el insigne doctor Andrés del Pozo.
»Un licenciado de un ingenio inmenso
es aquel y aunque en traje mercenario
como a señor le dan las musas censo.
»Ramón se llama, auxilio necesario
con que Delio se esfuerza y ve rendidas
las obstinadas fuerzas del contrario.
»El otro cuyas sienes ves ceñidas
con los brazos de Dafne en triunfo honroso
sus glorias tiene en Alcalá esculpidas.
»En su ilustre teatro victorioso
le nombra el cisne en canto no funesto
siempre el primero, como a más famoso.
»A los donaires suyos echó el resto
con propriedades al gorrón debidas,
por haberlos compuesto o descompuesto.

religioso del barroco español, alabado por Lope de Vega y Quevedo.°

301 Fray Juan Bautista Capataz, fraile trinitario y censor.°

309 Andrés del Pozo, sacerdote y poeta andaluz.°

312 *censo*: 'contribución que se paga al señor'.

313 Alude a fray Alonso Ramón, otras veces escrito Román o Remón (Cuenca, 1561-Madrid, 1632), mercedario, dramaturgo y orador.°

316 *el otro*: existen dudas acerca de la identidad de este personaje, en quien algunos reconocen a Tirso de Molina.°

317 *brazos de Dafne*: es decir, 'ramas de laurel', tradicional premio de los poetas. Sobre Dafne, véase *Viaje*, V, 319n.°

322 *echar el resto* es 'apostar todo el caudal del que se dispone para el juego'; por

»Aquestas seis personas referidas,
como están en divinos puestos puestas
y en sacra religión constituidas,
»tienen las alabanzas por molestas
que les dan por poetas y holgarían
llevar la loa sin el nombre a cuestas.»
«¿Por qué –le pregunté–, señor, porfían
los tales a escribir y dar noticia
de los versos que paren y que crían?
»También tiene el ingenio su codicia
y nunca la alabanza se desprecia,
que al bueno se le debe de justicia.
»Aquel que de poeta no se precia,
¿para qué escribe versos y los dice?
¿porque desdeña lo que más aprecia?
»Jamás me contenté ni satisfice
de hipócritos melindres. Llanamente
quise alabanzas de lo que bien hice».
«Con todo, quiere Apolo que esta gente
religiosa se tenga aquí secreta»,
dijo el dios que presume de elocuente.
Oyose en esto el son de una corneta
y un «¡Trapa, trapa, aparta, afuera, afuera,
que viene un gallardísimo poeta!».
Volví la vista y vi por la ladera
del monte un postillón y un caballero
correr, como se dice, a la ligera.
Servía el postillón de pregonero,
mucho más que de guía, a cuyas voces
en pie se puso el escuadrón entero.
Preguntome Mercurio: «¿No conoces
quién es este gallardo, este brioso?
Imagino que ya le reconoces».

traslación, 'actuar con resolución'; véase *Viaje*, III, 154 y V, 46.

341 *hipócritos*: creación humorística a partir de *hipócritas*.

347 *¡trapa, trapa!*: locución empleada para despejar el camino, del italiano *strappa*; también aparece en *Quijote*, II, 61, p. 1234.

350 *postillón*: 'joven que iba a caballo, a modo de guía, delante de los caminantes o del ganado'.

351 *a la ligera*: 'más ligero y veloz'.

«Bien sé –le respondí– que es el famoso
gran don Sancho de Leyva, cuya espada
y pluma harán a Delio venturoso.
»Vencerase sin duda esta jornada
con tal socorro.» Y en el mismo instante
(cosa que parecía imaginada),
otro favor no menos importante
para el caso temido se nos muestra,
de ingenio y fuerzas y valor bastante.
Una tropa gentil por la siniestra
parte del monte se descubre, ¡oh cielos,
que dais de vuestra providencia muestra!
Aquel discreto Juan de Vasconcelos
venía delante en un caballo bayo,
dando a las musas lusitanas celos.
Tras él el capitán Pedro Tamayo
venía y aunque enfermo de la gota,
fue al enemigo asombro, fue desmayo;
que por él se vio en fuga y puesto en rota,
que en los dudosos trances de la guerra
su ingenio admira y su valor se nota.
También llegaron a la rica tierra
(puestos debajo de una blanca seña
por la parte derecha de la sierra)
otros de quien tomó luego reseña
Apolo, y era dellos el primero
el joven don Fernando de Lodeña,

359 Don Sancho Martínez de Leiva y Hurtado de Mendoza (Madrid, *c.* 1555-1601), primer conde de Baños y señor de Leiva, caballero de la Orden de Santiago, capitán general de la flota de Nápoles y también poeta.°

370 Juan Méndez de Vasconcelos (Évora, 1580/1590-d. 1658), caballero y poeta, a quien se debe un largo poema épico en diecisiete cantos titulado *Liga deshecha, por la expulsión de los moriscos de los reinos de España* (Madrid, 1612).°

371 *bayo*: 'color beige, casi blanco'.

373 *Pedro Tamayo*: existen dudas acerca de la identidad de este personaje, que al parecer era capitán.°

376 *en rota*: 'en derrota, por rompimiento del ejército enemigo'.

380 *seña*: 'estandarte'.

382 *reseña*: 'revista'.

384 Fernando de Lodeña (o Ludeña),

poeta primerizo, insigne empero,
en cuyo ingenio Apolo deposita
sus glorias para el tiempo venidero.
Con majestad real, con inaudita
pompa llegó y al pie del monte para
quien los bienes del monte solicita.
El licenciado fue Juan de Vergara
el que llegó, con quien la turba ilustre
en sus vecinos miedos se repara,
de Esculapio y de Apolo gloria y lustre;
si no, dígalo el santo bien partido
y su fama la misma envidia ilustre.
Con él fue con aplauso recebido
el docto Juan Antonio de Herrera,
que puso en fil el desigual partido.
¡Oh, quién con lengua en nada lisonjera,
sino con puro afecto en grande exceso,
dos que llegaron alabar pudiera!
Pero no es de mis hombros este peso,
fueron los que llegaron los famosos,
los dos maestros Calvo y Valdivieso.
Luego se descubrió por los undosos
llanos del mar una pequeña barca
impelida de remos presurosos.
Llegó y al punto della desembarca
el gran don Juan de Argote y de Gamboa,
en compañía de don Diego Abarca,

militar madrileño, falleció el 15 de julio de 1634. Cervantes incluye un soneto suyo en los preliminares de las *Novelas ejemplares* (1613).°

391 Juan de Vergara (1545-1620), médico y poeta segoviano. Cervantes lo menciona también en la estrofa 21 del «Canto de Calíope».°

394 *Esculapio*: en la mitología griega, dios de la medicina, hijo de Apolo.

395 *el santo bien partido*: san Martín de Tours, que partió su capa con los pobres.

398 Juan Antonio de Herrera Temiño (1583-1634), abogado y poeta.°

399 *puso en fil*: 'equilibró'.

405 Acerca de *Calvo* existen dudas sobre su identidad; José de Valdivieso o Valdivielso (Toledo?-Madrid, 1638) fue poeta y dramaturgo.°

410 *Juan de Argote y de Gamboa*: se desconoce su identidad.

411 Diego Abarca, poeta.°

sujetos dignos de incesable loa,
y don Diego Jiménez y de Anciso
dio un salto a tierra desde la alta proa.
En estos tres la gala y el aviso
cifró cuanto de gusto en sí contienen,
como su ingenio y obras dan aviso.
Con Juan López del Valle otros dos vienen
juntos allí y es Pamonés el uno,
con quien las musas ojeriza tienen,
porque pone sus pies por do ninguno
los puso y con sus nuevas fantasías
mucho más que agradable es importuno.
De lejas tierras por incultas vías
llegó el bravo irlandés don Juan Bateo,
Jerjes nuevo en memoria en nuestros días.
Vuelvo la vista, a Mantuano veo,
que tiene al gran Velasco por mecenas
y ha sido acertadísimo su empleo.
Dejarán estos dos en las ajenas
tierras, como en las propias, dilatados
sus nombres, que tú, Apolo, así lo ordenas.
Por entre dos fructíferos collados
(¿habrá quien esto crea, aunque lo entienda?)
de palmas y laureles coronados,
el grave aspecto del abad Maluenda
pareció, dando al monte luz y gloria
y esperanzas de triunfo en la contienda.

[413] Diego Jiménez de Enciso (Sevilla, 1585-1634), poeta y dramaturgo, alabado también por Lope.°

[415] *el aviso*: 'el cuidado, la discreción'.

[418] Juan López del Valle, poeta andaluz.°

[419] Francisco de Pamones, poeta sevillano.°

[424] *lejas*: 'lejanas'.

[425] Se refiere a John Bath, poeta irlandés.°

[426] Artajerjes, rey de Persia, se jactaba de que podía hablar a todos los pueblos, a cada uno en su lengua; véase el libro VI de las *Historias* de Heródoto.

[427] *Mantuano*: apellido de Pedro Castro (Málaga, ?-Madrid, 1656), clérigo, que lo tomó del nombre latino de Madrid, Mantua Carpetana.°

[428] Juan Fernández de Velasco y Tovar (1550-1613), noble y diplomático español. Literariamente fue conocido por sus críticas a las *Anotaciones* de Herrera a la poesía de Garcilaso.°

[436] Se refiere al abad Antonio de Maluenda (Burgos, 1554-1615), poeta y músico.°

Pero, ¿de qué enemigos la vitoria
no alcanzará un ingenio tan florido?
¿y una bondad tan digna de memoria?
Don Antonio Gentil de Vargas, pido
espacio para verte, que llegaste
de gala y arte y de valor vestido.
Y aunque de patria ginovés, mostraste
ser en las musas castellanas docto,
tanto que al escuadrón todo admiraste.
Desde el indio apartado, del remoto
mundo, llegó mi amigo Montesdoca
y el que anudó de Arauco el nudo roto.
Dijo Apolo a los dos: «A entrambos toca
defender esta vuestra rica estancia
de la canalla de vergüenza poca,
»la cual de error armada y de arrogancia
quiere canonizar y dar renombre
inmortal y divino a la ignorancia.
»Que tanto puede la afición que un hombre
tiene a sí mismo que, ignorante siendo,
de buen poeta quiere alcanzar nombre».
En esto otro milagro, otro estupendo
prodigio se descubre en la marina,
que en pocos versos declarar pretendo.
Una nave a la tierra tan vecina
llegó que desde el sitio donde estaba
se ve cuanto hay en ella y determina.
De más de cuatro mil salmas pasaba
(que otros suelen llamarlas toneladas),
ancha de vientre y de estatura brava.
Así como las naves que cargadas
llegan de la oriental India a Lisboa,
que son por las mayores estimadas,

[442] Hay dudas sobre la identidad de este personaje.°

[449] Pedro de Montes de Oca (Sevilla, ?- h. 1626), poeta ya citado por Cervantes en la estrofa 72 del «Canto de Calíope».°

[450] Es decir, Pedro de Oña (Angol, 1570-Lima, 1643), poeta chileno que escribió el *Arauco domado* (1596), poema épico inspirado en *La Araucana*, de Alonso de Ercilla.°

[466] *salma*: 'tonelada'.

esta llegó desde la popa a proa
cubierta de poetas, mercancía
de quien hay saca en Calicut y en Goa.
Tomole al rojo dios alferecía
por ver la muchedumbre impertinente
que en socorro del monte le venía,
y en silencio rogó devotamente
que el vaso naufragase en un momento
al que gobierna el húmido tridente.
Uno de los del número hambriento
se puso en esto al borde de la nave,
al parecer mohíno y malcontento,
y en voz que ni de tierna ni suave
tenía un solo adárame, gritando,
dijo (tal vez colérico y tal grave)
lo que impaciente estuve yo escuchando,
porque vi sus razones ser saetas,
que iban mi alma y corazón clavando.
«¡Oh tú –dijo–, traidor, que los poetas
canonizaste de la larga lista
por causas y por vías indirectas!
»¿Dónde tenías, magancés, la vista
aguda de tu ingenio, que así ciego
fuiste tan mentiroso coronista?
»Yo te confieso, ¡oh bárbaro!, y no niego,
que algunos de los muchos que escogiste
(sin que el respeto te forzase o el ruego)

[474] *saca:* «el costal grande y muy ancho quales son las sacas de lana» (*Covarrubias*); «acción de sacar» (*Autoridades*, que ilustra su significado con este verso del *Viaje del Parnaso*); en este caso, 'exportación desde las ciudades indias de Calcuta y Goa de gran cantidad de poetas'.

[475] *alferecía*: 'enfermedad caracterizada por convulsiones y pérdida del conocimiento, más frecuente en la infancia, e identificada a veces con la epilepsia'; aparece también en *Quijote*, II, 14.

[479] *vaso*: 'barco'.

[480] O sea, Neptuno.

[481] *número*: 'grupo, conjunto', hace referencia al «escribano de número» ('escalafón administrativo'); los de *hambriento* y *pobre* eran atributos propios de los poetas.°

[485] *adárame*: 'adarme', medida de peso muy pequeña.

[493] *magancés*: 'traidor'; la voz deriva de Maganza Galalón, cuya traición provocó la legendaria muerte de los Doce Pares de Francia en Roncesvalles.

»en el debido punto los pusiste,
pero con los demás sin duda alguna
pródigo de alabanzas anduviste.
»Has alzado a los cielos la fortuna
de muchos que en el centro del olvido
(sin ver la luz del sol ni de la luna)
»yacían; ni llamado ni escogido
fue el gran *Pastor de Iberia*, el gran Bernardo
que de La Vega tiene el apellido.
»Fuiste envidioso, descuidado y tardo,
y a las *Ninfas de Henares y pastores*
como a enemigos les tiraste un dardo,
»y tienes tú poetas tan peores
que estos en tu rebaño que imagino
que han de sudar si quieren ser mejores.
»Que si este agravio no me turba el tino,
siete trovistas desde aquí diviso,
a quien suelen llamar de torbellino,
»con quien la gala, discreción y aviso
tienen poco que ver y tú los pones
dos leguas más allá del Paraíso.
»Estas quimeras, estas invenciones
tuyas te han de salir al rostro un día
si más no te mesuras y compones».
Esta amenaza y gran descortesía
mi blando corazón llenó de miedo
y dio al través con la paciencia mía.
Y volviéndome a Apolo con denuedo
mayor del que esperaba de mis años,
con voz turbada y con semblante acedo,

506-507 Bernardo de la Vega, gentilhombre andaluz (1560-1625), autor de la novela *El pastor de Iberia* (Sevilla, 1591), obra criticada por Cervantes en el escrutinio de la biblioteca de don Quijote (*Quijote,* I, 6); véase *Viaje*, VII, 199.°

509 *Ninfas de Henares y pastores*: novela pastoril de Bernardo González de Bobadilla publicada en 1587, que se cita también en *Quijote*, I, 6, p. 93.°

516 *trovistas … de torbellino*: 'improvisadores'; expresión que significa lo mismo que «poetas de repente» (véase *Viaje*, III, 365). La improvisación era práctica común en las academias literarias de la época.

521 *te han de salir al rostro*: 'te han de avergonzar'.

528 *acedo*: 'áspero, antipático, de aspecto poco afable'.

le dije: «Con bien claros desengaños
descubro que el servirte me granjea
presentes miedos de futuros daños.
»Haz, ¡oh señor!, que en público se lea
la lista que Cilenio llevó a España,
porque mi culpa poca aquí se vea.
»Si tu deidad en escoger se engaña
y yo solo aprobé lo que él me dijo,
¿por qué este simple contra mí se ensaña?
»Con justa causa y con razón me aflijo
de ver cómo estos bárbaros se inclinan
a tenerme en temor duro y prolijo.
»Unos porque los puse me abominan,
otros porque he dejado de ponellos
de darme pesadumbre determinan.
»Yo no sé cómo me avendré con ellos,
los puestos se lamentan, los no puestos
gritan, yo tiemblo destos y de aquellos.
»Tú, señor, que eres dios, dales los puestos
que piden sus ingenios: llama y nombra
los que fueren más hábiles y prestos.
»Y porque el turbio miedo que me asombra
no me acabe, acabada esta contienda,
cúbreme con tu mano y con tu sombra.
»O ponme una señal por do se entienda
que soy hechura tuya y de tu casa,
y así no habrá ninguno que me ofenda».
«Vuelve la vista y mira lo que pasa»,
fue de Apolo enojado la respuesta
(que ardiendo en ira el corazón se abrasa).
Volvila y vi la más alegre fiesta
y la más desdichada y compasiva
que el mundo vio, ni aun la verá cual esta.

[533] *Cilenio*: Mercurio; véase *Viaje*, I, 209; VII, 172, y VIII, 164.

[550] *asombra*: 'ensombrece'.

[552] Posibles ecos de Salmos 139, 5, y 17, 8.°

[554] Recuerdo remoto del verso garcilasiano: «mi alma os ha cortado a su medida» (soneto V, v. 10).

[558] Expresiones similares en *Viaje*, III, 203; VII, 20, y VIII, 95, con marcado carácter aliterativo.

[560] *compasiva*: 'digna de compasión'.

Mas no se espere que yo aquí la escriba,
sino en la parte quinta, en quien espero
cantar con voz tan entonada y viva
que piensen que soy cisne y que me muero.

[565] El *cisne* es símbolo de la poesía y, traslaticiamente, del poeta; según la leyenda el cisne solo canta bien al morir.°

DEL VIAJE DEL PARNASO, CAPÍTULO QUINTO

Oyó el señor del húmedo tridente
las plegarias de Apolo y escucholas
con alma tierna y corazón clemente.
Hizo de ojo y dio del pie a las olas
y, sin que lo entendiesen los poetas,
en un punto hasta el cielo levantolas
y él, por ocultas vías y secretas,
se agazapó debajo del navío
y usó con él de sus traidoras tretas.
Hirió con el tridente en lo vacío
del buco y el estómago le llena
de un copioso corriente amargo río.
Advertido el peligro, al aire suena
una confusa voz, la cual resulta
de otras mil que el temor forma y la pena.
Poco a poco el bajel pobre se oculta
en las entrañas del cerúleo y cano
vientre, que tantas ánimas sepulta.
Suben los llantos por el aire vano
de aquellos miserables, que suspiran
por ver su irreparable fin cercano.
Trepan y suben por las jarcias, miran
cuál del navío es el lugar más alto
y en él muchos se apiñan y retiran.
La confusión, el miedo, el sobresalto
les turba los sentidos, que imaginan
que desta a la otra vida es grande el salto.

[1] *señor del húmedo tridente*: Neptuno.

[4] *hizo de ojo*: 'guiñó el ojo'; *dio del pie*: 'removió'.

[5] *lo entendiesen*: 'se diesen cuenta'.

[10-11] *lo vacío / del buco*: 'el espacio interior del barco'.

[13-14] *al aire suena / una confusa voz*: eco de fray Luis de León, «Vida retirada», vv. 68-69: «al cielo suena / confusa vocería».

[17] *cerúleo*: 'azul'; *cano*: 'canoso', 'con canas', por el blanco de la espuma del mar.

Con ningún medio ni remedio atinan,
pero, creyendo dilatar su muerte,
algún tanto a nadar se determinan.
Saltan muchos al mar de aquella suerte
que al charco de la orilla saltan ranas,
cuando el miedo o el ruido las advierte.
Hienden las olas del romperse canas,
menudean las piernas y los brazos,
aunque enfermos están y ellas no sanas.
Y en medio de tan grandes embarazos,
la vista ponen en la amada orilla,
deseosos de darla mil abrazos.
Y sé yo bien que la fatal cuadrilla,
antes que allí, holgara de hallarse
en el Compás famoso de Sevilla.
Que no tienen por gusto el ahogarse
(discreta gente al parecer en esto),
pero valioles poco el esforzarse,
que el padre de las aguas echó el resto
de su rigor, mostrándose en su carro
con rostro airado y ademán funesto.
Cuatro delfines, cada cual bizarro,
con cuerdas hechas de tejidas ovas
le tiraban con furia y con desgarro.
Las ninfas en sus húmedas alcobas
sienten tu rabia, ¡oh vengativo nume!,
y de sus rostros la color les robas.
El nadante poeta que presume
llegar a la ribera defendida,
sus ayes pierde y su tesón consume,

31-33 Se ha señalado cierta semejanza de estos versos con otros de Luis de Camões, *Os Lusíadas*, II, 27.°

35 *menudean*: 'se mueven repetida y rápidamente, se agitan'.

42 *Compás*: alude al llamado «Compás de la Mancebía», la vieja zona prostibularia de Sevilla.°

46 *echó el resto*: 'actuar con resolución'; véase *Viaje*, III, 154 y IV, 322. Es expresión propia de los naipes.

50 *ovas*: 'algas'.

51 *le tiraban*: 'tiraban de él'; *con desgarro*: 'con fiereza y valentía'.

53 *nume*: 'deidad'.°

56 *defendida*: 'prohibida, vedada'.

que su corta carrera es impedida
de las agudas puntas del tridente,
entonces fiero y áspero homicida.

¿Quién ha visto muchacho diligente
que en goloso a sí mesmo sobrepuja
(que no hay comparación más conveniente)

picar en el sombrero la granuja
que el hallazgo le puso allí o la sisa,
con punta alfileresca o ya de aguja?

Pues no con menor gana o menor prisa
poetas ensartaba el nume airado
con gusto infame y con dudosa risa.

En carro de cristal venía sentado,
la barba luenga y llena de marisco,
con dos gruesas lampreas coronado.

Hacían de sus barbas firme aprisco
la almeja, el morsillón, pulpo y cangrejo,
cual le suelen hacer en peña o risco.

Era de aspecto venerable y viejo;
de verde, azul y plata era el vestido,
robusto al parecer y de buen rejo;

aunque, como enojado, denegrido
se mostraba en el rostro, que la saña
así turba el color como el sentido.

Airado contra aquellos más se ensaña
que nadan más y sáleles al paso
juzgando a gloria tan cobarde hazaña.

En esto –¡oh nuevo y milagroso caso,
digno de que se cuente poco a poco
y con los versos de Torcato Taso!,

hasta aquí no he invocado, ahora invoco
vuestro favor, ¡oh musas!, necesario
para los altos puntos en que toco;

[64] *granuja*: 'uva desgranada'.

[65] *sisa*: 'hurto de poca cantidad'.

[66] *alfileresca*: 'de alfiler'.

[73] *aprisco*: 'estancia, redil'.

[74] *morsillón*: 'mejillón'. Nótese la similitud entre la descripción cervantina de Neptuno en este pasaje y la de Tritón elaborada por Camões en *Os Lusíadas*, VI, 16-19; y también con el retrato *Agua* (1566) de Arcimboldo.°

[78] *de buen rejo*: 'de buena consistencia'.

[84] *a gloria*: 'como gloriosa'.

[87] Véase *Viaje*, II, 134.

descerrajad vuestro más rico almario
y el aliento me dad que el caso pide,
no humilde, no ratero ni ordinario–,
las nubes hiende, el aire pisa y mide
la hermosa Venus Acidalia y baja
del cielo, que ninguno se lo impide.
Traía vestida de pardilla raja
una gran saya entera hecha al uso,
que le dice muy bien, cuadra y encaja;
luto que por su Adonis se le puso
luego que el gran colmillo del verraco
a atravesar sus ingles se dispuso.
A fe que si el mocito fuera maco,
que él guardara la cara al colmilludo
que dio a su vida y su belleza saco.
¡Oh valiente garzón, más que sesudo!
¿Cómo estando avisado tu mal tomas
entrando en trance tan horrendo y crudo?
En esto, las mansísimas palomas
que el carro de la diosa conducían
por el llano del mar y por las lomas,
por unas y otras partes discurrían,
hasta que con Neptuno se encontraron,
que era lo que buscaban y querían.
Los dioses, que se ven, se respetaron
y, haciendo sus zalemas a lo moro,
de verse juntos en estremo holgaron.

[91] *almario*: ‘armario’.

[93] *ratero*: ‘poca cosa, vil, despreciable’.

[94] *el aire pisa y mide*: eco de los versos garcilasianos «Divina Elisa, pues agora el cielo / con inmortales pies pisas y mides« (égloga I, vv. 394-395).

[95] *Acidalia*: sobrenombre de Venus, en recuerdo de la fuente en que según la leyenda solía bañarse (Acidalia, en Beocia).

[97] *raja*: ‘paño grueso’.

[98] *saya entera*: ‘la saya que tiene falda larga’; *al uso*: ‘a la moda’.

[99] *le dice*: ‘le sienta’.

[100] *Adonis*: dios de la mitología griega que enamoró locamente a Afrodita (Venus); lo mató un jabalí yendo de caza.

[101] *verraco*: ‘cerdo macho’, se toma por ‘jabalí’.

[102] *se dispuso*: ironía.

[103] *maco*: ‘bellaco’, voz de germanía.

[105] *dio... saco*: ‘saqueó, destruyó’.

[106] *garzón*: ‘hombre joven’.

[115] *se respetaron*: ‘se saludaron con respeto’.

[116] Tipo de saludo o reverencia propio de la cultura árabe.°

Guardáronse real grave decoro
y procuró Ciprinia en aquel punto
mostrar de su belleza el gran tesoro.
Ensanchó el verdugado y diole el punto
con ciertos puntapiés, que fueron coces
para el dios, que las vio y quedó difunto.
Un poeta, llamado don Quincoces,
andaba semivivo en las saladas
ondas dando gemidos y no voces.
Con todo dijo en mal articuladas
palabras: «¡Oh señora, la de Pafo
y de las otras dos islas nombradas!
Muévate a compasión el verme gafo
de pies y manos y que ya me ahogo
en otras linfas que las del garrafo.
Aquí será mi pira, aquí mi rogo,
aquí será Quincoces sepultado,
que tuvo en su crianza pedagogo».
Esto dijo el mezquino, esto escuchado
fue de la diosa con ternura tanta
que volvió a componer el verdugado,
y luego en pie y piadosa se levanta
y, poniendo los ojos en el viejo,
desembudó la voz de la garganta,
y con cierto desdén y sobrecejo,
entre enojada y grave y dulce, dijo
lo que al húmedo dios tuvo perplejo.

[119] *Ciprinia*: de Chipre; epíteto común de Venus, puesto que se cuenta que fue donde la diosa nació de la espuma del mar.

[121] *verdugado*: 'vestidura que las mujeres usaban debajo de las basquiñas, a modo de armazón, para ahuecarlas'; *diole el punto*: 'colocó la falda para que luciera mejor'.

[122-123] 'los movimientos del pie de Venus para colocar su falda dejaron muerto de deseo a Neptuno'.°

[124] *don Quincoces*: se desconoce la identidad de este presunto poeta.

[128-129] *Pafo*: ciudad de Chipre, asociada al culto de Venus; *otras dos islas*: Cnido y Chipre; *nombradas*: 'renombradas'.°

[130] *gafo*: 'impedido'.

[132] *linfas*: 'aguas', con latinismo común en Garcilaso; *garrafo*: 'garrafa', 'botella', en alusión a la afición a la bebida de *don Quincoces*.

[133] *rogo*: de *rogus*, 'hoguera'; es latinismo.

[139] *levantarse en pie*: 'ponerse en pie'.

[140] *el viejo*: Neptuno.

[141] *Autoridades* entiende por *desembudar* como «sacar alguna cosa como por

Y aunque no fue su razonar prolijo,
todavía le trujo a la memoria
hermano de quién era y de quién hijo;
representole cuán pequeña gloria
era llevar de aquellos miserables
el triunfo infausto y la cruel vitoria.
Él dijo: «Si los hados inmudables
no hubieran dado la fatal sentencia
destos en su ignorancia siempre estables,
»una brizna no más de tu presencia
que viera yo, bellísima señora,
fuera de mi rigor la resistencia.
»Mas ya no puede ser, que ya la hora
llegó donde mi blanda y mansa mano
ha de mostrar que es dura y vencedora.
»Que estos, de proceder siempre inhumano,
en sus versos han dicho cien mil veces:
"Azotando las aguas del mar cano...".
»Ni azotado ni viejo me pareces»,
replicó Venus, y él le dijo a ella:
«Puesto que me enamoras, no enterneces.
»Que de tal modo la fatal estrella
influye destos tristes que no puedo
dar felice despacho a tu querella.
»Del querer de los hados solo un dedo
no me puede apartar, ya tú lo sabes,
ellos han de acabar y ha de ser cedo».
«Primero acabarás que los acabes»,
le respondió madama, la que tiene
de tantas voluntades puerta y llaves.

embudo», añadiendo que «es voz jocosa y voluntaria», y a continuación aduce como ejemplo este verso cervantino.

[147] Alude a los parientes de Neptuno, hermano de Júpiter y Plutón, e hijo de Saturno.

[156] Es decir, que Neptuno se ablanda con la contemplación de la belleza de Venus.

[165] *no enterneces*: 'no me enterneces', con elipsis del pronombre.

[169] *solo un dedo*: 'apenas el grosor de un dedo'.

[171] *cedo*: 'pronto'.

[172] Juego polisémico con el verbo *acabar* empleado en la doble acepción de 'morir' y 'matar'.

[173] *madama*: 'señora', galicismo.°

«Que aunque el hado feroz su muerte ordene,
el modo no ha de ser a tu contento,
que muchas muertes el morir contiene».
Turbose en esto el líquido elemento,
de nuevo renovose la tormenta,
sopló más vivo y más apriesa el viento.
La hambrienta mesnada, y no sedienta,
se rinde al huracán recién venido
y por más no penar muere contenta.
¡Oh raro caso y por jamás oído
ni visto! ¡Oh nuevas y admirables trazas
de la gran reina obedecida en Nido!
En un instante el mar de calabazas
se vio cuajado, algunas tan potentes
que pasaban de dos y aun de tres brazas.
También hinchados odres y valientes
(sin deshacer del mar la blanca espuma)
nadaban de mil talles diferentes.
Esta trasmutación fue hecha, en suma,
por Venus, de los lánguidos poetas,
porque Neptuno hundirlos no presuma.
El cual le pidió a Febo sus saetas,
cuya arma arrojadiza desde aparte
a Venus defraudara de sus tretas.
Negóselas Apolo y veis dó parte
enojado el vejón, con su tridente
pensándolos pasar de parte a parte.
Mas este se resbala, aquel no siente
la herida y, dando esguince, se desliza
y él queda de la cólera impaciente.
En esto Bóreas su furor atiza
y lleva antecogida la manada
que con la de los Cerdas simboliza.

181 *mesnada*: 'compañía de armas'.

184 *por jamás*: 'nunca jamás'.°

186 *Nido*: Gnido o Cnido, ciudad de la región de Caria en la que se hallaba la estatua de Venus esculpida por Praxíteles.°

188 *cuajado*: 'lleno'.

189 *brazas*: 'medida de los dos brazos de una persona abiertos y extendidos'.

190 *valientes*: 'grandes, excesivos'.

197 *desde aparte*: 'desde lejos'.

200 *vejón*: aumentativo despectivo de viejo.

203 *dando esguince*: 'esquivándole'.

207 'que se asemeja a la de los cerdos'.°

Pidióselo la diosa aficionada
a que vivan poetas zarabandos
de aquellos de la seta almidonada.
De aquellos blancos, tiernos, dulces, blandos,
de los que por momentos se dividen
en varias setas y en contrarios bandos.
Los contrapuestos vientos se comiden
a complacer la bella rogadora
y con un solo aliento la mar miden,
llevando a la piara gruñidora
en calabazas y odres convertida
a los reinos contrarios del aurora.
Desta dulce semilla referida
España (verdad cierta) tanto abunda
que es por ella estimada y conocida.
Que aunque en armas y en letras es fecunda
más que cuantas provincias tiene el suelo,
su gusto en parte en tal semilla funda.
Después desta mudanza que hizo el cielo
(o Venus o quien fuese, que no importa
guardar puntualidad como yo suelo),
no veo calabaza, o luenga o corta,
que no imagine que es algún poeta
que allí se estrecha, encubre, encoge, acorta.
Pues ¿qué cuando veo un cuero? (¡oh mal discreta
y vana fantasía así engañada,
que a tanta liviandad estás sujeta!).
Pienso que el piezgo de la boca atada
es la faz del poeta transformado
en aquella figura mal hinchada.

209 *zarabandos*: 'bulliciosos, ruidosos'; por ende, 'molestos'.°

210 *seta*: 'secta'; *almidonada*: 'dicho de una persona: compuesta o ataviada con excesiva pulcritud' (*DRAE*). Parece referirse a la «secta» de los poetas excesivamente afectados, presumidos, pagados de sí mismos.

214 *se comiden*: 'se disponen'.

216 *aliento*: 'soplo'.

219 Es decir, 'a los reinos de Occidente'.

232 *mal discreta*: 'indiscreta'.

235 *piezgo*: 'parte de piel que cubría el pie o mano del animal y que en los cueros adobados para transportar licores puede servir de boca por donde salgan'.

Y cuando encuentro algún poeta honrado
(digo, poeta firme y valedero,
hombre vestido bien y bien calzado),
luego se me figura ver un cuero
o alguna calabaza y desta suerte
entre contrarios pensamientos muero.
Y no sé si lo yerre o si lo acierte
en que a las calabazas y a los cueros
y a los poetas trate de una suerte.
Cernícalos que son lagartijeros
no esperen de gozar las preeminencias
que gozan gavilanes no pecheros.
Puestas en paz, pues, ya las diferencias
de Delio y los poetas transformados
en tan vanas y huecas apariencias,
los mares y los vientos sosegados,
sumergiose Neptuno malcontento
en sus palacios de cristal labrados.
Las mansísimas aves por el viento
volaron y a la bella Cipriana
pusieron en su reino a salvamento.
Y en señal que del triunfo quedó ufana
(lo que hasta allí nadie acabó con ella)
del luto se quitó la saboyana,
quedando en cuezo, tan briosa y bella
que se supo después que Marte anduvo
todo aquel día y otros dos tras ella.
Todo el cual tiempo el escuadrón estuvo
mirando atento la fatal ruina
que la canalla transformada tuvo.

[243] Eco de Garcilaso, elegía II, «A Boscán», v. 193: «Y así diverso entre contrarios muero».

[246] *de una suerte*: 'de una sola manera'.

[249] *no pecheros*: 'libres del pago de impuestos', o sea, 'nobles'.°

[251] *Delio*: Apolo; véase *Viaje*, III, 422; IV, 7, 314 y 360; V, 251 y 312; VIII, 422.

[256] *las mansísimas aves*: alude a las palomas que conducían el carro de Venus.

[260] *acabar con*: 'conseguir de, obtener'.

[261] *saboyana*: «falda abierta por delante» (*Autoridades*); «ropa de mujer llamada así porque el género vino de Saboya» (Covarrubias); aquí bien puede referirse a una falda propia del luto.

[262] *en cuezo*: 'en enagua, en paños menores'.

Y, viendo despejada la marina,
Apolo, del socorro mal venido,
de dar fin al gran caso determina.

Pero en aquel instante un gran ruido
se oyó, con que la turba se alboroza
y pone vista alerta y presto oído.

Y era quien le formaba una carroza
rica, sobre la cual venía sentado
el grave don Lorenzo de Mendoza,

de su felice ingenio acompañado,
de su mucho valor y cortesía,
joyas inestimables, adornado.

Pedro Juan de Rejaule le seguía
en otro coche, insigne valenciano
y grande defensor de la poesía.

Sentado viene a su derecha mano
Juan de Solís, mancebo generoso,
de raro ingenio, en verdes años cano.

Y Juan de Carvajal, doctor famoso,
les hace tercio y no por ser pesado
dejan de hacer su curso presuroso.

Porque al divino ingenio, al levantado
valor de aquestos tres que el coche encierra,
no hay impedirle monte ni collado.

Pasan volando la empinada sierra,
las nubes tocan, llegan casi al cielo
y alegres pisan la famosa tierra.

Con este mismo honroso y grave celo,
Bartolomé de Mola y Gabriel Laso
llegaron a tocar del monte el suelo.

[272] *se alboroza*: ‘se alborota’.

[276] Lorenzo de Mendoza, poeta, presumiblemente seguidor y amigo de Lope de Vega.°

[280] Pedro Juan de Rejaule y Toledo (c. 1578 - después de 1638), dramaturgo valenciano que publicó bajo el seudónimo de Ricardo del Turia.°

[284] Juan de Solís Mejía, poeta, contribuyó con un soneto a los preliminares de las *Novelas ejemplares* (1613).°

[285] Nótese la similitud de este verso con *Viaje*, II, 222.°

[286] Juan de Carvajal era catedrático de la Universidad de Sevilla.°

[292-293] Eco de fray Luis de León, «Al apartamiento», vv. 11-12: «Sierra que vas al cielo / altísima».

[296] *Bartolomé de Mola*: personaje de identidad desconocida; de Gabriel Lobo

Honra las altas cimas de Parnaso
don Diego, que de Silva tiene el nombre,
y por ellas alegre tiende el paso,
a cuyo ingenio y sin igual renombre
toda ciencia se inclina y le obedece
y le levanta a ser más que de hombre.
Dilátanse las sombras y descrece
el día y de la noche el negro manto
guarnecido de estrellas aparece.
Y el escuadrón, que había esperado tanto,
en pie se rinde al sueño perezoso
de hambre y sed y de mortal quebranto.
Apolo, entonces poco luminoso,
dando hasta los antípodas un brinco,
siguió su occidental curso forzoso.
Pero primero licenció a los cinco
poetas titulados a su ruego,
que lo pidieron con estraño ahínco,
por parecerles risa, burla y juego
empresas semejantes, y así Apolo
condescendió con sus deseos luego.
Que es el galán de Dafne único y solo
en usar cortesía sobre cuantos
descubre el nuestro y el contrario polo.
Del lóbrego lugar de los espantos
sacó su hisopo el lánguido Morfeo
con que ha rendido y embocado a tantos,

Laso de la Vega (1559-1604), poeta, se conocen al menos cuatro libros.°

299 Alude así a Diego de Silva, quizá el mismo que participó en las fiestas poéticas al nacimiento de Felipe IV en Toledo en 1605 y en las de la canonización de San Isidro en Madrid en 1622 e, incluso, en las *Varias rimas* de Miguel Colodrero de Villalobos, publicadas en Córboba en 1629.°

314 Los *cinco poetas titulados* son el conde de Salinas, el príncipe de Esquilache, los condes de Saldaña y Villamediana y el marqués de Alcañices.°

319 *galán de Dafne*: es decir, Apolo, causante de que Dafne se convirtiera en laurel, huyendo de su acoso; *único y solo*: italianismo ya empleado por Cervantes en los versos preliminares de la Primera parte del *Quijote*: «Tu sabio autor, al mundo único y solo».°

324 *embocado*: 'embaucado'.

y del licor que dicen que es leteo,
que mana de la fuente del olvido,
los párpados bañó a todos arreo.
El más hambriento se quedó dormido,
dos cosas repugnantes, hambre y sueño,
privilegio a poetas concedido.
Yo quedé en fin dormido como un leño,
llena la fantasía de mil cosas
que de contallas mi palabra empeño,
por más que sean en sí dificultosas.

[325] *que es leteo*: 'que hace olvidar'; adjetivo derivado del río Leteo, en la mitología griega, el río del olvido; las almas conducidas por el barquero Caronte al Hades bebían un sorbo de sus aguas.

[327] *arreo*: 'sucesivamente, sin interrupción ni intermisión'.

[329] *repugnantes*: 'contradictorias'.

DEL VIAJE DEL PARNASO, CAPÍTULO SEXTO

De una de tres causas los ensueños
se causan o los sueños, que este nombre
les dan los que del bien hablar son dueños.

Primera, de las cosas de que el hombre
trata más de ordinario; la segunda
quiere la medicina que se nombre

del humor que en nosotros más abunda;
toca en revelaciones la tercera,
que en nuestro bien más que las dos redunda.

Dormí y soñé y al sueño la primera
causa le dio principio suficiente
a mezclar el ahíto y la dentera.

Sueña el enfermo a quien la fiebre ardiente
abrasa las entrañas que en la boca
tiene, de las que ha visto, alguna fuente.

Y el labio al fugitivo cristal toca
y el dormido consuelo imaginado
crece el deseo y no la sed apoca.

Pelea el valentísimo soldado
dormido casi al modo que despierto
se mostró en el combate fiero armado.

Acude el tierno amante a su concierto
y en la imaginación dormido llega,
sin padecer borrasca, a dulce puerto.

El corazón el avariento entrega
en la mitad del sueño a su tesoro,
que el alma en todo tiempo no le niega.

[1-9] Esta clasificación de los sueños pertenece a la tradición escolástica.°

[12] *ahíto:* 'saciado'; *dentera*: 'ansia o deseo vehemente' (*DRAE*). Recordando el final del capítulo anterior y, dado que la primera causa de los sueños es «lo que el hombre / trata más de ordinario», se entiende que Cervantes tiene hambre pero sueña que está ahíto.

[16] *fugitivo cristal*: 'el agua del río'; también Garcilaso, en la égloga I, v. 125, se refiere al agua del río como «agua fugitiva», con expresión que podría remitir a Horacio, *Odas*, II, III, 12.

Yo, que siempre guardé el común decoro
en las cosas dormidas y despiertas
(pues no soy troglodita ni soy moro),
de par en par del alma abrí las puertas
y dejé entrar al sueño por los ojos
con premisas de gloria y gusto ciertas.
Gocé durmiendo cuatro mil despojos
(que los conté sin que faltase alguno)
de gustos que acudieron a manojos.
El tiempo, la ocasión, el oportuno
lugar correspondían al efecto,
juntos y por sí solo cada uno.
Dos horas dormí y más a lo discreto,
sin que imaginaciones ni vapores
el celebro tuviesen inquieto.
La suelta fantasía entre mil flores
me puso de un pradillo, que exhalaba
de Pancaya y Sabea los olores.
El agradable sitio se llevaba
tras sí la vista, que, durmiendo, viva
mucho más que despierta se mostraba.
Palpable vi... mas no sé si lo escriba,
que a las cosas que tienen de imposibles
siempre mi pluma se ha mostrado esquiva;
las que tienen vislumbre de posibles,
de dulces, de suaves y de ciertas,
explican mis borrones apacibles.
Nunca a disparidad abre las puertas
mi corto ingenio y hállalas contino
de par en par la consonancia abiertas.
¿Cómo pueda agradar un desatino
si no es que de propósito se hace,
mostrándole el donaire su camino?

[30] *troglodita* y *moro* son aquí términos con el sentido de 'bárbaro'.

[33] *premisas*: 'indicios'.

[34] *despojos*: 'restos'.

[40] *a lo discreto*: 'con prudencia'.

[41] *vapores*: con el sentido metafórico de 'sugestiones'.

[42] *celebro*: 'cerebro', forma usual de la época.

[45] *Pancaya y Sabea* son regiones de la Arabia Feliz.°

[49-63] Nótese el comentario sobre la importancia del principio de la verosimilitud, base de toda la literatura cervantina.°

Que entonces la mentira satisface
cuando verdad parece y está escrita
con gracia que al discreto y simple aplace.
Digo, volviendo al cuento, que infinita
gente vi discurrir por aquel llano,
con algazara placentera y grita.
Con hábito decente y cortesano
algunos, a quien dio la hipocresía
vestido pobre, pero limpio y sano;
otros, de la color que tiene el día
cuando la luz primera se aparece
entre las trenzas de la aurora fría.
La variada primavera ofrece
de sus varias colores la abundancia,
con que a la vista el gusto alegre crece.
La prodigalidad, la exorbitancia
campean juntas por el verde prado
con galas que descubren su ignorancia.
En un trono del suelo levantado
(do el arte a la materia se adelanta
puesto que de oro y de marfil labrado),
una doncella vi desde la planta
del pie hasta la cabeza así adornada
que el verla admira y el oírla encanta.
Estaba en él con majestad sentada,
giganta al parecer en la estatura,
pero aunque grande bien proporcionada.
Parecía mayor su hermosura
mirada desde lejos y no tanto
si de cerca se ve su compostura.
Lleno de admiración, colmo de espanto,
puse en ella los ojos y vi en ella
lo que en mis versos desmayados canto.

[66] *grita*: 'griterío'.

[72] Se refiere a 'la luz del amanecer', personificada en la aurora, que se levanta en *trenzas*, sin cubrir la cabeza.°

[74] *varias colores*: el sustantivo *color* era femenino en la época.

[80] Este verso es traducción de Ovidio, *Metamorfosis*, II, 5: «Materiam superabat opus».

[91] *colmo*: 'colmado'; este verso se repite casi idéntico en *Viaje*, VIII, 385.°

[93] *desmayados*: 'sin fuerza'.

Yo no sabré afirmar si era doncella,
aunque he dicho que sí, que en estos casos
la vista más aguda se atropella.
Son por la mayor parte siempre escasos
de razón los juicios maliciosos
en juzgar rotos los enteros vasos.
Altaneros sus ojos y amorosos
se mostraban con cierta mansedumbre,
que los hacía en todo estremo hermosos.
Ora fuese artificio, ora costumbre,
los rayos de su luz tal vez crecían
y tal vez daban encogida lumbre.
Dos ninfas a sus lados asistían,
de tan gentil donaire y apariencia
que, miradas, las almas suspendían.
De la del alto trono en la presencia,
desplegaban sus labios en razones
ricas en suavidad, pobres en ciencia.
Levantaban al cielo sus blasones,
que estaban, por ser pocos o ningunos,
escritos del olvido en los borrones.
Al dulce murmurar, al oportuno
razonar de las dos, la del asiento
que en belleza jamás le igualó alguno
luego se puso en pie y en un momento
me pareció que dio con la cabeza
más allá de las nubes y no miento.
Y no perdió por esto su belleza,
antes, mientras más grande, se mostraba
igual su perfección a su grandeza.
Los brazos de tal modo dilataba
que, de do nace a donde muere el día,
los opuestos extremos alcanzaba.
La enfermedad llamada hidropesía
así le hincha el vientre que parece
que todo el mar caber en él podía.

[99] Es obvia la maliciosa alusión a la virginidad.°

[110] *desplegaban*: 'despegaban'.

[115] Eco de Garcilaso, égloga I, v. 1: «El dulce lamentar de dos pastores».

[125] Verso tópico repetido en el sone-

Al modo destas partes, así crece
toda su compostura y no por esto,
cual dije, su hermosura desfallece.

Yo, atónito, esperaba ver el resto
de tan grande prodigio y diera un dedo
por saber la verdad segura y presto.

Uno (y no sabré quién) bien claro y quedo
al oído me habló y me dijo: «Espera,
que yo decirte lo que quieres puedo.

»Esta que ves, que crece de manera
que apenas tiene ya lugar do quepa
y aspira en la grandeza a ser primera;

»esta que por las nubes sube y trepa
hasta llegar al cerco de la luna
(puesto que el modo de subir no sepa)

»es la que, confiada en su fortuna,
piensa tener de la inconstante rueda
el eje quedo y sin mudanza alguna.

»Esta que no halla mal que le suceda
ni le teme atrevida y arrogante,
pródiga siempre, venturosa y leda,

»es la que con disignio extravagante
dio en crecer poco a poco hasta ponerse,
cual ves, en estatura de gigante.

»No deja de crecer por no atreverse
a emprender las hazañas más notables,
adonde puedan sus extremos verse.

»¿No has oído decir los memorables
arcos, anfiteatros, templos, baños,
termas, pórticos, muros admirables,

»que, a pesar y despecho de los años,
aún duran sus reliquias y entereza,
haciendo al tiempo y a la muerte engaños?».

«Yo –respondí por mí– ninguna pieza
de esas que has dicho dejo de tenella
clavada y remachada en la cabeza.

to que Cervantes dedica a Fernando de Herrera (núm. 26, v. 11).

[136] *quedo*: 'voz muy baja'.

[150] *leda*: 'alegre'; del latín *laetus*.

»Tengo el sepulcro de la viuda bella
y el Coloso de Rodas allí junto
y la lanterna que sirvió de estrella.

»Pero vengamos de quién es al punto
esta, que lo deseo». «Harase luego»,
me respondió la voz en bajo punto,

y prosiguió diciendo: «A no estar ciego,
hubieras visto ya quién es la dama,
pero, en fin, tienes el ingenio lego.

»Esta que hasta los cielos se encarama,
preñada (sin saber cómo) del viento,
es hija del deseo y de la fama.

»Esta fue la ocasión y el instrumento,
el todo y parte de que el mundo viese
no siete maravillas, sino ciento.

»Corto número es ciento, aunque dijese
cien mil y más millones, no imagines
que en la cuenta del número excediese.

»Esta condujo a memorables fines
edificios que asientan en la tierra
y tocan de las nubes los confines.

»Esta tal vez ha levantado guerra
donde la paz suave reposaba,
que en límites estrechos no se encierra.

»Cuando Mucio en las llamas abrasaba
el atrevido fuerte brazo y fiero,
esta el incendio horrible resfriaba.

»Esta arrojó al romano caballero
en el abismo de la ardiente cueva,
de limpio armado y de luciente acero.

[166-168] Referencia a tres de las siete maravillas del mundo antiguo: el mausoleo de Halicarnaso, el Coloso de Rodas y el faro de Alejandría.

[169] *al punto*: 'pronto, sin dilación'.

[171] *punto*: 'tono'.

[174] *ingenio lego*: «sin instrucción, falto de letras o noticias» (*Autoridades*).°

[176] *preñada... del viento*: 'hinchada'.°

[190] Se refiere a Mucio Scévola, Cayo Mucio Escévola, el Zurdo, amenazado de tortura por Porsena, metió voluntariamente la mano en un brasero para mostrar lo poco que le importaba el dolor y lo mucho que deseaba la gloria. Sus hazañas fueron contadas por Titio Livio, *Ab Urbe Condita*, II, 9-14.; Cervantes le recuerda también en *Quijote*, II, 8, p. 753.

[193] El *romano caballero* es Marco Curcio, quien, montado en su caballo, se

»Esta tal vez con maravilla nueva
(de su ambiciosa condición llevada)
mil imposibles atrevida prueba.
»Desde la ardiente Libia hasta la helada
Citia lleva la fama su memoria,
en grandiosas obras dilatada.
»En fin ella es la altiva vanagloria,
que en aquellas hazañas se entremete
que llevan de los siglos la vitoria.
»Ella misma a sí misma se promete
triunfos y gustos, sin tener asida
a la calva ocasión por el copete.
»Su natural sustento, su bebida,
es aire y así crece en un instante
tanto que no hay medida a su medida.
»Aquellas dos del plácido semblante
que tiene a sus dos lados son aquellas
que sirven a su máquina de Atlante.
»Su delicada voz, sus luces bellas,
su humildad aparente y las lozanas
razones que el amor se cifra en ellas
»las hacen más divinas que no humanas
y son (con paz escucha y con paciencia)
la adulación y la mentira hermanas.
»Estas están contino en su presencia,
palabras ministrándola al oído,
que tienen de prudentes apariencia.

arrojó a una sima que se abrió en medio del Foro romano, para obligar a que los dioses la cerrasen. Su hazaña es recogida por Tito Livio, *Ab Urbe Condita*, VI, 7. Cervantes le recuerda también en *Quijote*, II, 8, p. 753.

[199-200] *Libia... Citia*: lugares que suelen mencionarse juntos en la poesía española.°

[206-207] He aquí la conocida representación gráfica de la ocasión, a la que se pinta calva y con un solo mechón en la frente, del cual puede el hombre asirse para beneficiarse de ella.°

[213] *Atlante*: 'soporte', por metáfora, a partir de la acepción: «estatua de hombre que hace la función de columna» (*DRAE*). Es un elemento típico de la arquitectura renacentista y barroca, cuyo nombre deriva del de un Titán condenado por Júpiter a soportar el peso de la tierra.

[221] *ministrándola*: 'sirviéndole, dándole'; en este caso, 'diciéndole', con laísmo.

»Y ella, cual ciega del mejor sentido,
no ve que entre las flores de aquel gusto
el áspid ponzoñoso está escondido.
»Y así, arrojada con deseo injusto,
en cristalino vaso prueba y bebe
el veneno mortal sin ningún susto.
»Quien más presume de advertido pruebe
a dejarse adular, verá cuán presto
pasa su gloria como el viento leve».
Esto escuché y, en escuchando aquesto,
dio un estampido tal la gloria vana
que dio a mi sueño fin dulce y molesto.
Y en esto descubriose la mañana,
vertiendo perlas y esparciendo flores,
lozana en vista y en virtud lozana.
Los dulces pequeñuelos ruiseñores
con cantos no aprendidos le decían,
enamorados della, mil amores.
Los silgueros el canto repetían
y las diestras calandrias entonaban
la música que todos componían.
Unos del escuadrón priesa se daban
porque no los hallase el dios del día
en los forzosos actos en que estaban.
Y luego se asomó su señoría
con una cara de tudesco roja
por los balcones de la aurora fría,
en parte gorda, en parte flaca y floja,
como quien teme el esperado trance
donde verse vencido se le antoja.
En propio toledano y buen romance

224-225 Tópico literario desde Virgilio, égloga III, 93.°

239 Repite el verso de Garcilaso, égloga II, v. 68: «con canto no aprendido»; como antes fray Luis de León, «Vida retirada», oda I, v. 32: «con su cantar sabroso no aprendido».

241 *silguero*: 'jilguero'.

246 Eufemística alusión a los actos de defecar y orinar.°

249-250 *fría, flaca* y *floja* conforman una aliteración paródica; son las populares efes de Francisca (fea, fría, flaca y floja) de la época.°

253 Cervantes menciona el toledano como paradigma del buen castellano.°

les dio los buenos días cortésmente
y luego se aprestó al forzoso lance.
Y encima de un peñasco puesto enfrente
del escuadrón, con voz sonora y grave
esta oración les hizo de repente:
«¡Oh espíritus felices, donde cabe
la gala del decir, la sutileza
de la ciencia más docta que se sabe,
»donde en su propia natural belleza
asiste la hermosa poesía
entera de los pies a la cabeza!
»No consintáis, por vida vuestra y mía
(mirad con qué llaneza Apolo os habla),
que triunfe esta canalla que porfía.
»Esta canalla, digo, que se endiabla,
que por darles calor su muchedumbre,
ya su ruina o ya la nuestra entabla.
»Vosotros de mis ojos gloria y lumbre,
faroles do mi luz de asiento mora,
ya por naturaleza o por costumbre,
»¿habéis de consentir que esta embaidora,
hipócrita gentalla, se me atreva,
de tantas necedades inventora?
»Haced famosa y memorable prueba
de vuestro gran valor en este hecho
que a su castigo y vuestra gloria os lleva.
»De justa indignación armad el pecho,
acometed intrépidos la turba
ociosa, vagamunda y sin provecho.
»No se os dé nada, no se os dé una burba
(moneda berberisca, vil y baja)
de aquesta gente que la paz nos turba.

[258] *oración*: 'discurso'; latinismo.

[259] Ecos del *spirto felice* de Petrarca, *Canzoniere*, soneto 352, v. 1 y los *spirti felici* de Vittoria Colonna, soneto 101, v. 1.°

[269] *calor*: 'ánimo'.

[272] *luz de asiento*: 'luz permanente'; se refiere a la de Apolo, a la de la inspiración poética.

[274] *embaidora*: 'embaucadora'.

[275] *gentalla*: 'gentuza'.

[283] *burba*: moneda de Argel.

»El son de más de una templada caja
y el del pífaro triste y la trompeta,
que la cólera sube y flema abaja,
»así os incite con virtud secreta
que despierte los ánimos dormidos
en la facción que tanto nos aprieta.
»Ya retumba, ya llega a mis oídos
del escuadrón contrario el rumor grande,
formado de confusos alaridos.
»Ya es menester, sin que os lo ruegue o mande,
que cada cual, como guerrero experto,
sin que por su capricho se desmande,
»la orden guarde y militar concierto
y acuda a su deber como valiente
hasta quedar o vencedor o muerto».
En esto por la parte de poniente
pareció el escuadrón casi infinito
de la bárbara, ciega y pobre gente.
Alzan los nuestros al momento un grito,
alegre y no medroso, y gritan: «¡Arma!,
¡arma!» resuena todo aquel distrito
y, aunque mueran, correr quieren al arma.

[288] *flema*: 'pereza, lentitud', en evidente juego de opuestos con la *cólera*, otro de los cuatro humores en que la medicina antigua dividía los del cuerpo humano.

[298] Nótese el uso femenino de la palabra *orden*.

DEL VIAJE DEL PARNASO, CAPÍTULO SÉPTIMO

Tú, belígera musa, tú que tienes
la voz de bronce y de metal la lengua
cuando a cantar del fiero Marte vienes;
tú, por quien se aniquila siempre y mengua
el gran género humano; tú, que puedes
sacar mi pluma de ignorancia y mengua;
tú, mano rota y larga de mercedes,
digo en hacellas, una aquí te pido,
que no hará que menos rica quedes.
La soberbia y maldad, el atrevido
intento de una gente malmirada
ya se descubre con mortal ruido.
Dame una voz al caso acomodada,
una sutil y bien cortada pluma,
no de afición ni de pasión llevada,
para que pueda referir en suma
(con purísimo y nuevo sentimiento,
con verdad clara y entereza suma)
el contrapuesto y desigual intento
de uno y otro escuadrón, que, ardiendo en ira,
sus banderas descoge al vago viento.
El del bando católico, que mira
al falso y grande al pie del monte puesto,
que de subir al alta cumbre aspira,
con paso largo y ademán compuesto,
todo el monte coronan y se oponen
a la furia, que en loca ha echado el resto.
Las ventajas tantean y disponen
los ánimos valientes al asalto,
en quien su gloria y su venganza ponen.

[11] *malmirada*: 'descortés'.

[20] Expresiones similares en *Viaje*, III, 203; IV, 558; VIII, 95.

[21] *descoge*: 'despliega'.

[26] Nótese el anacoluto, habitual en Cervantes.

[27] *echar el resto*: 'actuar con resolución'; véase *Viaje*, III, 154 y IV, 322.

De rabia lleno y de paciencia falto,
Apolo su bellísimo estandarte
mandó al momento levantar en alto.
Arbolole un marqués, que el proprio Marte
su briosa presencia representa
naturalmente, sin industria y arte,
poeta celebérrimo y de cuenta,
por quien y en quien Apolo soberano
su gloria y gusto y su valor aumenta.
Era la insignia un cisne hermoso y cano,
tan al vivo pintado que, dijeras,
la voz despide alegre al aire vano.
Siguen al estandarte sus banderas
de gallardos alféreces llevadas,
honrosas por no estar todas enteras.
Las cajas a lo bélico templadas
al mílite más tardo vuelven presto,
de voces de metal acompañadas.
Jerónimo de Mora llegó en esto,
pintor excelentísimo y poeta,
Apeles y Virgilio en un supuesto.
Y con la autoridad de una jineta
(que de ser capitán le daba nombre)
al caso acude y a la turba aprieta.
Y porque más se turbe y más se asombre
el enemigo desigual y fiero,
llegó el gran Biedma, de inmortal renombre.

[31] Algunos editores han echado en falta un terceto en este lugar.°

[34] Posiblemente aluda al tercer marqués de Montesclaros (Guadalajara, 1571-Madrid, 1628); *arbolole*: de *arbolar*, «levantar en alto alguna cosa» (*Autoridades*). Recuérdese que se llamaba árbol al mástil de la galera.°

[37] *de cuenta*: 'importante'.

[46] *cajas*: 'tambores militares'.

[47] *mílite*: 'soldado'.

[49] Jerónimo de Mora (Zaragoza ¿?-Madrid, 1615), poeta y pintor, elogiado también por Lope de Vega.°

[51] *Apeles y Virgilio en un supuesto*: 'pintor y poeta a la vez, en una sola persona'. Hay que tomar ambos nombres como ejemplos de antonomasia.

[52] *jineta*: 'especie de lanza corta, distintivo de los capitanes de infantería'.

[57] *el gran Biedma*: existen dudas acerca de la identidad de este personaje.°

Y con él Gaspar de Ávila, primero
secuaz de Apolo, a cuyo verso y pluma
Icíar puede envidiar, temer Sincero.
Llegó Juan de Meztanza, cifra y suma
de tanta erudición, donaire y gala
que no hay muerte ni edad que la consuma.
Apolo le arrancó de Guatimala
y le trujo en su ayuda para ofensa
de la canalla en todo estremo mala.
Hacer milagros en el trance piensa
Cepeda y acompáñale Mejía,
poetas dignos de alabanza inmensa.
Clarísimo esplendor de Andalucía
y de la Mancha, el sin igual Galindo
llegó con majestad y bizarría.
De la alta cumbre del famoso Pindo
bajaron tres bizarros lusitanos,
a quien mis alabanzas todas rindo:
con prestos pies y con valientes manos
con Fernando Correa de la Cerda
pisó Rodríguez Lobo monte y llanos;
y porque Febo su razón no pierda,
el grande don Antonio de Ataíde
llegó con furia alborotada y cuerda.

[58] *Gaspar de Ávila*, escritor nacido en Murcia y citado también por Lope en el *Laurel de Apolo* (1630), VIII, vv. 553-565.°

[60] *Icíar* es Juan de Icíar (Durango, *c.* 1523-Logroño, después de 1572), distinguido calígrafo y matemático que escribió *Recopilación subtilissima intitulada Orthographia practica* (Zaragoza, 1548). *Sincero* podría aludir a Sannazaro, como en *Viaje*, III, 151.°

[61] Juan Meztanza de Ribera (1534-h. 1614), poeta ciudarrealeño que viajó a Guatemala; Cervantes lo cita también en la estrofa 77 del «Canto de Calíope».°

[68] Baltasar de Cepeda (Osuna, 1560-?), notario, poeta y dramaturgo renombrado en la época. Luis Mejía de la Cerda (Sevilla, 1560-*c.* 1635), doctor en leyes, poeta y dramaturgo.°

[71] *Galindo*: existen dudas acerca de la identidad de este personaje.°

[73] *Pindo*: montaña consagrada a Apolo y las musas.

[77] Fernando Correa de la Cerda (Tojal, finales siglo XVI-?), poeta portugués, militar y abogado.°

[78] Francisco Rodríguez Lobo (Leiría, 1580-1622), escritor portugués celebrado por Lope.°

[80] Antonio de Ataíde (¿1567?-Lisboa, 1647), noble portugués, destacado militar y poeta.°

Las fuerzas del contrario ajusta y mide
con las suyas Apolo y determina
dar la batalla y la batalla pide.
El ronco son de más de una bocina
(instrumento de caza y de la guerra)
de Febo a los oídos se avecina.
Tiembla debajo de los pies la tierra
de infinitos poetas oprimida
que dan asalto a la sagrada sierra.
El fiero general de la atrevida
gente, que trae un cuervo en su estandarte,
es Arbolánchez, muso por la vida.
Puestos estaban en la baja parte
y en la cima del monte, frente a frente,
los campos de quien tiembla el mismo Marte,
cuando una al parecer discreta gente
del católico bando al enemigo
se pasó, como en número de veinte.
Yo con los ojos su carrera sigo
y viendo el paradero de su intento,
con voz turbada al sacro Apolo digo:
«¿Qué prodigio es aqueste? ¿Qué portento?
O por mejor decir: ¿qué mal agüero
que así me corta el brío y el aliento?
»Aquel transfuga que partió primero
no solo por poeta le tenía,
pero también por bravo churrullero.
»Aquel ligero que tras él corría
en mil corrillos en Madrid le he visto
tiernamente hablar en la poesía.

[92] El *cuervo*: era símbolo del mal poeta, como el cisne lo era del bueno. Véase *Viaje*, I, 104 y recuérdese que Cervantes contrapone al cisne y al cuervo por primera vez en *La Galatea*, p. 361, n. 81.

[93] Jerónimo Arbolanche (Tudela, h. 1546-1572), poeta navarro que escribió las *Habidas* en 1566; *muso por la vida*: 'que va de poeta por la vida'; el término *muso*, masculino inventado a partir de *musa*, resulta irónico, puesto que Cervantes ya ha expresado su opinión desfavorable acerca de la poesía de Arbolanche.°

[96] *campos*: con alusión a los 'campos de batalla'.

[108] *churrullero*: 'soldado que, cobrado el primer sueldo, se dedica a frecuentar las tabernas y corrillos contando hazañas imaginarias'.°

»Aquel tercero que partió tan listo,
por satírico, necio y por pesado,
sé que de todos fue siempre malquisto.
»No puedo imaginar cómo ha llevado
Mercurio estos poetas en su lista».
«Yo fui –respondió Apolo– el engañado,
»que de su ingenio la primera vista
indicios descubrió que serían buenos
para facilitar esta conquista».
«Señor –repliqué yo–, creí que ajenos
eran de las deidades los engaños,
digo, engañarse en poco más ni menos.
»La prudencia, que nace de los años
y tiene por maestra a la esperiencia,
es la deidad que advierte destos daños».
Apolo respondió: «Por mi conciencia,
que no te entiendo», algo turbado y triste
por ver de aquellos veinte la insolencia.
Tú, sardo militar, Lofraso, fuiste
uno de aquellos bárbaros corrientes
que del contrario el número creciste.
Mas no por esta mengua los valientes
del escuadrón católico temieron,
poetas madrigados y excelentes;
antes, tanto coraje concibieron
contra los fugitivos corredores
que riza en ellos y matanza hicieron.
¡Oh falsos y malditos trovadores
que pasáis plaza de poetas sabios,
siendo la hez de los que son peores!
Entre la lengua, paladar y labios
anda contino vuestra poesía,
haciendo a la virtud cien mil agravios.

[130] *Lofraso*: véase *Viaje*, III, 247.

[131] *corrientes*: 'que corren'; en este caso, pasándose al enemigo.

[131-132] *uno ... creciste*: esto es, 'uno de aquellos que creció o que hizo crecer'; nótese la concordancia gramatical.

[135] *madrigados*: 'astutos, experimentados'.

[138] *riza*: 'destrozo y estrago que se hace en alguna cosa'.

[140] *pasar plaza de*: 'tener fama u opinión'.

¡Poetas de atrevida hipocresía,
esperad, que de vuestro acabamiento
ya se ha llegado el temeroso día!
De las confusas voces el concento
confuso por el aire resonaba,
de espesas nubes condensando el viento.
Por la falda del monte gateaba
una tropa poética aspirando
a la cumbre, que bien guardada estaba.
Hacían hincapié de cuando en cuando,
y con hondas de estallo y con ballestas
iban libros enteros disparando.
No del plomo encendido las funestas
balas pudieran ser dañosas tanto,
ni al disparar pudieran ser más prestas.
Un libro mucho más duro que un canto
a Jusepe de Vargas dio en las sienes,
causándole terror, grima y espanto.
Gritó y dijo a un soneto: «Tú, que vienes
de satírica pluma disparado,
¿por qué el infame curso no detienes?».
Y cual perro con piedras irritado,
que deja al que las tira y va tras ellas
cual si fueran la causa del pecado,
entre los dedos de sus manos bellas
hizo pedazos al soneto altivo
que amenazaba al sol y a las estrellas.
Y díjole Cilenio: «¡Oh rayo vivo
donde la justa indignación se muestra
en un grado y valor superlativo!

[148] *concento*: 'canto acordado, armonioso y dulce, de diversas voces conjuntadas'; pero al ser *confuso* (v. 149) se produce un oxímoron.

[155] *hondas de estallo*: 'de estallido', «sonido que hace alguna cosa al tiempo de henderse o abrirse de golpe» (*Autoridades*). Se ha distinguido entre hondas de estallo, con *crujidero*, y sin él, sordas; *crujidero*: «la trencilla de cáñamo o de seda que se empalma al látigo ... para que restalle» (*DRAE*). Se entiende que lo mismo se haría con algunas hondas.

[161] Jusepe de Vargas, poeta mencionado también por Lope en el *Laurel de Apolo*, VIII, vv. 543-552.°

[172] *Cilenio*: es decir, Mercurio; antes en *Viaje*, I, 209; IV, 533; VIII, 164.

La espada toma en la temida diestra
y arrójate valiente y temerario
por esta parte que el peligro adiestra».
En esto, del tamaño de un breviario
volando un libro por el aire vino,
de prosa y verso, que arrojó el contrario.
De verso y prosa el puro desatino
nos dio a entender que de Arbolanches eran
las *Habidas*, pesadas de contino.
Unas *Rimas* llegaron, que pudieran
desbaratar el escuadrón cristiano
si acaso vez segunda se imprimieran.
Diole a Mercurio en la derecha mano
una sátira antigua licenciosa
de estilo agudo, pero no muy sano.
De una intricada y mal compuesta prosa,
de un asunto sin jugo y sin donaire,
cuatro novelas disparó Pedrosa.
Silbando recio y desgarrando el aire,
otro libro llegó de *Rimas* solas
hechas al parecer como al desgaire.
Violas Apolo y dijo cuando violas:
«Dios perdone a su autor y a mí me guarde
de algunas *Rimas sueltas* españolas».
Llegó el *Pastor de Iberia*, aunque algo tarde,
y derribó catorce de los nuestros
haciendo de su ingenio y fuerza alarde.
Pero dos valerosos, dos maestros,
dos lumbreras de Apolo, dos soldados,
únicos en hablar y en obrar diestros,
del monte puestos en opuestos lados,
tanto apretaron a la turbamulta
que volvieron atrás los encumbrados.

[191] *sin jugo*: 'sin provecho, sin sustancia'.

[192] *Pedrosa*: posiblemente se trate de don Francisco de Pedrosa y Ávila, probable autor de unos poemas incluidos en la *Relación* que la Compañía de Jesús hizo a la canonización de Ignacio de Loyola y Francisco Javier en Madrid en 1622.

[195] *al desgaire*: 'con descuido'.

[199] Se refiere a Bernardo de la Vega, autor del *Pastor de Iberia*; véase *Viaje*, IV, 506.

Es Gregorio de Angulo el que sepulta
la canalla y con él Pedro de Soto,
de prodigioso ingenio y vena culta;

doctor aquel, estotro único y docto
licenciado, de Apolo ambos secuaces,
con raras obras y ánimo devoto.

Las dos contrarias indignadas haces
ya miden las espadas, ya se cierran,
duras en su tesón y pertinaces.

Con los dientes se muerden y se aferran
con las garras, las fieras imitando,
que toda piedad de sí destierran.

Haldeando venía y trasudando
el autor de *La Pícara Justina*,
capellán lego del contrario bando,

y cual si fuera de una culebrina,
disparó de sus manos su librazo,
que fue de nuestro campo la ruina.

Al buen Tomás Gracián mancó de un brazo,
a Medinilla derribó una muela
y le llevó de un muslo un gran pedazo.

Una despierta nuestra centinela
gritó: «¡Todos abajen la cabeza,
que dispara el contrario otra novela!».

[208] Gregorio de Angulo (1584-1658), doctor en derecho y regidor en Toledo.°

[209] Pedro de Soto, poeta, abogado y canónigo granadino.°

[215] *se cierran*: 'se mantienen firmes'.

[218] *las fieras imitando*: eco de Garcilaso, égloga I, v. 3.

[220] *haldear*: «andar de prisa las personas que tienen faldas. Es voz de las aldeas» (*Autoridades*).

[221] Se refiere a Francisco López de Úbeda, bajo cuyo nombre se publicó la novela picaresca titulada *La Pícara Justina* en 1605.

[223] *culebrina*: 'pieza de artillería que lanza una pequeña bala a gran distancia'.

[226] Tomás Gracián Dantisco (1558-1621), escritor y censor de libros; Cervantes lo elogia también en la estrofa 38 del «Canto de Calíope», en *La Galatea*, p. 373.°

[227] Baltasar Elisio de Medinilla (Toledo, 1585-1620), poeta muy apreciado por Lope de Vega.°

[229] *centinela* era en la época sustantivo femenino, lo que justifica la concordancia.

Dos pelearon una larga pieza
y el uno al otro con instancia loca,
de un envión (con arte y con destreza),
seis seguidillas le encajó en la boca
con que le hizo vomitar el alma,
que salió libre de su estrecha roca.
De la furia el ardor, del sol la calma
tenía en duda de una y otra parte
la vencedora y pretendida palma.
Del cuervo en esto el lóbrego estandarte
cede al del cisne, porque vino al suelo,
pasado el corazón de parte a parte,
su alférez, que era un andaluz mozuelo,
trovador repentista, que subía
con la soberbia más allá del cielo.
Helósele la sangre que tenía,
muriose cuando vio que muerto estaba
la turba pertinaz en su porfía.
Puesto que ausente el gran Lupercio estaba,
con un solo soneto suyo hizo
lo que de su grandeza se esperaba.
Descuadernó, desencajó, deshizo
del opuesto escuadrón catorce hileras,
dos criollos mató, hirió un mestizo.
De sus sabrosas burlas y sus veras
el magno cordobés un cartapacio
disparó y aterró cuatro banderas.
Daba ya indicios de cansado y lacio
el brío de la bárbara canalla,
peleando más flojo y más despacio.

232 *pieza*: aquí, 'espacio o intervalo de tiempo'.

234 *envión*: 'golpe dado con fuerza y violencia, para echar de sí alguna cosa'.

237 Eco de Garcilaso, égloga III, v. 13: «libre mi alma de su estrecha roca».

244 *andaluz mozuelo*: se desconoce la identidad de este personaje.

245 *repentista*: 'improvisador'.

251 Posiblemente se refiera al soneto de Lupercio Leonardo de Argensola (véase *Viaje*, III, 165) que empieza con el verso «Imagen espantosa de la muerte».

257 *el magno cordobés*, o sea, Góngora.

258 *aterró*: 'abatió, amedrentó', en sentido figurado.

Mas renovose la fatal batalla
mezclándose los unos con los otros,
ni vale arnés ni presta dura malla.
Cinco melifluos sobre cinco potros
llegaron y embistieron por un lado
y lleváronse cinco de nosotros,
cada cual como moro ataviado,
con más letras y cifras que una carta
de príncipe enemigo y recatado.
De romances moriscos una sarta,
cual si fuera de balas enramadas,
llega con furia y con malicia harta.
Y a no estar dos escuadras avisadas
de las nuestras, del recio tiro y presto
era fuerza quedar desbaratadas.
Quiso Apolo indignado echar el resto
de su poder y de su fuerza sola,
y dar al enemigo fin molesto.
Y una sacra canción, donde acrisola
su ingenio, gala, estilo y bizarría
Bartolomé Leonardo de Argensola,
cual si fuera un petarte, Apolo envía
adonde está el tesón más apretado,
más dura y más furiosa la porfía.
«Cuando me paro a contemplar mi estado...»
comienza la canción que Apolo pone
en el lugar más noble y levantado.

[264] *arnés*: 'arma de acero defensiva, que se enlazaba con correas y hebillas al cuerpo para que lo cubriese y defendiese'; *presta*: 'tiene utilidad'.

[269] *cifra*: 'escritura que no se comprende si no es con su clave'.

[272] *balas enramadas*: «balas de hierro partidas en dos mitades y con hueco por la parte interior, donde cabe una cadenilla que está asida por los extremos a ambas partes de las balas. Con estas se cargan las piezas de artillería y se usan contra los navíos, porque al tiempo de salir el tiro se extiende la cadenilla y hace el efecto de desarbolarlos» (*Autoridades*).

[278] *sola*: 'única'.

[282] Véase *Viaje*, III, 165.

[283] *petarte*: 'petardo'.°

[286] Verso 1 del soneto I de Garcilaso de la Vega, muy imitado en los siglos XVI y XVII.°

Todo lo mira, todo lo dispone
con ojos de Argos, manda, quita y veda
y del contrario a todo ardid se opone.

Tan mezclados están que no hay quien pueda
discernir cuál es malo o cuál es bueno,
cuál es garcilasista o timoneda.

Pero un mancebo de ignorancia ajeno,
grande escudriñador de toda historia,
rayo en la pluma y en la voz un trueno,

llegó, tan rica el alma de memoria,
de sana voluntad y entendimiento,
que fue de Febo y de las musas gloria.

Con este acelerose el vencimiento,
porque supo decir: «Este merece
gloria, pero aquel no, sino tormento».

Y como ya con distinción parece
el justo y el injusto combatiente,
el gusto al peso de la pena crece.

Tú, Pedro Mantuano, el excelente,
fuiste quien distinguió de la confusa
máquina el que es cobarde del valiente.

Julián de Almendárez no rehúsa,
puesto que llegó tarde, en dar socorro
al rubio Delio con su ilustre musa.

Por las rucias que peino, que me corro
de ver que las comedias endiabladas
por divinas se pongan en el corro.

Y, a pesar de las limpias y atildadas
del cómico mejor de nuestra Hesperia,
quieren ser conocidas y pagadas.

[290] *Argos*: figura mitológica con cien ojos vigilantes; *manda, quita, veda*: probablemente sea expresión de tipo jurídico; véase *Viaje*, III, 56.

[294] *garcilasista o timoneda*: adjetivos inventados por Cervantes, derivados de Garcilaso de la Vega y Juan de Timoneda, para aludir a los partidarios, contrarios entre ellos, de la métrica italianista y la castellana.

[307] *Pedro Mantuano*: poeta ya mencionado en *Viaje*, IV, 427.

[310] *Julián de Almendárez* o Almendáriz, poeta salmantino muerto en 1614.°

[312] *Delio*: Apolo, como en *Viaje*, III, 422; IV, 314 y 360; y V, 251.

[313] 'por las canas que peino me avergüenzo...'.°

[315] *corro*: 'conjunto de personas colocadas en círculo'; por extensión, el es-

Mas no ganaron mucho en esta feria,
porque es discreto el vulgo de la corte,
aunque le toca la común miseria.
De llano no le deis, dadle de corte
estancias polifemas al poeta
que no os tuviere por su guía y norte.
Inimitables sois y a la discreta
gala que descubrís en lo escondido
toda elegancia puede estar sujeta.
Con estas municiones el partido
nuestro se mejoró de tal manera
que el contrario se tuvo por vencido.
Cayó su presunción soberbia y fiera,
derrúmbanse del monte abajo cuantos
presumieron subir por la ladera.
La voz prolija de sus roncos cantos
el mal suceso con rigor la vuelve
en interrotos y funestos llantos.
Tal hubo que cayendo se resuelve
de asirse de una zarza o cabrahígo
y en llanto (a lo de Ovidio) se disuelve.
Cuatro se arracimaron a un quejigo
como enjambre de abejas desmandada
y le estimaron por el lauro amigo.
Otra cuadrilla, virgen por la espada
y adúltera de lengua, dio la cura
a sus pies de su vida almidonada.

pacio público en que se comunican o comentan las cosas que suceden.

[322-323] Juego de palabras con las expresiones *dar de llano* (con la espada, se entiende) y *dar de corte* ('buscando herir'). Las *estancias polifemas* aluden a la gongorina *Fábula de Polifemo y Galatea*. La poesía de Góngora es, pues, la mejor arma contra los malos poetas, los que no tienen como guía a Apolo.

[328] *partido*: 'bando, grupo'; hay que entender que el de los buenos poetas.

[336] *interrotos*: 'entrecortados'; también en *Quijote*, II, 49, p. 1127.

[339] Cervantes alude a la metamorfosis ovidiana de Biblis, que de tanto llorar se convirtió en fuente; véase Ovidio, *Metamorfosis*, libro IX.

[340] *quejigo*: 'especie de roble parecido a la encina', propio de la flora mediterránea.

[345] *vida almidonada*: 'vida aderezada, compuesta', en metáfora por 'afeminada'.

Bartolomé llamado de Segura
el toque casi fue del vencimiento,
tal es su ingenio y tal es su cordura.
Resonó en esto por el vago viento
la voz de la vitoria, repetida
del número escogido en claro acento.
La miserable, la fatal caída
de las musas del limpio Tagarete
fue largos siglos con dolor plañida.
A la parte del llanto, ¡ay me!, se mete
Zapardiel, famoso por su pesca,
sin que un pequeño instante se quiete.
La voz de la vitoria se refresca,
¡vitoria! suena, aquí y allí: ¡vitoria!
adquirida por nuestra soldadesca,
que canta alegre la alcanzada gloria.

346 *Bartolomé de Segura*: se tienen dudas sobre la identidad de este personaje.°

351 *número escogido*: 'muchedumbre de los vencedores'.

353 *Tagarete*: arroyo de Sevilla que discurría paralelo a la muralla, continuaba entre la Real Fábrica de Tabacos y el Alcázar, y desembocaba en el Guadalquivir junto a la Torre del Oro. Nótese la ironía, porque era un río famoso por lo sucio y turbio.°

355 *¡ay me!*: interjección; es italianismo.

356 *Zapardiel*: arroyo que pasa por Medina del Campo y desemboca en el Duero.

357 *quiete*: 'aquiete, sosiegue'.

DEL VIAJE DEL PARNASO, CAPÍTULO OCTAVO

Al caer de la máquina excesiva
del escuadrón poético arrogante
que en su no vista muchedumbre estriba,

un poeta mancebo y estudiante
dijo: «Caí, paciencia, que algún día
será la nuestra, mi valor mediante.

»De nuevo afilaré la espada mía
(digo, mi pluma) y cortaré de suerte
que dé nueva excelencia a la porfía.

»Que ofrece la comedia, si se advierte,
largo campo al ingenio, donde pueda
librar su nombre del olvido y muerte.

»Fue desto ejemplo Juan de Timoneda,
que con solo imprimir se hizo eterno
las comedias del gran Lope de Rueda.

»Cinco vuelcos daré en el propio infierno
por hacer recitar una que tengo
nombrada *El gran bastardo de Salerno*».

¡Guarda, Apolo, que baja; «guarte, Rengo,
el golpe de la mano más gallarda»
que ha visto el tiempo en su discurso luengo!

En esto el claro son de una bastarda
alas pone en los pies de la vencida
gente del mundo perezosa y tarda.

[1] *máquina*: «muchedumbre, copia o abundancia de alguna cosa y así se dice: hubo una gran machina de gente» (*Autoridades*), como en *Quijote*, II, 2, p. 698.

[6] *será la nuestra*: se refiere a 'nuestra oportunidad'.

[13] *Juan de Timoneda* ya ha sido mencionado en *Viaje*, VII, 294.

[14-15] Timoneda imprimió, en efecto, las comedias de Lope de Rueda.°

[18] *El gran bastardo de Salerno*: probablemente, título de una comedia perdida de Cervantes.°

[19] *guarte*: apócope de la forma *guárdate*.

[22] *bastarda*: «trompeta bastarda, la que media entre la trompeta que tiene el sonido fuerte y grave y entre el clarín, que le tiene delicado y agudo» (*Covarrubias*).

Con la esperanza del vencer perdida,
no hay quien no atienda con ligero paso,
si no a la honra, a conservar la vida.
Desde las altas cumbres de Parnaso
de un salto uno se puso en Guadarrama
(nuevo, no visto y verdadero caso),
y al mismo paso la parlera fama
cundió del vencimiento la alta nueva,
desde el claro Caístro hasta Jarama.
Lloró la gran vitoria el turbio Esgueva,
Pisuerga la rio, riola Tajo
(que en vez de arena granos de oro lleva).
Del cansancio, del polvo y del trabajo,
las rubicundas hebras de Timbreo
del color se pararon de oro bajo.
Pero, viendo cumplido su deseo,
al son de la guitarra mercuriesca
hizo de la gallarda un gran paseo,
y, de Castalia en la corriente fresca,
el rostro se lavó y quedó luciente
como de acero la segur turquesca.
Puliose luego y adornó su frente
de majestad mezclada con dulzura,
indicios claros del placer que siente.
Las reinas de la humana hermosura
salieron de do estaban retiradas
mientras duraba la contienda dura,
del árbol siempre verde coronadas,
y en medio la divina poesía,
todas de nuevas galas adornadas.

[32] *cundió*: 'se extendió'.

[33] *Caístro*: río de Lidia (Asia Menor) que desemboca en el Egeo; contrasta burlescamente con la referencia al madrileño río Jarama.°

[35-36] Una larga tradición celebraba la bondad de las aguas del Tajo, así como la riqueza de su arena, trufada de pepitas de oro; de ahí el adjetivo «aurífero» empleado junto a Tajo en *Viaje*, VIII, 212.

[38] *Timbreo*: véase *Viaje*, IV, 69.

[39] *pararse*: 'ponerse en otro estado diferente del que se tenía, por algún accidente'; *oro bajo*: 'de baja calidad'.

[42] *gallarda*: 'danza palaciega'.°

[45] *segur*: 'hacha grande'.

[51] Juego léxico; aquí *dura* con el valor de 'cruel, violenta'.

[52] *el árbol siempre verde*: es decir, el laurel.

Melpómene, Tersícore y Talía,
Polimnia, Urania, Erato, Euterpe y Clío,
y Calíope, hermosa en demasía,
muestran ufanas su destreza y brío,
tejiendo una intrincada y nueva danza
al dulce son de un instrumento mío.
Mío no dije bien, mentí a la usanza
de aquel que dice propios los ajenos
versos, que son más dignos de alabanza.
Los anchos prados y los campos llenos
están de las escuadras vencedoras
(que siempre van a más y nunca a menos),
esperando de ver de sus mejoras
el colmo con los premios merecidos
por el sudor y aprieto de seis horas.
Piensan ser los llamados escogidos,
todos a premios de grandeza aspiran,
tiénense en más de lo que son tenidos.
Ni a calidades ni a riquezas miran,
a su ingenio se atiene cada uno
y si hay cuatro que acierten mil deliran.
Mas Febo, que no quiere que ninguno
quede quejoso dél, mandó a la aurora
que vaya y coja *in tempore oportuno*
de las faldas floríferas de Flora
cuatro tabaques de purpúreas rosas
y seis de perlas de las que ella llora.
Y de las nueve por estremo hermosas
las coronas pidió y al darlas ellas
en nada se mostraron perezosas.

[55-57] Nombres de las nueve musas del monte Parnaso; amplía el listado de Garcilaso, égloga III, v. 55.

[60-63] Posible eco de los versos 84-85 de la oda I de fray Luis de León y de la silva de Juan de Arguijo «A la vihuela» (1612).°

[69] *de seis horas*: seis horas de batalla.

[70] Véase *Viaje*, II, 39.

[78] *in tempore oportuno*: fórmula bíblica procedente de la versión Vulgata del Salmo, 145, 15.°

[79] Nótese la aliteración.

[80] *tabaque*: 'cestillo de mimbre'.

[81] *ella*: es decir, la aurora; pronombre anafórico que remite al sustantivo del terceto anterior.

Tres (a mi parecer) de las más bellas
a Parténope sé que se enviaron
y fue Mercurio el que partió con ellas.
Tres sujetos las otras coronaron
allí en el mesmo monte peregrinos,
con que su patria y nombre eternizaron.
Tres cupieron a España y tres divinos
poetas se adornaron la cabeza,
de tanta gloria justamente dignos.
La envidia, monstruo de naturaleza,
maldita y carcomida, ardiendo en saña,
a murmurar del sacro don empieza.
Dijo: «¿Será posible que en España
haya nueve poetas laureados?
Alta es de Apolo, pero simple hazaña».
Los demás de la turba defraudados
del esperado premio repetían
los himnos de la envidia mal cantados.
Todos por laureados se tenían
en su imaginación antes del trance
y al cielo quejas de su agravio envían.
Pero ciertos poetas de romance
del generoso premio hacer esperan,
a despecho de Febo, presto alcance.
Otros (aunque latinos) desesperan
de tocar del laurel solo una hoja,
aunque del caso en la demanda mueran.
Véngase menos el que más se enoja
y alguno se tocó sienes y frente,
que de estar coronado se le antoja.
Pero todo deseo impertinente
Apolo resfrió, premiando a cuantos
poetas tuvo el escuadrón valiente.

[86] *Parténope*: véase *Viaje*, III, 158.

[91-92] *tres divinos poetas*: se refiere a Quevedo y los Argensola.

[95] *ardiendo en saña*: expresiones similares en *Viaje*, III, 203; IV, 558, y VII, 20.

[106] *poetas de romance*: esto es, 'poetas en lengua vulgar'; en contraposición al *latinos* que aparece más abajo (verso 109). Se decía también *romancistas*, que valía además para el autor de romances.

De rosas, de jazmines y amarantos
Flora le presentó cinco cestones
y la aurora de perlas otros tantos.
Estos fueron, lector dulce, los dones
que Delio repartió con larga mano
entre los poetísimos varones.
Quedando alegre cada cual y ufano
con un puño de perlas y una rosa,
estimando el premio sobrehumano.
Y porque fuese más maravillosa
la fiesta y regocijo que se hacía
por la vitoria insigne y prodigiosa,
la buena, la importante poesía
mandó traer la bestia cuya pata
abrió la fuente de Castalia fría.
Cubierta de finísima escarlata,
un lacayo la trujo en un instante,
tascando un freno de bruñida plata.
Envidiarle pudiera Rocinante
al gran Pegaso de presencia brava
y aun Brilladoro, el del señor de Anglante.
Con no sé cuántas alas adornaba
manos y pies, indicio manifiesto
que en ligereza al viento aventajaba.
Y por mostrar cuán ágil y cuán presto
era, se alzó del suelo cuatro picas
con un denuedo y ademán compuesto.
Tú que me escuchas, si el oído aplicas
al dulce cuento deste gran viaje
cosas nuevas oirás de gusto ricas.
Era del bel trotón todo el herraje
de durísima plata diamantina,
que no recibe del pisar ultraje.

[122] *Delio*: Apolo, natural de Delos, como en *Viaje*, III, 422; IV, 7, 314 y 360; V, 251; VII, 312.

[123] *poetísimos*: superlativo con matiz burlesco, como también en el *Ejemplar poético* de Juan de la Cueva.°

[138] *Brilladoro* es el nombre del caballo del *señor de Anglante*, Roldán en el *Orlando furioso* de Ariosto.

[148] *bel*: 'síncopa de bello', italianismo; *Autoridades* lo recoge y autoriza con este mismo verso.°

De la color que llaman columbina,
de raso en una funda trae la cola,
que suelta con el suelo se avecina.
Del color del carmín o de amapola
eran sus clines y su cola gruesa,
ellas solas al mundo y ella sola.
Tal vez anda despacio y tal apriesa,
vuela tal vez y tal hace corvetas,
tal quiere relinchar y luego cesa.
Nueva felicidad de los poetas,
unos sus escrementos recogían
en dos de cuero grandes barjuletas.
Pregunté para qué lo tal hacían,
respondiome Cilenio a lo bellaco
con no sé qué vislumbres de ironía:
«Esto que se recoge es el tabaco
que a los váguidos sirve de cabeza
de algún poeta de celebro flaco.
Urania de tal modo lo adereza
que puesto a las narices del doliente
cobra salud y vuelve a su entereza».
Un poco entonces arrugué la frente,
ascos haciendo del remedio estraño,
tan de los ordinarios diferente.
«Recibes –dijo Apolo–, amigo, engaño»
(leyome el pensamiento). «Este remedio
de los váguidos cura y sana el daño.

[151] *color*: era de género femenino en la época; *columbina*: 'cosa perteneciente a la paloma o que se le parece o asimila' (*Autoridades*). Lo que autoriza justamente con este verso del *Viaje*. La funda de la cola de Pegaso era de color como de paloma.

[155] *clines*: 'crines'.

[156] Véase *Viaje*, II, 16.

[158] *corvetas*: 'movimiento del caballo, que va sobre las patas traseras y con las delanteras en el aire'.

[162] *barjuleta*: 'bolsa grande de cuero que llevan a la espalda o prendida en la cintura los caminantes, y que se cierra con una cubierta'.

[164] *Cilenio*: véase *Viaje*, I, 209; IV, 533, y VIII, 172.

[166] En la época, el *tabaco* era considerado como medicina.

[167] *váguidos*: 'vahídos', como en *Entremeses*, pp. 106 y 220.

[168] *celebro*: metafóricamente, 'entendimiento, sabiduría, ciencia'.

[169] *Urania*: apelativo de Venus como diosa inspiradora de los amores castos y puros.

»No come este rocín lo que en asedio
duro y penoso comen los soldados,
que están entre la muerte y hambre en medio.
»Son deste tal los piensos regalados
(ámbar y almizcle entre algodones puesto)
y bebe del rocío de los prados.
»Tal vez le damos de almidón un cesto,
tal de algarrobas con que el vientre llena
y no se estriñe ni se va por esto».
«Sea –le respondí– muy norabuena,
tieso estoy de cerebro por ahora,
váguido alguno no me causa pena».
La nuestra, en esto, universal señora,
digo, la poesía verdadera
(que con Timbreo y con las musas mora),
en vestido sucinto, a la ligera,
el monte discurrió y abrazó a todos,
hermosa sobremodo y placentera.
«¡Oh sangre vencedora de los godos!»,
dijo: «De aquí adelante ser tratada
con más suaves y discretos modos
»espero ser y siempre respectada
del ignorante vulgo, que no alcanza
que, puesto que soy pobre, soy honrada.
»Las riquezas os dejo en esperanza,
pero no en posesión, premio seguro
que al reino aspira de la inmensa holganza.
»Por la belleza deste monte os juro
que quisiera al más mínimo entregalle
un privilegio de cien mil de juro.

[182] *ámbar y almizcle*: el ámbar es en la segunda acepción del *DRAE* un «perfume delicado»; el almizcle, una «sustancia grasa ... que por su untuosidad y aroma es la base de ciertos preparados cosméticos y de perfumería» (*DRAE*); de modo que se trata de una metáfora hiperbólica para encarecer «piensos regalados».

[186] *ni se va*: 'ni se le descompone el vientre'.

[188] *tieso*: 'duro, robusto, fuerte'.

[192] *Timbreo*: Apolo. Véase *Viaje*, IV, 69.

[193] *sucinto*: 'recogido o ceñido por abajo'; *a la ligera*: 'con agilidad, velocidad'.

[195] *sobremodo*: 'sobremanera'.

[207] *juro*: 'pensión anual real'.

»Mas no produce minas este valle,
aguas sí salutíferas y buenas
y monas que de cisnes tienen talle.
»Volved a ver, ¡oh amigos!, las arenas
del aurífero Tajo en paz segura
y en dulces horas de pesar ajenas,
»que esta inaudita hazaña os asegura
eterno nombre, en tanto que dé Febo
al mundo aliento y luz serena y pura».
¡Oh maravilla nueva, oh caso nuevo,
digno de admiración que cause espanto
(cuya estrañeza me admiró de nuevo)!
Morfeo, el dios del sueño, por encanto
allí se apareció, cuya corona
era de ramos de beleño santo,
flojísimo de brío y de persona,
de la pereza torpe acompañado,
que no le deja a vísperas ni a nona.
Traía al silencio a su derecho lado,
el descuido al siniestro y el vestido
era de blanda lana fabricado.
De las aguas que llaman del olvido
traía un gran caldero y de un hisopo
venía como aposta prevenido.
Asía a los poetas por el hopo
y, aunque el caso los rostros les volvía
en color encendida de piropo,

[210] Paronomasia humorística entre *minas*, en el primer verso del terceto (de oro, se entiende), y *monas*; *talle*: «disposición o proporción del cuerpo humano» (*DRAE*). La poesía está hablando a los poetas y ya se sabe que los cisnes son los buenos: el valle no produce minas de oro pero sí poetas. Véase *Viaje*, I, 104 y *La Galatea*, p. 361.

[217-219] Estos versos recuerdan el inicio del soneto de Cervantes «Al túmulo del rey en Sevilla» (núm. 27), v. 1: «¡Voto a Dios, que me espanta esta grandeza».

[222] *beleño*: 'mata de tallos gruesos y hojas negras y cubiertas de vello'.°

[225] La de *víspera* y la *nona* son las dos horas canónicas señaladas para la oración en la noche y la tarde.

[229] Se refiere a las del Leteo, el río del olvido, del que bebían las almas conducidas por Caronte al Hades. Véase *Viaje*, V, 325.

[232] *hopo*: 'cuello del vestido', expresión de germanía.

[234] *piropo*: 'color rojo fuego o granate'.

él nos bañaba con el agua fría,
causándonos un sueño de tal suerte
que dormimos un día y otro día.
Tal es la fuerza del licor, tan fuerte
es de las aguas la virtud que pueden
competir con los fueros de la muerte.
Hace el ingenio alguna vez que queden
las verdades sin crédito ninguno,
por ver que a toda contingencia exceden.
Al despertar del sueño así importuno,
ni vi monte ni monta, dios ni diosa,
ni de tanto poeta vide alguno.
Por cierto, estraña y nunca vista cosa,
despabilé la vista y pareciome
verme en medio de una ciudad famosa.
Admiración y grima el caso diome,
torné a mirar, porque el temor o engaño
no de mi buen discurso el paso tome.
Y díjeme a mí mismo: «No me engaño,
esta ciudad es Nápoles la ilustre,
que yo pisé sus rúas más de un año.
»De Italia gloria y aun del mundo lustre,
pues de cuantas ciudades él encierra,
ninguna puede haber que así le ilustre:
»apacible en la paz, dura en la guerra,
madre de la abundancia y la nobleza,
de elíseos campos y agradable sierra.
»Si váguidos no tengo de cabeza,
paréceme que está mudada en parte
de sitio, aunque en aumento de belleza.
»¿Qué teatro es aquel donde reparte
con él cuanto contiene de hermosura
la gala, la grandeza, industria y arte?

[243] *contingencia*: 'posibilidad'.

[245] Polisíndeton por medio de la conjunción *ni* y sustantivos en masculino y femenino que refuerzan, por un lado, la negación y, por otro, la comicidad, al tiempo que provoca un juego aliterativo evidente.

[246] *vide*: 'vi', latinismo.

»Sin duda el sueño en mis palpebras dura,
porque este es edificio imaginado
que excede a toda humana compostura».
Llegose en esto a mí disimulado
un mi amigo llamado Promontorio,
mancebo en días, pero gran soldado.
Creció la admiración viendo notorio
y palpable que en Nápoles estaba,
espanto a los pasados accesorio.
Mi amigo tiernamente me abrazaba
y, con tenerme entre sus brazos, dijo
que del estar yo allí mucho dudaba.
Llamome padre y yo llamele hijo,
quedó con esto la verdad en punto,
que aquí puede llamarse punto fijo.
Díjome Promontorio: «Yo barrunto,
padre, que algún gran caso a vuestras canas
las trae tan lejos, ya semidifunto».
«En mis horas más frescas y tempranas
esta tierra habité, hijo –le dije–,
con fuerzas más briosas y lozanas,
»pero la voluntad que a todos rige
(digo, el querer del cielo) me ha traído
a parte que me alegra más que aflige.»
Dijera más, sino que un gran ruido
de pífaros, clarines y tambores
me azoró el alma y alegró el oído.
Volví la vista al son, vi los mayores
aparatos de fiesta que vio Roma
en sus felices tiempos y mejores.
Dijo mi amigo: «Aquel que ves que asoma
por aquella montaña contrahecha
(cuyo brío al de Marte oprime y doma)

[268] *palpebras*: 'párpados', latinismo.

[272] *Promontorio*: al parecer, era un nombre propio bastante frecuente al sur de Italia, donde se encuentra Nápoles; Cervantes parece aludir a un posible hijo suyo, del que no se ha podido encontrar noticia alguna. Tal vez el deseo de volver a ver a este Promontorio fuera uno de los móviles cervantinos para regresar a Italia acompañando al conde de Lemos.°

[282] *punto fijo*: 'cabalmente, con certeza'.

»es un alto sujeto, que deshecha
tiene a la envidia en rabia, porque pisa
de la virtud la senda más derecha;
»de gravedad y condición tan lisa
que suspende y alegra a un mesmo instante
y con su aviso al mismo aviso avisa.
»Mas quiero antes que pases adelante
en ver lo que verás si estás atento,
darte del caso relación bastante.
»Será don Juan de Tasis de mi cuento
principio, porque sea memorable
y lleguen mis palabras a mi intento.
»Este varón, en liberal notable,
que una mediana villa le hace conde
(siendo rey en sus obras admirable);
»este, que sus haberes nunca esconde,
pues siempre los reparte o los derrama,
ya sepa adónde o ya no sepa adónde;
»este, a quien tiene tan en fil la fama
puesta la alteza de su nombre claro
que liberal y pródigo le llama,
»quiso, pródigo aquí y allí no avaro,
primer mantenedor ser de un torneo,
que a fiestas sobrehumanas le comparo.
»Responden sus grandezas al deseo
que tiene de mostrarse alegre, viendo
de España y Francia el regio himeneo.
»Y este que escuchas duro, alegre estruendo,
es señal que el torneo se comienza,
que admira por lo rico y estupendo.

[306] *aviso*: 'discreción', con dilogía. Se juega con los dos sentidos de la palabra: 'advertencia, prevención cuidadosa' y, también, «algunas veces se toma por cuidado y discreción en el modo de obrar y proceder» (*Autoridades*). De esta forma, el tal sujeto es tan avisado (en el sentido de discreto) que avisa (en el sentido de advierte) al mismo aviso (a la discreción misma).

[310] Se trata de don Juan de Tassis y Peralta, conde de Villamediana. Véase *Viaje*, II, 265.°

[319] *fil*: 'fiel de la balanza, equilibrio'.

[323] *mantenedor*: 'el que mantiene una justa o torneo y es la persona principal del mismo'.

[327] *regio himeneo*: alude al matrimonio de Luis XIII con Ana de Austria, el 22 de agosto de 1612.

»Arquímedes el grande se avergüenza
de ver que este teatro milagroso
su ingenio apoque y a sus trazas venza.
»Digo, pues, que el mancebo generoso
que allí deciende de encarnado y plata,
sobre todo mortal curso brioso,
»es el conde de Lemos, que dilata
su fama con sus obras por el mundo
y que lleguen al cielo en tierra trata.
»Y aunque sale el primero es el segundo
mantenedor y en buena cortesía
esta ventaja califico y fundo.
»El duque de Nocera, luz y guía
del arte militar, es el tercero
mantenedor deste festivo día.
»El cuarto, que pudiera ser primero,
es de Santelmo el fuerte castellano,
que al mesmo Marte en el valor prefiero.
»El quinto es otro Eneas, el troyano,
Arrociolo, que gana en ser valiente
al que fue verdadero por la mano».
El gran concurso y número de gente
estorbó que adelante prosiguiese
la comenzada relación prudente.
Por esto le pedí que me pusiese
adonde sin ningún impedimento
el gran progreso de las fiestas viese,
porque luego me vino al pensamiento
de ponerlas en verso numeroso,
favorecido del febeo aliento.

331 *Arquímedes*: célebre matemático, astrónomo e inventor griego (¿287?-212 a.C).

337 *el conde de Lemos*: véase *Viaje*, III, 195 y 206; volverá a ser mencionado en la «Adjunta», p. 131.°

343 *duque de Nocera*: se ha discutido si, como parece lo más probable, se trata en realidad del duque della Nocara, Donato Antonio di Loffredo (Nápoles, ¿?-1644).°

347 Se refiere a don Antonio de Mendoza, consejero de Estado y castellano de la fortaleza de San Elmo.°

350 *Arrociolo*: probablemente, Troiano Caracciolo (¿?-después de 1584), noble napolitano.°

351 *gana... por la mano*: 'aventaja'.

Hízolo así y yo vi lo que no oso
pensar, no que decir, que aquí se acorta
la lengua y el ingenio más curioso.
Que se pase en silencio es lo que importa
y que la admiración supla esta falta
el mesmo grandioso caso exhorta,
puesto que después supe que con alta,
magnífica elegancia y milagrosa
(donde ni sobra punto ni le falta),
el curioso don Juan de Oquina en prosa
la puso y dio a la estampa, para gloria
de nuestra edad por esto venturosa.
Ni en fabulosa o verdadera historia
se halla que otras fiestas hayan sido
ni puedan ser más dignas de memoria.
Desde allí (y no sé cómo) fui traído
adonde vi al gran duque de Pastrana
mil parabienes dar de bienvenido,
y que la fama en la verdad ufana
contaba que agradó con su presencia
y con su cortesía sobrehumana;
que fue nuevo Alejandro en la excelencia
del dar, que satisfizo a todo cuanto
puede mostrar real magnificencia.
Colmo de admiración, lleno de espanto,
entré en Madrid en traje de romero
(que es granjería el parecer ser santo)
y desde lejos me quitó el sombrero
el famoso Acevedo y dijo: «A Dio,
voi siate il ben venuto, cavaliero.

362 *no que decir*: 'no ya decir'; es italianismo.°

363 Eco de la *Divina comedia*, «Paradiso», XXXIII, vv. 121-122: «Oh quanto è corto il dire e come fioco / al mio concetto!».

370 *curioso*: 'esmerado, cuidadoso'; *don Juan de Oquina*: tesorero del virrey de Nápoles, el VII conde de Lemos.°

377 El *gran duque de Pastrana* es don Rui Gómez de Silva y Mendoza (Valencia, 1586-Madrid, 1626).°

387 *granjería*: 'beneficio'; «el modo de aumentar el caudal, criando ganado y vendiéndole, o comerciando con otras cosas» (*Autoridades*).

389 El *famoso Acevedo* es Alonso de Acevedo (Vera de Plasencia, 1550-1620), poeta.°

389-393 'Adiós, / bienvenido seáis, ca-

So parlar zenoese & tusco anch'io».
Y respondí: «La vostra signoria
sia la ben trovata, patron mio».
Topé a Luis Vélez, lustre y alegría
y discreción del trato cortesano,
y abracele en la calle a mediodía.
El pecho, el alma, el corazón, la mano
di a Pedro de Morales y un abrazo,
y alegre recebí a Justiniano.
Al volver de una esquina sentí un brazo
que el cuello me ceñía, miré cúyo
y más que gusto me causó embarazo,
por ser uno de aquellos (no rehúyo
decirlo) que al contrario se pasaron,
llevados del cobarde intento suyo.
Otros dos al soslayo se llegaron
y con la risa falsa del conejo
y con muchas zalemas me hablaron.
Yo, socarrón, yo, poetón ya viejo,
volviles a lo tierno las saludes
sin mostrar mal talante o sobrecejo.
No dudes, ¡oh lector caro!, no dudes
sino que suele el disimulo a veces
servir de aumento a las demás virtudes.
Dínoslo tú, David, que aunque pareces
loco en poder de Aquís, de tu cordura,
fingiendo el loco, la grandeza ofreces.

ballero. / También yo sé hablar genovés y toscano... Vuestra señoría sea bienhallada, patrón mío'.

[394] *Luis Vélez*: poeta mencionado ya en *Viaje*, II, 167.

[398] *Pedro de Morales*: autor de comedias, mencionado ya en *Viaje*, II, 145.

[399] Alude a Lucas Justiniano, dramaturgo y párroco de la Iglesia de San Ginés en Madrid.°

[401] *cuyo*: vale por 'de quién'.

[407] *la risa falsa del conejo* es 'la de quien se ríe sin ganas'.

[409] *poetón*: aumentativo burlesco; véase *Viaje*, I, 19.

[410] *saludes*: 'actos y expresiones corteses'.

[416] *Aquís*: rey de Geth, donde se refugió David huyendo de Saúl. Alusión al pasaje de Reyes, I, 11, 10-15, en que David, huyendo de Saúl, acude a Aquís, rey de Geth, y para salvar la vida, «demudó el rostro ante él y sus criados, y se dejaba caer entre sus manos, y se golpeaba en los postigos de las puertas y le corría la saliva por la barba».°

Dejelos esperando coyuntura
y ocasión más secreta para dalles
vejamen de su miedo o su locura.
Si encontraba poetas por las calles,
me ponía a pensar si eran de aquellos
huidos y pasaba sin hablalles.
Ponían seme yertos los cabellos
de temor no encontrase algún poeta
(de tantos que no pude conocellos)
que con puñal buido o con secreta
almarada me hiciese un abujero
que fuese al corazón por vía recta.
Aunque no es este el premio que yo espero
de la fama que a tantos he adquirido
con alma grata y corazón sincero.
Un cierto mancebito cuellierguido,
en profesión poeta y en el traje
a mil leguas por godo conocido,
lleno de presunción y de coraje,
me dijo: «Bien sé yo, señor Cervantes,
que puedo ser poeta, aunque soy paje.
»Cargastes de poetas ignorantes
y dejástesme a mí, que ver deseo
del Parnaso las fuentes elegantes.
»Que caducáis sin duda alguna creo,
¿creo?, no digo bien, mejor diría
que toco esta verdad y que la veo».
Otro que, al parecer, de argentería,
de nácar, de cristal, de perlas y oro
sus infinitos versos componía,
me dijo (bravo cual corrido toro):
«No sé yo para qué nadie me puso
en lista con tan bárbaro decoro».

[420] *vejamen*: 'discurso festivo y satírico que formaba parte obligada del ceremonial de las academias, en el cual se criticaban defectos personales o literarios de los poetas'; esta práctica dio lugar a pendencias y rencillas entre los vates.

[424] *yerto*: 'tieso'.

[427] *buido*: 'afilado'.

[428] *almarada*: 'especie de puñal esquinado y sin corte'; *abujero*: 'agujero'.

[435] *godo*: 'rico, principal'; es voz de germanía.

[442] *caducáis*: 'chocheáis, perdéis el sentido'.

«Así el discreto Apolo lo dispuso
–a los dos respondí–, y en este hecho
de ignorancia o malicia no me acuso».
Fuime con esto y, lleno de despecho,
busqué mi antigua y lóbrega posada
y arrojeme molido sobre el lecho,
que cansa cuando es larga una jornada.

ADJUNTA AL PARNASO

Algunos días estuve reparándome de tan largo viaje, al cabo de los cuales salí a ver y a ser visto, y a recebir parabienes de mis amigos y malas vistas de mis enemigos, que, puesto que pienso que no tengo ninguno, todavía no me aseguro de la común suerte. Sucedió, pues, que saliendo una mañana del monasterio de Atocha,[1] se llegó a mí un mancebo al parecer de veinte y cuatro años,[2] poco más o menos, todo limpio, todo aseado y todo crujiendo gorgaranes,[3] pero con un cuello tan grande y tan almidonado que creí que para llevarle fueran menester los hombros de otro Atlante.[4] Hijos deste cuello eran dos puños chatos,[5] que, comenzando de las muñecas, subían y trepaban por las canillas del brazo arriba,[6] que parecía que iban a dar asalto a las barbas. No he visto yo yedra tan codiciosa de subir desde el pie de la muralla donde se arrima hasta las almenas, como el ahínco que llevaban estos puños a ir a darse de puñadas con los codos; finalmente, la exorbitancia del cuello y puños era tal que en el cuello se escondía y sepultaba el rostro y, en los puños, los brazos.

Digo, pues, que el tal mancebo se llegó a mí y con voz grave y reposada me dijo:

[1] Debe de referirse el convento de dominicos fundado en 1523 por fray García de Loaysa (posteriormente inquisidor general) y fray Juan Hurtado de Mendoza (confesor de Carlos V), sobre una antigua ermita en la que desde antiguo se venía rindiendo culto a la Virgen de Atocha, nombre por el que se lo conoció siempre. Tras los destrozos sufridos durante la Guerra Civil, se elevó la actual basílica en la Avenida de Barcelona.°

[2] Este joven descrito ridículamente le permite a Cervantes establecer una conversación entre los dos personajes y, por medio del diálogo, ir hacer avanzando la acción e incorporar hábilmente informaciones relativas a la trayectoria dramática del escritor. Personaje, procedimiento y situación son similares a los que se plantean en el prólogo del *Persiles*, pp. 118-123, a través del «estudiante pardal». No lejos está el «poeta mancebo y estudiante» que aparece en este mismo *Viaje*, VIII, 4.°

[3] *aseado*: «adornado y compuesto con curiosidad y limpieza» (*Autoridades*); *crujiendo gorgaranes*: en referencia al ruido que hace el *gorgorán*: 'tela de seda con cordoncillo'.

[4] *Atlante*: aquí, más que al elemento arquitectónico, se refiere al Titán condenado por Júpiter a soportar el peso de la tierra, como en *Viaje*, VI, 213.

[5] *puños chatos*: *Autoridades* define *chato* como «lo plano, aplanado y llano», por contraste con puntiagudo. Dado que los puños, enormes, trepaban brazo arriba, hay que entender la expresión como ejemplo de antífrasis humorística.°

[6] *canillas*: «el hueso de la pierna ... Y también se llama canillas a los hue-

–¿Es por ventura vuesa merced el señor Miguel de Cervantes Saavedra, el que ha pocos días que vino del Parnaso?

A esta pregunta creo sin duda que perdí la color del rostro, porque en un instante imaginé y dije entre mí: ¿si es este alguno de los poetas que puse o dejé de poner en mi *Viaje* y viene ahora a darme el pago que él se imagina se me debe? Pero sacando fuerzas de flaqueza, le respondí:

–Yo, señor, soy el mesmo que vuesa merced dice, ¿qué es lo que se me manda?

Él luego, en oyendo esto, abrió los brazos y me los echó al cuello y sin duda me besara en la frente si la grandeza del cuello no lo impidiera, y díjome:

–Vuesa merced, señor Cervantes, me tenga por su servidor y por su amigo, porque ha muchos días que le soy muy aficionado, así por sus obras como por la fama de su apacible condición.

Oyendo lo cual, respiré y los espíritus, que andaban alborotados, se sosegaron; y, abrazándole yo también, con recato de no ahajarle el cuello,[7] le dije:

–Yo no conozco a vuesa merced si no es para servirle, pero por las muestras bien se me trasluce que vuesa merced es muy discreto y muy principal, calidades que obligan a tener en veneración a la persona que las tiene.

Con estas pasamos otras corteses razones y anduvieron por alto los ofrecimientos y, de lance en lance, me dijo:

–Vuesa merced sabrá, señor Cervantes, que yo, por la gracia de Apolo, soy poeta o a lo menos deseo serlo y mi nombre es Pancracio de Roncesvalles.

MIGUEL. Nunca tal creyera si vuesa merced no me lo hubiera dicho por su mesma boca.

PANCRACIO. Pues, ¿por qué no lo creyera vuesa merced?

MIGUEL. Porque los poetas por maravilla andan tan atildados como vuesa merced y es la causa que, como son de ingenio tan altaneros y remontados, antes atienden a las cosas del espíritu que a las del cuerpo.[8]

sos de que se compone el brazo, desde la espaldilla hasta la mano» (*Autoridades*).

[7] *ahajar*: «lo mismo que ajar, voz de poco uso»; y *ajar*: «maltratar y deslucir alguna cosa, trayéndola entre las manos» (*Autoridades*).

[8] Imagen tópica de los poetas, más preocupados de la salud del alma que no de la del cuerpo, esto es, pobres. Alu-

–Yo, señor –dijo él–, soy mozo, soy rico y soy enamorado; partes que deshacen en mí la flojedad que infunde la poesía. Por la mocedad tengo brío; con la riqueza, con qué mostrarle; y con el amor, con qué no parecer descuidado.

–Las tres partes del camino –le dije yo– se tiene vuesa merced andadas para llegar a ser buen poeta.

PANCRACIO. ¿Cuáles son?

MIGUEL. La de la riqueza y la del amor. Porque los partos de los partos de la persona rica y enamorada son asombros de la avaricia y estímulos de la liberalidad, y en el poeta pobre la mitad de sus divinos partos y pensamientos se los llevan los cuidados de buscar el ordinario sustento. Pero dígame vuesa merced, por su vida: ¿de qué suerte de menestra poética gasta o gusta más?[9]

A lo que respondió:

–No entiendo eso de menestra poética.

MIGUEL. Quiero decir que a qué género de poesía es vuesa merced más inclinado.

–Al lírico, al heroico o al cómico,[10] a todos estilos me amaño –respondió él–. Pero en el que más me ocupo es en el cómico.

MIGUEL. Desa manera, habrá vuesa merced compuesto algunas comedias.

PANCRACIO. Muchas, pero sola una se ha representado.

MIGUEL. ¿Pareció bien?

PANCRACIO. Al vulgo, no.

MIGUEL. ¿Y a los discretos?

PANCRACIO. Tampoco.

MIGUEL. ¿La causa?

PANCRACIO. La causa fue que la achacaron que era larga en los razonamientos, no muy pura en los versos y desmayada en la invención.

–Tachas son esas –respondí yo– que pudieran hacer parecer mal a las del mesmo Plauto.[11]

siones semejantes en *La Gitanilla*, pp. 60-61, y *Quijote*, II, 16, pp. 823-824, y 18, p. 844.°

[9] *menestra*: «cierto género de guisado o potaje, hecho de diferentes hierbas o legumbres» (*Autoridades*). Tratándose de una *menestra poética*, ha de referirse irónicamente a las variedades de poesía que practica el mancebo.

[10] *lírico, heroico, cómico*: es un modo de decir 'lírico, épico, dramático o teatral'.°

[11] El mayor de los comediógrafos latinos, si bien Terencio era más leído, por haber pasado al canon escolar y ser-

–Y más –dijo él–, que no pudieron juzgalla, porque no la dejaron acabar según la gritaron. Con todo esto, la echó el autor para otro día; pero porfiar que porfiar, cinco personas vinieron apenas.

–Créame vuesa merced –dije yo– que las comedias tienen días, como algunas mujeres hermosas; y que esto de acertarlas bien va tanto en la ventura como en el ingenio. Comedia he visto yo apedreada en Madrid que la han laureado en Toledo, y no por esta primer desgracia deje vuesa merced de proseguir en componerlas, que podrá ser que, cuando menos lo piense, acierte con alguna que le dé crédito y dineros.

–De los dineros no hago caso –respondió él–, más preciaría la fama que cuanto hay. Porque es cosa de grandísimo gusto y de no menos importancia ver salir mucha gente de la comedia, todos contentos, y estar el poeta que la compuso a la puerta del teatro recibiendo parabienes de todos.

–Sus descuentos tienen esas alegrías –le dije yo–, que tal vez suele ser la comedia tan pésima que no hay quien alce los ojos a mirar al poeta, ni aun él para cuatro calles del coliseo, ni aun los alzan los que la recitaron, avergonzados y corridos de haberse engañado y escogídola por buena.

–¿Y vuesa merced, señor Cervantes –dijo él–, ha sido aficionado a la carátula?[12] ¿Ha compuesto alguna comedia?

–Sí –dije yo–, muchas y, a no ser mías, me parecieran dignas de alabanza, como lo fueron *Los tratos de Argel*, *La Numancia*, *La gran turquesca*, *La batalla naval*, *La Jerusalem*, *La Amaranta o la del mayo*, *El bosque amoroso*, *La única* y *La bizarra Arsinda* y otras muchas de que no me acuerdo. Mas la que yo más estimo y de la que más me precio fue y es de una llamada *La confusa*,[13] la cual, con paz sea di-

vir para la enseñanza del latín. Se cree que nació en 254 a.C. y murió en 184 a.C. Cervantes lo cita también en *El rufián dichoso*, v. 1239.

[12] *carátula*: 'máscara', aquí en alusión al teatro, como *Autoridades* recoge («se suele tomar por la profesión de los farsantes, porque son estos los que más usan de disfraces») y, también Cervantes en *Quijote*, II, 11, p. 779.

[13] La relación que se cierra con esta mención a *La confusa* se corresponde bien con lo que dice Cervantes en el prólogo a las *Ocho comedias y ocho entremeses nuevos nunca representados* (1615), donde declara haber compuesto «hasta veinte comedias o treinta». De ellas solo nos han llegado el texto de tres: la *Numancia*, *El trato de Argel* y *La conquista de Jerusalén*; de las demás aquí enumeradas apenas nos ha llegado el título. Cervantes las habría compuesto por la época en que intentó triunfar en el teatro, antes del período andaluz (h. 1587), cuando empezó a ejercer como comisario real. El contrato con Gaspar de Porres para

cho de cuantas comedias de capa y espada hasta hoy se han representado,[14] bien puede tener lugar señalado por buena entre las mejores.

PANCRACIO. ¿Y agora tiene vuesa merced algunas?

MIGUEL. Seis tengo, con otros seis entremeses.[15]

PANCRACIO. Pues, ¿por qué no se representan?

MIGUEL. Porque ni los autores me buscan ni yo los voy a buscar a ellos.

PANCRACIO. No deben de saber que vuesa merced las tiene.

MIGUEL. Sí saben, pero como tienen sus poetas paniaguados y les va bien con ellos,[16] no buscan pan de trastrigo;[17] pero yo pienso darlas a la estampa, para que se vea de espacio lo que pasa apriesa y se disimula o no se entiende cuando las representan; y las comedias tienen sus sazones y tiempos, como los cantares.

Aquí llegábamos con nuestra plática cuando Pancracio puso la mano en el seno y sacó dél una carta con su cubierta y, besándola, me la puso en la mano, leí el sobrescrito y vi que decía desta manera:

A Miguel de Cervantes Saavedra, en la calle de Las Huertas, frontero de las casas donde solía vivir el príncipe de Marruecos.[18] *En Madrid, al porte medio real, digo, diecisiete maravedís.*

La confusa se firma el 5 de abril de 1585; por esas mismas fechas se escribiría *La conquista de Jerusalén. La confusa* debió de tener éxito, porque en 1627 aún seguía en el repertorio de Juan Acavio. Del resto de los títulos mencionados poco se sabe más allá de los intentos de identificarlos con algunos de los textos teatrales publicados en 1615; así, *La gran sultana* podría ser reelaboración de *La gran turquesca.*°

[14] Es esta una de las primeras alusiones al subgénero teatral de las *comedias de capa y espada*, cuyo arraigo en el siglo XVII viene a demostrar.°

[15] Las seis comedias que Cervantes dice tener listas, con seis entremeses, se convertirían en ocho (más ocho) en 1615.

[16] *paniaguado*: «el allegado a una casa que está beneficiado del dueño de ella, y le da de comer ... por extensión vale amigo, confederado y parcial absolutamente» (*Autoridades*). También en *Quijote*, II, 13, p. 796.

[17] 'no buscan algo mejor'; el *trastrigo*, forma en desuso, sería 'lo que está más allá del trigo, lo que es mejor que el trigo'.

[18] *príncipe de Marruecos*: Muley Xeque (Marrakech, Marruecos, 1566-Vigevano, Italia, 1621), príncipe marroquí a quien Cervantes había conocido en Carmona (1590), durante sus comisiones andaluzas. Cervantes se trasladó a principios de 1612 a una casa en la calle de las Huertas, detrás del cementerio de la iglesia de San Sebastián.°

Escandalizome el porte y de la declaración del medio real,[19] digo, diecisiete, y, volviéndosela, le dije:

–Estando yo en Valladolid,[20] llevaron una carta a mi casa para mí, con un real de porte, recibiola y pagó el porte una sobrina mía, que nunca ella le pagara; pero diome por disculpa que muchas veces me había oído decir que en tres cosas era bien gastado el dinero: en dar limosna, en pagar al buen médico y en el porte de las cartas, ora sean de amigos o de enemigos; que las de los amigos avisan y de las de los enemigos se puede tomar algún indicio de sus pensamientos. Diéronmela y venía en ella un soneto malo,[21] desmayado, sin garbo ni agudeza alguna, diciendo mal de *Don Quijote*, y de lo que me pesó fue del real y propuse desde entonces de no tomar carta con porte. Así que si vuesa merced le quiere llevar desta, bien se la puede volver, que yo sé que no me puede importar tanto como el medio real que se me pide.

Riose muy de gana el señor Roncesvalles y díjome:

–Aunque soy poeta, no soy tan mísero que me aficionen diez y siete maravedís. Advierta vuesa merced, señor Cervantes, que esta carta por lo menos es del mesmo Apolo, él la escribió no ha veinte días en el Parnaso y me la dio para que a vuesa merced la diese. Vuesa merced la lea, que yo sé que le ha de dar gusto.

–Haré lo que vuesa merced me manda –respondí yo–, pero quiero que antes de leerla vuesa merced me la haga de decirme cómo, cuándo y a qué fue al Parnaso.

Y él respondió:

–Cómo fui, fue por mar y en una fragata que yo y otros diez poetas fletamos en Barcelona; cuándo fui, fue seis días después de la batalla que se dio entre los buenos y los malos poetas; a qué fui, fue a hallarme en ella por obligarme a ello la profesión mía.

–A buen seguro –dije yo– que fueron vuesas mercedes bien recebidos del señor Apolo.

[19] *porte*: el 'precio del correo', como en Lope de Vega, *La Dorotea*, p. 33.

[20] Cervantes permaneció en Valladolid –donde había ido al calor de la Corte, trasladada a esta ciudad al haber sido nombrada capital del reino entre 1601 y 1606– durante un tiempo incierto, quizás a partir del verano de 1604 (agosto o septiembre) y, por lo menos, a lo largo del año de 1605. Es probable que el traslado de la corte a Madrid ordenado en marzo de 1606 motivara el regreso de Cervantes a Madrid, donde consta su residencia en febrero de 1608.°

[21] Hay cierto consenso en pensar que se refiere al que comienza con el verso «Pues nunca de la Biblia digo lé», atribuido a Lope de Vega.°

PANCRACIO. Sí fuimos, aunque le hallamos muy ocupado a él y a las señoras Piérides,[22] arando y sembrando de sal todo aquel término del campo donde se dio la batalla.[23] Preguntele para qué se hacía aquello y respondiome que, así como de los dientes de la serpiente de Cadmo habían nacido hombres armados,[24] y de cada cabeza cortada de la Hidra que mató Hércules habían renacido otras siete,[25] y de las gotas de la sangre de la cabeza de Medusa se había llenado de serpientes toda la Libia,[26] de la mesma manera, de la sangre podrida de los malos poetas que en aquel sitio habían sido muertos comenzaban a nacer del tamaño de ratones otros poetillas rateros,[27] que llevaban camino de henchir toda la tierra de aquella mala simiente, y que por esto se araba aquel lugar y se sembraba de sal, como si fuera casa de traidores.[28]

En oyendo esto, abrí luego la carta y vi que decía:

Apolo délfico,[29] *a Miguel de Cervantes Saavedra*

Salud.

El señor Pancracio Roncesvalles, llevador desta, dirá a vuesa merced, señor Miguel de Cervantes, en qué me halló ocupado el día que llegó a verme con sus amigos. Y yo digo que estoy muy quejoso de la des-

[22] Las *Piérides* son las musas, de las que se creía que moraban, entre otros lugares, en Pieria, región de Tesalia donde se alza el Olimpo. Nótese el adjetivo irónico 'señoras'.

[23] La de *sembrar sal* era una práctica de derecho consuetudinario que se aplicaba a los acusados de traición. Además de ejecutarlos, se destruían sus propiedades y se araban y sembraban de sal para garantizar que nada volviera a crecer en ellas.°

[24] *Cadmo*: fundador mítico de Tebas. Cuando quiso hacer un sacrificio a Atenea y cogió agua de la fuente Castalia, se encontró una gran serpiente; consiguió matarla y, obedeciendo a Atenea, sembró en tierra los dientes de la serpiente, de los que nacieron hombres armados. Estos atacaron a Cadmo, que arrojó piedras entre ellos, de modo que los hombres, acusándose unos a otros, se mataron mutuamente; todos menos cinco, que se ofrecieron a ayudar a Cadmo.

[25] La *Hidra* de Lerna era una enorme serpiente de nueve cabezas, que se reproducían apenas cortadas. Heracles, el Hércules latino, la mató cortando todas las cabezas de un solo tajo.

[26] *Medusa*, la única mortal de las tres gorgonas, era un monstruo con serpientes en vez de cabellos y con mirada capaz de petrificar a los hombres; pero Perseo, sirviéndose de su escudo de bronce como espejo, la venció y la decapitó.

[27] *rateros*: «metafóricamente vale bajo en sus pensamientos o acciones o cosa vil o despreciable» (*Autoridades*). El juego de palabras con *ratones* es evidente.

[28] *casa de traidores*: véase la nota 23.

[29] *Apolo délfico*: porque en Delfos, al pie del monte Parnaso –desde donde,

cortesía que conmigo se usó en partirse vuesa merced deste monte sin despedirse de mí ni de mis hijas, sabiendo cuánto le soy aficionado y las Musas por el consiguiente. Pero si se me da por disculpa que le llevó el deseo de ver a su mecenas, el gran conde de Lemos, en las fiestas famosas de Nápoles,[30] yo la acepto y le perdono.

Después que vuesa merced partió deste lugar me han sucedido muchas desgracias y me he visto en grandes aprietos, especialmente por consumir y acabar los poetas que iban naciendo de la sangre de los malos que aquí murieron, aunque ya (gracias al cielo y a mi industria)[31] este daño está remediado.

No sé si del ruido de la batalla o del vapor que arrojó de sí la tierra empapada en la sangre de los contrarios, me han dado unos váguidos de cabeza que verdaderamente me tienen como tonto y no acierto a escribir cosa que sea de gusto ni de provecho. Así, si vuesa merced viere por allá que algunos poetas, aunque sean de los más famosos, escriben y componen impertinencias y cosas de poco fruto, no los culpe ni los tenga en menos, sino que disimule con ellos; que, pues yo, que soy el padre y el inventor de la poesía, deliro y parezco mentecato, no es mucho que lo parezcan ellos.

Envío a vuesa merced unos privilegios, ordenanzas y advertimientos tocantes a los poetas; vuesa merced los haga guardar y cumplir al pie de la letra, que para todo ello doy a vuesa merced mi poder cumplido, cuanto de derecho se requiere.

Entre los poetas que aquí vinieron con el señor Pancracio Roncesvalles, se quejaron algunos de que no iban en la lista de los que Mercurio llevó a España y que así vuesa merced no los había puesto en su *Viaje*. Yo les dije que la culpa era mía y no de vuesa merced, pero que el remedio deste daño estaba en que procurasen ellos ser famosos por sus obras, que ellas por sí mismas les darían fama y claro renombre, sin andar mendigando ajenas alabanzas.

De mano en mano, si se ofreciere ocasión de mensajero, iré enviando más privilegios y avisando de lo que en este monte pasare. Vuesa merced haga lo mesmo, avisándome de su salud y de la de todos los amigos.

por cierto, se ve Náupakto, la actual Lepanto–, se encontraba su santuario y su oráculo.

[30] Sin duda se refiere al torneo que el conde de Lemos organizó para celebrar los casamientos reales entre don Felipe, luego Felipe IV de España, con doña Isabel de Borbón, y de Luis XIII de Francia con doña Mariana de Austria, hecho histórico fechado en 13 de mayo de 1612 ya aludido en *Viaje*, VIII, 292.

[31] *industria*: 'ingenio'.

Al famoso Vincente Espinel dará vuesa merced mis encomiendas,[32] como a uno de los más antiguos y verdaderos amigos que yo tengo.

Si don Francisco de Quevedo no hubiere partido para venir a Sicilia donde le esperan,[33] tóquele vuesa merced la mano[34] y dígale que no deje de llegar a verme, pues estaremos tan cerca; que, cuando aquí vino, por la súbita partida no tuve lugar de hablarle.

Si vuesa merced encontrare por allá algún transfuga de los veinte que se pasaron al bando contrario, no les diga nada ni los aflija, que harta mala ventura tienen, pues son como demonios, que se llevan la pena y la confusión con ellos mesmos doquiera que vayan.[35]

Vuesa merced tenga cuenta con su salud y mire por sí y guárdese de mí, especialmente en los caniculares,[36] que, aunque le soy amigo, en tales días no va en mi mano ni miro en obligaciones ni en amistades.

Al señor Pancracio Roncesvalles téngale vuesa merced por amigo y comuníquelo;[37] y pues es rico, no se le dé nada que sea mal poeta. Y con esto, nuestro Señor guarde a vuesa merced como puede y yo deseo.

Del Parnaso, a 22 de julio, el día que me calzo las espuelas para subirme sobre la canícula,[38] 1614.

Servidor de vuesa merced,

Apolo Lucido

[32] *encomiendas*: 'recados, saludos'. *Vincente* (por latinismo, de *Vincentius*) *Espinel* (Ronda, 1550-1624), escritor y músico. Publicó unas *Rimas* (1591), así como la *Vida del escudero Marcos de Obregón* (1618). Se le atribuyó la invención de la décima o *espinela* y el haber añadido una cuerda a la guitarra, la quinta; véase *Viaje*, II, 149.

[33] Quevedo emprendió su viaje a Italia entre agosto y octubre de 1613. Esta referencia, junto a la que se incluye en *Viaje*, II, 304 y ss., permite suponer una cierta confianza y familiaridad entre él y Cervantes, ambos vecinos del madrileño barrio de las letras, donde coincidían, entre otros lugares, en el oratorio de la calle del Olivar, al menos desde agosto de 1609.°

[34] *tóquele... la mano*: 'dele la mano'.

[35] 'donde quiera que vayan'.

[36] *caniculares*: «llámanse así los días que dura la canícula, que se numeran desde la entrada del sol en el signo de león, hasta 24 de agosto, aunque algunos los alargan hasta dos de septiembre» (*Autoridades*). Es, pues, el verano. Véase la nota 38.

[37] *comuníquelo*: 'trátelo', como en *Quijote* I, 33, p. 412.

[38] *subirme sobre la canícula*: «aunque varios autores son de sentir que es la constelación llamada can menor, y que de aquí se llamó canícula, modernamente se tiene por cierto que por este nombre se entiende y significa la estrella fija y mayor que está en la boca del can mayor» (*Autoridades*). *Canícula* sería el diminutivo latinizante de *can*. Cualquiera de las dos acepciones vale en este contexto.

En acabando la carta, vi que en un papel aparte venía escrito:

PRIVILEGIOS, ORDENANZAS Y ADVERTENCIAS QUE APOLO ENVÍA A LOS POETAS ESPAÑOLES[39]

Es el primero que algunos poetas sean conocidos tanto por el desaliño de sus personas como por la fama de sus versos.

Ítem, que si algún poeta dijere que es pobre, sea luego creído por su simple palabra, sin otro juramento o averiguación alguna.

Ordénase que todo poeta sea de blanda y de suave condición y que no mire en puntos,[40] aunque los traiga sueltos en sus medias.

Ítem, que si algún poeta llegare a casa de algún su amigo o conocido y estuvieren comiendo y le convidare, que, aunque él jure que ya ha comido, no se le crea en ninguna manera, sino que le hagan comer por fuerza, que en tal caso no se le hará muy grande.

Ítem, que el más pobre poeta del mundo, como no sea de los Adanes y Matusalenes,[41] pueda decir que es enamorado aunque no lo esté y poner el nombre a su dama como más le viniere a cuento: ora llamándola Amarili, ora Anarda, ora Clori, ora Filis, ora Fílida; o ya Juana Téllez o como más gustare,[42] sin que desto se le pueda pedir ni pida razón alguna.

Ítem se ordena que todo poeta, de cualquiera calidad y condición que sea, sea tenido y le tengan por hijodalgo en razón del generoso ejercicio en que se ocupa, como son tenidos por cristianos viejos los niños que llaman de la piedra.[43]

[39] Nótese la filiación de estos *privilegios* con la *Premática del desengaño contra los poetas güeros* de Quevedo, escrita entre 1600-1608.°

[40] 'que no repare en algo que no merece la pena'.

[41] Adán fue el primer hombre, según el Génesis, que atribuye a Matusalén, octavo patriarca antediluviano, haber vivido 969 años (Génesis, 5, 21-27), lo que lo ha convertido tradicionalmente en paradigma de longevidad. En plural, los dos nombres son antonomasias para significar los primeros pobladores de la tierra.

[42] Se mezclan nombres de la tradición pastoril idealizante (Amarili, Clori, Filis) con otros del mundo pastoril real, en un juego de contraposición similar al que se observa en el *Coloquio de los perros*; véase *Novelas ejemplares*, pp. 554-555. Juana Téllez pudiera aludir a la protagonista de *El pastor de Fílida,* el relato pastoril de Luis Gálvez de Montalvo; allí, bajo ese nombre se encubre a doña Magdalena de Girón, hija de don Juan Téllez de Girón, cuarto conde de Ureña. Sus amores con el poeta hicieron que su hermano la casase con un noble portugués, de modo que podría haber una alusión a un personaje histórico. Véase Lope de Vega, *La Dorotea*, pp. 93-94.

[43] *niños de la piedra*: «niño de la pie-

Ítem se advierte que ningún poeta sea osado de escribir versos en alabanzas de príncipes y señores, por ser mi intención y advertida voluntad que la lisonja ni la adulación no atraviesen los umbrales de mi casa.[44]

Ítem, que todo poeta cómico que felizmente hubiere sacado a luz tres comedias pueda entrar sin pagar en los teatros, si ya no fuere la limosna de la segunda puerta[45] y aun esta, si pudiere ser, la escuse.

Ítem se advierte que, si algún poeta quisiere dar a la estampa algún libro que él hubiere compuesto, no se dé a entender que por dirigirle a algún monarca el tal libro ha de ser estimado, porque, si él no es bueno, no le adobará la dirección, aunque sea hecha al prior de Guadalupe.

Ítem se advierte que todo poeta no se desprecie de decir que lo es, que, si fuere bueno, será digno de alabanza y, si malo, no faltará quien lo alabe, que cuando nace la escoba, etc.[46]

Ítem, que todo buen poeta pueda disponer de mí y de lo que hay en el cielo a su beneplácito; conviene a saber: que los rayos de mi cabellera los pueda trasladar y aplicar a los cabellos de su dama y hacer dos soles sus ojos, que conmigo serán tres y así andará el mundo más alumbrado; y de las estrellas, signos y planetas puede servirse, de modo que cuando menos lo piense, la tenga hecha una esfera celeste.

Ítem, que todo poeta a quien sus versos le hubieren dado a entender que lo es, se estime y tenga en mucho, ateniéndose a aquel refrán: ruin sea el que por ruin se tiene.[47]

Ítem se ordena que ningún poeta grave haga corrillo en lugares públicos recitando sus versos, que los que son buenos en las aulas de Atenas se habían de recitar, que no en las plazas.

Ítem se da por aviso particular que si alguna madre tuviere hijos pequeñuelos, traviesos y llorones, los pueda amenazar y espantar

dra vale expósito en el reino de Toledo, de una piedra que está en la iglesia mayor, donde vienen a echarlos» (*Covarrubias*).

[44] Recuérdese aquí la rotunda afirmación cervantina: «Tuve, tengo y tendré los pensamientos / ... / de toda adulación libres y exentos» (*Viaje*, IV, 58-60), lo que no le impedirá soñar con la vanagloria en *Viaje*, VI, 79-231, sueño cuyo despertar conduce ya a la batalla entre buenos y malos poetas.

[45] 'de la segunda taquilla'; la *primera puerta* representaba el derecho general de entrada y la *segunda puerta o traspuerta*, el derecho especial de entrada a la localidad correspondiente (*asientos, bancos o aposentos*). La parte correspondiente a los hospitales se llamaba *la limosna*.°

[46] «Cuando nace la escoba, nace el asno que la roya», refrán ya registrado por Correas.

[47] Registrado por Correas.

con el coco, diciéndoles: «Guardaos, niños, que viene el poeta fulano, que os echará con sus malos versos en la sima de Cabra o en el pozo Airón».[48]

Ítem, que los días de ayuno no se entienda que los ha quebrantado el poeta que aquella mañana se ha comido las uñas al hacer de sus versos.

Ítem se ordena que todo poeta que diere en ser espadachín, valentón y arrojado, por aquella parte de la valentía se le desagüe y vaya la fama que podía alcanzar por sus buenos versos.

Ítem se advierte que no ha de ser tenido por ladrón el poeta que hurtare algún verso ajeno y le encajare entre los suyos, como no sea todo el concepto y toda la copla entera, que en tal caso tan ladrón es como Caco.[49]

Ítem, que todo buen poeta, aunque no haya compuesto poema heroico ni sacado al teatro del mundo obras grandes, con cualesquiera, aunque sean pocas, pueda alcanzar renombre de divino, como le alcanzaron Garcilaso de la Vega, Francisco de Figueroa, el capitán Francisco de Aldana y Hernando de Herrera.[50]

Ítem se da aviso que, si algún poeta fuere favorecido de algún príncipe, ni le visite a menudo ni le pida nada, sino déjese llevar de la

[48] *Autoridades* recoge la expresión «*guarda el coco*: modo de hablar con que se pone miedo a los niños, para que se contengan, aludiendo a la figura espantosa y fea». La *sima de Cabra*, en la provincia de Córdoba, es conocida por su profundidad, como así también recuerda el *Quijote*, II, 14, p. 801. Varios son los lugares de la geografía española con el topónimo de *Pozo de Airón*, todos ellos relacionados con el inframundo y con el dios prerromano del mismo nombre cuyo culto se relaciona con aguas profundas (ubicadas en pozos y lagunas). Tradicionalmente, el lugar cervantino se ha asociado a un pozo sito en Granada, o bien tratarse de un lago, pequeño y profundo, situado en el Castillo de Garci Muñoz, en La Mancha.°

[49] *Caco*: hijo de Vulcano, que robó a Hércules unas vacas de los rebaños que este a su vez había robado a Geríones y las hizo andar hacia atrás para no ser descubierto. Pero los mugidos de los machos le descubrieron y Hércules lo mató. El nombre de Caco pasó a ser antonomasia por cualquier ladrón.

[50] He aquí reunidas cuatro de las admiraciones poéticas esenciales de Cervantes. La huella de Garcilaso recorre toda la obra cervantina, desde sus primeras composiciones hasta el *Persiles*; de Figueroa reproduce algunos poemas en *La Galatea*, bajo el seudónimo de Tirsi, y lo incluye en el «Canto de Calíope» (p. 395); a Aldana se refiere allí mismo como «el celebrado» (*La Galatea*, p. 361), y a Herrera dedica uno de sus mejores sonetos (aquí el poema núm. 26), además de dedicarle elogiosos comentarios en *La Galatea*, p. 375, y en *Viaje*, II, 61-72.

[51] *sabandijas… gusarapos*: «animalillo imperfecto de los que se crían de la pu-

corriente de su ventura, que el que tiene providencia de sustentar las sabandijas de la tierra y los gusarapos del agua la tendrá de alimentar a un poeta, por sabandija que sea.[51]

En suma, estos fueron los privilegios, advertencias y ordenanzas que Apolo me envió y el señor Pancracio de Roncesvalles me trujo, con quien quedé en mucha amistad, y los dos quedamos de concierto de despachar un propio con la respuesta al señor Apolo,[52] con las nuevas desta corte. Darase noticia del día, para que todos sus aficionados le escriban.

trefacción y humedad de la tierra» y «cierta especie de insecto o gusano blanco, que tiene seis pies y se cría en el agua o en lugares húmedos y encharcados» (*Autoridades*). El pasaje constituye una reelaboración cómica de unas palabras de Jesús: «Mirad las aves del cielo, cómo no siembran ni siegan ni tienen graneros, y vuestro padre celestial las alimenta», en Mateo, 6, 26. Hay que reparar en la dilogía de sabandija, a la vez 'animalillo' y 'poeta'.

[52] *un propio*: «usado como sustantivo se llama el correo de a pie, que alguno despacha para llevar una o más cartas de importancia» (*Autoridades*).

POESÍAS SUELTAS

[1]

Soneto de Miguel de Cervantes a la reina doña Isabel II

1567

Serenísima reina en quien se halla
lo que Dios pudo dar a un ser humano;
amparo universal del ser cristiano,
de quien la santa fama nunca calla;
arma feliz de cuya fina malla
se viste el gran Felipe soberano,
ínclito rey del ancho suelo hispano,
a quien fortuna y mundo se avasalla:
¿cuál ingenio podría aventurarse
a pregonar el bien que estás mostrando,
si ya en divino viese convertirse?
Que, en ser mortal, habrá de acobardarse,
y así le va mejor sentir callando
aquello que es difícil de decirse.

[1] Este soneto es la primera de las poesías de Miguel de Cervantes de la que se tiene noticia. Cervantes lo escribió como homenaje a la reina Isabel de Valois, tercera esposa de Felipe II, con motivo de las fiestas que el ayuntamiento de Madrid convocó para festejar el natalicio de la infanta Catalina Micaela, nacida el 10 de octubre de 1567. Probablemente se expuso, junto con otros, en alguna construcción de arquitectura efímera mandada levantar por el organizador de estos festejos, Alonso Getino de Guzmán. Los cuartetos se dedican a la caracterización de la reina como dechado de virtudes que contribuye a la potestad de su esposo, Felipe II. No hay que olvidar que con este matrimonio se selló la paz entre Francia y España tras el tratado de Cateau-Cambrésis, en 1559, al que Cervantes alude en alguna de las composiciones que dedicó al fallecimiento de la reina. El primer terceto se convierte en una pregunta retórica que desemboca en los tres versos finales, donde, con un juego de opuestos muy rotundo (*callando*, *decirse*), se recupera un tópico del petrarquismo: el del sufrimiento en silencio. El soneto muestra una preponderancia del ritmo sáfico con algún enfático intercalado, pero arranca con un comienzo melódico (vv. 1-2) y remata en heroico (vv. 13-14): un tono

[5] *fina malla*: imagen que Cervantes utiliza también en el poema 5, «¿A quién irá mi doloroso canto», v. 159.

[7] *ínclito*: 'ilustre'.

[8] *se avasalla*: 'se rinde, se somete'.

[13-14] El final del soneto lo sitúa todavía bajo la influencia de la tradición cancioneril.°

más solemne, no solo por el tipo de endecasílabo, sino también por el complemento de las palabras agudas del verso 13 (*así*, *mejor*, *sentir*) y el acento en vocal cerrada (*e-i*) del último (*aquello*, *difícil*, *decirse*). Se pondera en definitiva la figura de la reina católica (de ahí un léxico que remite a esa idea: *Dios*, *amparo universal*, *cristiano*, *santa fama*), pero también la del esposo, soberano de todo el orbe conocido («fortuna y mundo se avasalla»).°

[2]

Epitafio

1569

Aquí el valor de la española tierra,
aquí la flor de la francesa gente,
aquí quien concordó lo diferente,
de oliva coronando aquella guerra;
aquí en pequeño espacio veis se encierra
nuestro claro lucero de occidente;
aquí yace enterrada la excelente
causa que nuestro bien todo destierra.
Mirad quién es el mundo y su pujanza
y cómo, de la más alegre vida,
la muerte lleva siempre la victoria;
también mirad la bienaventuranza
que goza nuestra reina esclarescida
en el eterno reino de la gloria.

[2] El soneto, como el resto de los textos publicados en 1569, apareció en el libro compilado por Juan López de Hoyos, catedrático de gramática del Estudio de la Villa de Madrid, para recordar a la reina recién fallecida. La autoría cervantina se explicita en la *Tabla de las cosas notables que contiene*: «Primer epitafio en soneto, con una copla castellana que hizo Miguel de Cervantes, mi amado discípulo», ¶Ff6. Al soneto le precede una explicación en prosa sobre las razones de su inclusión: «sobre el brocado de la tumba pusimos estos epitafios en romance, en un muy rico festón en el testero de la tumba, con muchas coronas de ciprés en su contorno con las cuales los antiguos adornaban los sepulcros de los reyes y grandes señores como lo significó Lucano ... Aludiendo, pues, a esto en estos epitafios, no sin acuerdo pusimos esta antigüedad, pues con más justo título [no] debemos nosotros nunca perder de la memoria una tan esclarescida reina como hemos tenido y, en

epitafio: como tal se concibe este texto dedicado a la reina Isabel de Valois, fallecida el 3 de octubre de 1568.°

[4] Con *guerra* se refiere a la que habían mantenido Francia y España y que terminó con la paz de Cateau-Cambrésis, en abril de 1559; uno de los acuerdos allí tomados fue el del matrimonio entre el rey español Felipe II e Isabel de Valois, hija de Enrique II de Francia. La boda se celebró por poderes en Notre Dame de París el 22 de junio de 1559. Actuó como padrino y representante del novio el duque de Alba.

[5-6] *en pequeño espacio* hay un posible eco de Garcilaso, «En poco espacio yacen los amores, / y toda la esperanza de mis cosas», soneto XXV, vv. 5-6.°

especial, siendo trasladada de nuestra mortalidad a la patria y eterna felicidad de los que viven. Este fue el primero, todos los cuales se pusieron con este ornato». ¶ El poema presenta una estructura muy evidente. Los cuartetos se organizan en torno a la reiteración anafórica del adverbio *aquí* (vv. 1-3, 5, 7) y sirven de descripción apologética de la reina («valor de la española tierra», «flor de la francesa gente», «quien concordó lo diferente»). Y los tercetos lo hacen de manera similar a través de la forma imperativa *mirad*, que se repite en los versos 8 y 11, pero aquí ya no para describir a la reina sino para reflexionar sobre lo que es el mundo y la muerte inmisericorde. De acuerdo con ese tema y estructura, el poema presenta un marcado acento narrativo mediante la reiteración de endecasílabos heroicos, solo alterado por algún melódico previo a los tercetos (vv. 6-7) y por dos sáficos que cierran el segundo cuarteto (v. 8) y el poema: «en el eterno reino de la gloria». Estudiado desde la poética del epitafio, el soneto incorpora buena parte de las señas de identidad de aquel. Así pues, aparece la mención explícita a la tumba de la fallecida («aquí yace enterrada», v. 7); los elementos reiterativos de los cuartetos y de los tercetos (*aquí*, *mirad*) no solo responden al gusto formal del manierismo, como tantas veces se ha repetido en relación con la poesía de Cervantes, sino que también contribuyen a proporcionar la cohesión entre las dos partes del soneto: la *narratio* (vv. 1-8: referencia al origen francés, a ser reina de España, a su papel para sellar la paz entre ambas naciones, con el tratado de Cateau-Cambrésis, en 1559, y recordatorio insistente del hecho objetivo por medio del adverbio de lugar) y el *acumen* o *aprosdóketon*. Esta última parte, más subjetiva, explica el cambio en la palabra que se reitera para dar cohesión a los tercetos: ya no es un adverbio de lugar, sino un verbo en forma imperativa que introduce la reflexión sobre el paso del tiempo y el triunfo irremediable de la muerte. Paralelamente, el poema se cierra con un endecasílabo sáfico, más subjetivo que el tono narrativo que preside casi todo el texto. No faltan los elementos que dotan al texto de agudeza, elegancia y sonoridad, como ese llamativo desplazamiento del verbo principal, que no aparece hasta el verso séptimo; un léxico muy cuidado en el que se incorpora un constante juego de opuestos (*Francia*, *España*; *bien*, *mal*; *muerte*, *vida*), para destacar así el valor principal de Isabel de Valois como mujer de concordia; y los juegos aliterativos evidentes: la reiteración de palabras agudas que reciben el acento de intensidad en la misma vocal –la *o*– al inicio del poema (*valor*, *flor*, *concordó*), los juegos de consonantes vibrantes y líquidas, y el cierre del poema con preponderancia de vocales palatales de abertura media y mínima, incluso en los acentos de intensidad: «reina esclarecida / en el eterno reino de la gloria».

[3]

Redondilla castellana

1569

Cuando dejaba la guerra
libre nuestro hispano suelo,
con un repentino vuelo
la mejor flor de la tierra
fue trasplantada en el cielo;
y, al cortarla de su rama,
el mortífero accidente
fue tan oculto a la gente
como el que no ve la llama
hasta que quemar se siente.

[3] Segunda de las composiciones escritas por Cervantes en recuerdo de Isabel de Valois. La autoría cervantina se explicita en la *Tabla de las cosas notables que contiene*, como en el caso del soneto anterior. Ahora se trata de una copla real que en los versos iniciales alude a la cercanía de la paz hispano-francesa de 1559 y después a la muerte súbita, inesperada, de la reina, «la mejor flor de la tierra», para lo que se acude a la imagen de la *llama* (vv. 8-10). El texto incorpora algunos de los elementos habituales en los epitafios: estructura bipartita, cohesión entre las dos partes del poema, métrica, léxico cuidado y dicho sentencioso final. No hay referencia explícita a la tumba o sepultura, pero lo mismo sucede en otros poemas concebidos explícitamente como epitafios: valgan como ejemplo los dedicados a la caída de la fortaleza de La Goleta (1574) incluidos en la primera parte del *Quijote* (I, 40). Por una parte, Cervantes se rige por el esquema métrico habitual en este tipo de textos, la «redondilla castellana», es decir, una copla real a base de octosílabos con rima consonante (*abbabcddcd*) y una organización interna dividida en dos partes características: la *narratio* (vv. 1-6), donde se describe metafóricamente la muerte de la reina, y el *acumen* (vv. 9-10), es decir, la reflexión ingeniosa con la que se remata el texto, aquí por medio de una imagen metafórica muy conocida. Todo ello se expresa con un ingenioso lenguaje conceptista que parte de la descripción de Isabel de Valois como si fuera una flor: esta ha sido cortada de su rama

redondilla castellana: copla real, construida sobre dos quintillas.°

[1] La *guerra* hace alusión, una vez más, a la paz de Cateau-Cambrésis, con la que se cerró la guerra hispano-francesa en la primavera de 1559.

[5] *cielo* es una metáfora para referirse al fallecimiento de la reina Isabel de Valois, a quien se dedica la composición. Falleció el 3 de octubre de 1568.°

[6] *cortarla de su rama* remite, como imagen metafórica, al bíblico Libro de la Sabiduría 4, 4-5, y remata el concepto desarrollado: la reina como flor.°

y trasplantada a otro lugar, en este caso el cielo; cortar la flor evoca la muerte, de ahí la expresión del verso 7. El poema se remata en los versos finales con la referencia a la *llama*, que no se ve hasta que uno se quema: se trata de una metáfora rastreable en textos literarios de la época –probablemente de origen petrarquista en su vertiente amorosa–, pero también en la literatura emblemática, aquí no siempre asociada a aquella temática. Esta organización conceptual se corresponde primeramente con una fuerte cohesión sintáctica lograda por medio del hipérbaton constante que hace encabalgar unos versos con otros y por la reiteración del verbo principal (vv. 5 y 8); y, en segundo lugar, con la utilización de recursos retóricos habituales: juegos de contrastes (*tierra*, *suelo*, *vuelo*, *cielo*), palabras procedentes del campo semántico del concepto desarrollado (*flor*, *tierra*, *trasplantada*, *cortarla*, *rama*, *mortífero accidente*) y recursos aliterativos para evocar en el lector la tristeza por lo sucedido (vv. 4-7).

[4]

1569

Cuando un estado dichoso
esperaba nuestra suerte,
bien como ladrón famoso
vino la invencible muerte
a robar nuestro reposo
y metió tanto la mano
aqueste fiero tirano,
por orden del alto cielo,
que nos llevó deste suelo
el valor del ser humano.

¡Cuán amarga es tu memoria,
oh dura y terrible faz!
Pero en aquesta victoria,
si llevaste nuestra paz,
fue para dalle más gloria
y, aunqu'el dolor nos desuela,
una cosa nos consuela:
ver que al reino soberano

[4] Tercero de los poemas que Cervantes dedicó a la reina Isabel de Valois con motivo de su fallecimiento y que se incluyeron en el libro editado a tal efecto por Juan López de Hoyos. En la primera estrofa el poeta alude a la muerte inesperada de la reina, que rompe las esperanzas de paz de España con Francia (firmada en 1559); la segunda constituye un amargo recuerdo de la reina y, en la tercera, se reitera el lamento por la pérdida inesperada de un alma tan limpia y tan bella, que más parece figura del cielo. La composición remata con una evocación quejumbrosa de la reina fallecida, que ha dejado en la tierra a las hijas habidas con Felipe II. Un texto en prosa previo precisa que se trata de cuatro redondillas castellanas («Estas cuatro redondillas castellanas, a la muerte de Su Majestad, en las cuales, como en ellas parece, se usa de colores retóricos y en la última se habla con su Majestad. Son, con una elegía que aquí va, de Miguel de Cervantes, nuestro caro y amado discípulo», f. 147v), pero en realidad son cuatro coplas reales de rima *ababaccddc*.°

[3] *ladrón famoso*: «El que tiene costumbre de hurtar, haciendo robos grandes y señalados: y se llama así cualquiera a quien se le han probado tres hurtos» (*Autoridades*).

[14] *paz*: se trata de un juego de palabras con el que se alude, por una parte, a la paz acordada entre Francia y España en 1559; de ahí la anotación marginal de la edición príncipe: «Regina quae

ha dado un vuelo temprano
nuestra muy cara Isabela.
Una alma tan limpia y bella,
tan enemiga de engaños,
¿qué pudo merecer ella
para que en tan tiernos años
dejase el mundo de vella?
Dirás, muerte, en quien se encierra
la causa de nuestra guerra
(para nuestro desconsuelo),
que cosas que son del cielo
no las merece la tierra.
Tanto de punto subiste
en el amor que mostraste
que, ya que al cielo te fuiste,
en la tierra nos dejaste
las prendas que más quesiste.
¡Oh, Isabela Eugenia Clara,
Catalina, a todos cara,
claros luceros las dos,
no quiera y permita Dios
se os muestre fortuna avara!

vulgo doña Isabel de la Paz apellabat» (f. 48). Por otra parte, la falta de la reina deja a sus súbditos intranquilos, faltos de "paz".

36 *Isabela Eugenia Clara* era la primogénita del matrimonio de Felipe II con Isabel de Valois; nació en el palacio real de Valsaín el 12 de agosto de 1566 y falleció en Bruselas el 1 de diciembre de 1633. La edición príncipe anota al margen: «La infanta doña Isabel, que es la mayor, nasció día de santa Clara a 12 de agosto entre la una y las dos de medianoche de 1566 años».°

37 *Catalina* es Catalina Micaela de Austria, la segunda de las hijas del matrimonio de Felipe II con Isabel de Valois. Nació en Madrid, el 10 de octubre de 1567, y falleció en Turín, el 6 de noviembre de 1597.°

[5]

La elegía que, en nombre de todo el estudio, el sobredicho compuso. Dirigida al ilustrísimo y reverendísimo cardenal don Diego de Espinosa, etc. En la cual, con bien elegante estilo, se ponen cosas dignas de memoria.

1569

¿A quién irá mi doloroso canto
o en cúya oreja sonará su acento,
que no deshaga el corazón en llanto?
 A ti, gran cardenal, yo le presento,
pues vemos te ha cabido tanta parte
del hado secutivo, violento.

[5] Elegía en tercetos encadenados que Miguel de Cervantes escribe, en nombre del Estudio de Madrid, con motivo de la muerte de la reina Isabel de Valois († 3 de octubre de 1568). Se publica en la *Hystoria y relación verdadera de la enfermedad, felicíssimo tránsito, y sumptuosas exequias fúnebres de la Sereníssima Reyna Doña Isabel de Valoys, nuestra Señora*. La *Tabla de las cosas notables que contiene* explicita: «Elegía de Miguel de Cervantes en verso castellano al cardenal en la muerte de la reina. Trátanse en ella cosas harto curiosas con delicados conceptos». Va dirigida al cardenal don Diego de Espinosa, presidente del consejo de Castilla, inquisidor general y regente durante el luto por la muerte de la reina. Esta dedicatoria, que implica, desde el punto de vista genérico, un ejercicio compuesto de elegía y epístola, puede enmarcarse en el intento de acercamiento de Cervantes al entorno del partido albista y al cardenal, nuevo hombre fuerte de Felipe y protector de la academia palatina en la que Cervantes pudo haber participado de la mano de su amigo Pedro Laýnez. De impronta garcilasiana, tanto en su desarrollo general como en versos concretos (sobre todo procedentes del soneto XXV, la elegía I y la égloga I), no se resuelve esta influencia en una elegía intimista y privada sino en una verdadera *consolatio* pública. El poema cervantino presenta una estructura que, en líneas generales, se puede sintetizar así: las dos primeras estrofas (vv. 1-6) sirven a

EPÍGRAFE. *Espinosa*: don Diego de Espinosa y Arévalo (1513-1572), presidente del consejo de Castilla (1565) e inquisidor general (1566); hombre de confianza de Felipe II que actuó como regente del reino mientras el rey intentaba solucionar el conflicto de Flandes en 1567.°

[3] Inicio muy garcilasiano: «Tu dulce habla, ¿en cuya oreja suena?», égloga I, v. 127; «sino en su llanto estarse deshaciendo», elegía I, v. 228.°

[4] *cardenal*: el papa Pío V concedió a don Diego de Espinosa la púrpura cardenalicia el 24 de marzo de 1568.

[6] *hado secutivo*: 'destino implacable'. Es eco inconfundible de Garcilaso, «¡Oh hado secutivo en mis dolores', soneto XXV, v. 1 (*secutivo*: 'ejecutivo').°

Aquí verás qu'el bien no tiene parte:
todo es dolor, tristeza y desconsuelo
lo que en mi triste canto se reparte.
¡Quién dijera, señor, que un solo vuelo
de una ánima beata al alta cumbre
pusiera en confusión al bajo suelo!
Mas ¡ay! que yace muerta nuestra lumbre:
el alma goza de perpetua gloria
y el cuerpo de terrena pesadumbre.
No se pase, señor, de tu memoria
cómo en un punto la invincible muerte
lleva de nuestras vidas la victoria.

modo de introducción y en ellas el poeta explicita quién será su destinatario; luego viene una sucesión de quejas ante la muerte de la reina Isabel (vv. 6-42), que desembocan en el reconocimiento (vv. 43-60) de que España está viviendo un momento grave, pues Felipe II está apesadumbrado por el dolor –no solo por la muerte de la reina, sino también por la del hijo primogénito, acaecida en julio de 1568–; en ese momento, la figura del cardenal es quien debe «aligerarnos carga tan pesada» (v. 45). Vuelven las quejas (vv. 61-103), dirigidas ahora a la naturaleza, conmovida por el trágico suceso, para luego sucederse una serie de recriminaciones a la muerte (vv. 104-111), en la que no falta el comentario metaliterario (v. 107). El resto de la composición se dedica a elogiar a Felipe II («¿Qué se puede decir sino batalla / adonde le hemos visto siempre armado/ con la paciencia, que es muy fina malla?, vv. 157-159), que tendrá en el regente Espinosa su mejor ayuda, y finaliza con un mensaje de esperanza ante la adversidad (vv. 181-199). En definitiva, la expresión de dolor y la queja por la muerte de la reina Isabel de Valois deviene en un elogio de Felipe II, quien encuentra en el cardenal su mejor apoyo. El tono es serio, solemne, elegante, como especifica el título completo de la composición («La elegía que en nombre de todo el estudio el sobredicho [Cervantes] compuso, dirigida al ilustrísimo y reverendísimo cardenal don Diego de Espinosa, en la cual con bien elegante estilo se ponen cosas dignas de memoria»), para lo que Cervantes acude a un ritmo marcadamente heroico, con algunas variaciones en pasajes imprecativos o más exaltados (endecasílabos enfáticos y melódicos), y no desdeña los recursos de la poética cancioneril, como juegos de contrarios (vv. 11-12, 14-16, 25-30, 52-54) y derivaciones (vv. 8-9, 71-72, 75, 111, 120-121, 124, 198-199), alguna muy llamativa, como la que se desarrolla entre los versos 172-177. Gaos ha propuesto también la posible influencia de fray Luis de León en algunos pasajes concretos y en su tono general pero más allá de una cercanía temática en algunos momentos y vagos ecos en otros no me atrevo a establecer rotundamente esta influencia; por otra parte, la fecha de composición de los poemas de fray Luis y la de redacción de la elegía tampoco parecen ayudar.°

[9] *reparte*: 'distribuye' (*Autoridades*).
[11] *beata*: 'dichosa, feliz', en su sentido latino.

Al tiempo que esperaba nuestra suerte
poderse mejorar, la santa mano
mostró por nuestro mal su furia fuerte.
Entristeció a la tierra su verano,
secó su paraíso fresco y tierno,
el ornato añubló del ser cristiano.
Volvió la primavera en frío invierno,
trocó en pesar su gusto y alegría,
tornó de arriba abajo su gobierno.
Pasose ya aquel ser que ser solía
a nuestra obscuridad claro lucero,
sosiego del antigua tiranía.
A más andar el término postrero
llegó, que dividió con furia insana
del alma santa el corazón sincero.
Cuando ya nos venía la temprana
dulce fruta del árbol deseado,
vino sobre él la frígida mañana.
Quien detuvo el poder de Marte airado,
que no pasase más el alto monte
con prisiones de nieve aherrojado,
no pisará ya más nuestro horizonte,
que a los campos Elíseos es llevada,
sin ver la obscura barca de Caronte.
A ti, fiel pastor de la manada
seguntina, es justo y te conviene
aligerarnos carga tan pesada.
Mira el dolor que el gran Filipo tiene.
Allí tu discreción muestre el alteza
que en tu divino ingenio se contiene.

[28] *pasose*: 'se murió' (*Autoridades*).

[30] *antigua tiranía*: 'la guerra'. Alusión a la guerra franco-española que se zanjó con la paz de Cateau-Cambrésis en abril de 1559. Uno de los acuerdos tomados entonces fue el de los esponsales entre Isabel de Valois y Felipe II.

[32] *insana*: 'enfurecida', en su sentido latino, como en el poema 17, «Cual vemos del rosado y rico oriente», v. 9.°

[39] *aherrojado*: 'aprisionado, encadenado'.

[41] *campos Elíseos*: el lugar de la mitología grecolatina donde las almas de los hombres virtuosos y guerreros heroicos habían de pasar la eternidad.

[43-44] *fiel pastor de la manada seguntina*: Don Diego de Espinosa tomó posesión del obispado de Sigüenza (*manada seguntina*) el 1 de septiembre de 1568.

Bien sé que le dirás que, a la bajeza
de nuestra humanidad, es cosa cierta
no tener solo un punto de firmeza,
y que si yace su esperanza muerta
y el dolor vida y alma le lastima,
que, a do la cierra, Dios abre otra puerta.
Mas ¿qué consuelo habrá, señor, que oprima
algún tanto sus lágrimas cansadas,
si una prenda perdió de tanta estima?
Y más si considera las amadas
prendas que le dejó en la dulce vida,
y con su amarga muerte lastimadas.
Alma bella, del cielo merescida:
¡mira cuál queda el miserable suelo,
sin la luz de tu vista esclarescida!
Verás que en árbor verde no hace vuelo
el ave más alegre, antes ofresce
en su amoroso canto triste duelo.
Contino en grave llanto se anochece
el triste día que te imaginamos
con aquella virtud que no perece.
Mas deste imaginar nos consolamos
en ver que merescieron tus deseos
que goces ya del bien que deseamos.
Acá nos quedarán por tus trofeos
tu cristiandad, valor y gracia estraña,
de alma santa, santísimos arreos.
De hoy más la sola y afligida España,
cuando más sus clamores levantare
al sumo hacedor y alta compaña,

[54] Variante de un conocido refrán usado por el propio Cervantes, *Quijote*, I, 21, p. 243. El uso del *que* es pleonástico.°

[59] *prendas*: 'las hijas', como en el poema anterior, «Cuando un estado dichoso», v. 35. Parece un recuerdo evidente de Garcilaso, «Oh dulces prendas por mí mal halladas», soneto X.°

[67] *contino*: 'continuamente'. Nuevo eco de Garcilaso, «Estoy contino en lágrimas bañado», soneto XXXVIII, v. 1.

[75] *arreos*: 'adornos', como en *La Galatea*, pp. 157 y 356.

[76] *de hoy más*: 'de hoy en adelante', como en el poema 11, «¡Oh venturosa, levantada pluma», v. 5.°

cuando más por salud le importunare
al término postrero que perezca
y en el último trance se hallare,
solo podrá pedirle que le ofrezca
otra paz, otro amparo, otra ventura
qu'en obras y virtudes le parezca.
El vano confiar y la hermosura,
¿de qué nos sirve, si en pequeño instante
damos en manos de la sepultura?
Aquel firme esperar santo y constante
que concede a la fe su cierto asiento
y a la querida hermana ir adelante,
adonde mora Dios, en su aposento
nos puede dar lugar dulce y sabroso,
libre de tempestad y humano viento.
Aquí, señor, el último reposo
no puede perturbarse, ni la vida
temer más otro trance doloroso;
aquí con nuevo ser es conducida,
entre las almas del inmenso coro,
nuestra Isabella, reina esclarescida.
Con tal sinceridad guardó el decoro
do al precepto divino más se aspira,
que meresce gozar de tal tesoro.
¡Ay muerte!, ¿contra quién tu amarga ira
quesiste ejecutar para templarme
con profundo dolor mi triste lira?
Si n'os cansáis, señor, ya d'escucharme,
anudaré de nuevo el roto hilo,
que la ocasión es tal que ha d'esforzarme:
lágrimas pediré al corriente Nilo,
un nuevo corazón al alto cielo
y a las más tristes musas triste estilo.
Diré que al duro mal, al grave duelo
que a España en brazos de la muerte tiene,
no quiso Dios dejarle sin consuelo:

[92] *dulce y sabroso* es de nuevo un eco de Garcilaso: «Flérida, para mí dulce y sabrosa», égloga III, v. 305.

dejole al gran Filipo, que sostiene,
cual firme basa, al alto firmamento,
el bien o desventura que le viene.
De aquesto vos lleváis el vencimiento,
pues deja en vuestros hombros él la carga
del cielo y de la tierra y pensamiento.
La vida, que en la vuestra ansí se encarga,
muy bien puede vivir leda y segura,
pues de tanto cuidado se descarga.
Gozando como goza tal ventura
el gran señor del ancho suelo hispano,
su mal es menos y nuestra desventura.
Si el ánimo real, si el soberano
tesoro le robó en un solo día
la muerte airada con esquiva mano,
regalos son qu'el sumo Dios envía
a aquel que ya le tiene aparejado
sublime asiento en l'alta jerarquía.
Quien goza quietud siempre en su estado
y el efecto le acude a la esperanza
y a lo que quiere nada le es trocado,
argúyese que poca confianza
se puede tener dél, que goce y vea
con claros ojos bienaventuranza.
Cuando más favorable el mundo sea,
cuando nos ría el bien todo delante
y venga al corazón lo que desea,
tiénese de esperar que en un instante
dará con ello la fortuna en tierra,
que no fue ni será jamás constante.
Y aquel que no ha gustado de la guerra,
a do se aflige el cuerpo y la memoria,
paresce Dios del cielo le destierra,

122 *leda*: 'alegre, plácida'.
126 Verso hipermétrico.°
129 *esquiva mano*: «contra el ligero tiempo y muerte esquiva», *La Galatea*, p. 380.
133-138 *Quien goza … bienaventuranza*: 'quien no sufre desilusiones ni desdichas difícilmente podrá contar con la bienaventuranza'.°

porque no se coronan en la gloria,
si no es los capitanes valerosos,
que llevan de sí mesmos la victoria:
los amargos sospiros dolorosos,
las lágrimas sin cuento que ha vertido
quien nos puede de su vista hacer dichosos;
el perder a su hijo tan querido,
aquel mirarse y verse cual se halla
de todo su placer desposeído,
¿qué se puede decir, sino batalla
a donde l'emos visto siempre armado
con la paciencia, qu'es muy fina malla?
Del alto cielo ha sido consolado
con concederle acá vuestra persona,
que mira por su honra y por su estado.
De aquí saldrá a gozar de una corona
más rica, más preciosa y muy más clara
que la que ciñe al hijo de Latona.
Con él vuestra virtud, al mundo rara,
se tiene de estender de gente en gente,
sin poderlo estorbar fortuna avara;
resonará el valor tan excelente
que os ciñe, cubre, ampara y os rodea,
de donde sale el sol hasta occidente
y allá en el alto alcázar do pasea
en mil contentos nuestra reina amada,
si puede desear, solo desea

150 *de sí mesmos la victoria*: se alude a una máxima estoica convertida en refrán que circuló abundantemente en la España de los siglos XVI y XVII a partir de la relectura de Séneca y que cifraba en el «vencerse a sí mismo» una de las aspiraciones máximas del ser humano. Cervantes la repite en varias ocasiones, como en *Quijote*, I, 36, p. 472 y II, 72, p. 1322.°

153 Verso hipermétrico.

154 *hijo* hace referencia al príncipe don Carlos, hijo primogénito de Felipe II que falleció el 24 de julio de 1568. El cardenal Espinosa formó parte de la junta encargada del proceso contra el príncipe.

157 *¿qué se puede decir...?*: '¿cómo se puede llamar...?'.

159 *fina malla*: la misma imagen en el poema I, «Serenísima reina en quien se halla», v. 5.

165 *hijo de Latona*: Apolo.

167 *de gente en gente*: quizás eco de Garcilaso, «que siempre sonará de gente en gente», égloga I, v. 160.°

que sea por mil siglos levantada
una grandeza, pues que se engrandece
el valor de su prenda deseada,
que en vuestro poderío se paresce
del católico rey la suma alteza,
que desde un polo al otro resplandesce.
De hoy más deje del llanto la fiereza
el afligida España levantando
con verde lauro ornada la cabeza,
que, mientra fuere el cielo mejorando
del soberano rey la larga vida,
no es bien que se consuma lamentando
y, en tanto que arribare a la subida
de la inmortalidad vuestra alma pura,
no se entregue al dolor tan de corrida
y más qu'el grave rostro de hermosura,
por cuya ausencia vive sin consuelo,
goza de Dios en la celeste altura.
¡Oh trueco glorioso, oh santo celo,
pues con gozar la tierra has merecido
tender tus pasos por el alto cielo!
Con esto cese el canto dolorido,
magnánimo señor, que, por mal diestro,
queda tan temeroso y tan corrido,
cuanto yo quedo, gran señor, por vuestro.

178 *paresce*: 'representa, aparece'.

188 *inmortalidad*: otro posible eco de Garcilaso, esta vez de la elegía I, vv. 202-204: «Por estas asperezas se camina / de la inmortalidad al alto asiento, / do nunca arriba quien de allí declina». Estos versos aparecen de nuevo en *Quijote*, II, 6, p. 738 y, prosificados, combinados con recuerdos del Evangelio, en II, 32, p. 972.

189 *de corrida*: 'aceleradamente' (*Autoridades*).

198 *corrido*: 'avergonzado'.

196-199 La estrofa viene a decir: 'cese mi canto, que por poco hábil está tan avergonzado como yo soy vuestro'.°

[6]

Soneto de Miguel de Cervantes, gentilhombre español, en loor del autor

1577

¡Oh cuán claras señales habéis dado,
alto Bartholomeo de Rufino,
que de Parnaso y Ménalo el camino
habéis dichosamente paseado!
Del siempre verde lauro coronado
seréis, si yo no soy mal adivino,
si ya vuestra fortuna y cruel destino
os saca de tan triste y bajo estado,
pues, libre de cadenas vuestra mano,
rebosando el ingenio, al alta cumbre
os podéis levantar seguramente,
oscureciendo al gran Livio romano,
dando de vuestras obras tanta lumbre
que bien merezca el lauro vuestra frente.

[6] Primero de los dos sonetos que Cervantes dedica a Bartholomeo Ruffino di Chiambery con motivo de la escritura del libro *Sopra la desolatione della Goletta e forti di Tunisi. Insieme la conquista fatta da Turchi de regni di Fezza e di Maroco*. Doctor en leyes y oidor italiano en Túnez, Bartholomeo Ruffino di Chiambery fue probablemente compañero de Cervantes en Argel, como se trasluce en los versos 7-8. El soneto presenta un ritmo muy exaltado al principio, con un par de endecasílabos enfáticos, pero se contiene en los sáficos que siguen (vv. 3-4); estos dan paso a una tirada más narrativa a base de heroicos (vv. 5-9). Dos endecasílabos de transición (melódicos, vv. 10-11) dan paso al remate final, con dos sáficos en los que Cervantes expresa sus buenos deseos respecto a su amigo.°

gentilhombre: en el sentido de 'hombre joven', como en *Entremeses*, pp. 94 y 486; también el que sin título nobiliario alguno sirve a un señor principal.°

[3] *Parnaso y Ménalo*: el *Parnaso* es el monte que en la mitología griega sirve de residencia de las musas; el *Ménalo* es un monte de la Arcadia.

[11] *seguramente*: 'con seguridad, con certeza'.

[12] *Livio* es Tito Livio, célebre escritor romano (59 a.C.-17 d.C.) que pronto se erigió en modelo de historiador, razón que justifica la alusión cervantina, refrendada en el segundo de los sonetos dedicados a Bartholomeo Ruffino: «cual a perfecto historiador conviene» (v. 10).

[7]

Del mismo, en alabanza de la presente obra

1577

Si ansí como de nuestro mal se canta
en esta verdadera, clara historia,
se oyera de cristianos la victoria,
¡cuál fuera el fruto desta rica planta!
Ansí cual es, al cielo se levanta
y es digna de inmortal, larga memoria,
pues, libre de algún vicio y baja escoria,
al alto ingenio admira, al bajo espanta.
Verdad, orden, estilo claro y llano
cual a perfecto historiador conviene
en esta breve suma está cifrado.
¡Felice ingenio, venturosa mano,
que, entre pesados hierros apretado,
tal arte y tal virtud en sí contiene!

[7] Segundo de los dos sonetos que Cervantes dedica a Bartholomeo Rufino di Chiambery con motivo de la escritura del libro *Sopra la desolatione della Goletta e forti di Tunisi...* (véase la nota introductoria del soneto anterior). El poema, de estructura circular, se abre con una alusión a la experiencia que une a los dos escritores (el cautiverio) y elogios a la obra a la que el soneto está dedicado. Mientras los dos cuartetos comparan el libro con una «rica planta» que se eleva causando admiración, los tercetos se dedican a enumerar los elementos de la obra que convierten al autor en un historiador perfecto, atendiendo a las partes fundamentales de la retórica: *elocutio* (estilo «claro y llano»), *inuentio* («verdadero») y *dispositio* («orden»). A su vez, en el autor se dan la mano los dos elementos básicos de la doctrina horaciana: *ars* («venturosa mano») e *ingenium* («felice ingenio»). El soneto se cierra con la alusión al mismo motivo con el que había comenzado, el cautiverio (v. 13). Por otra parte, en el poema abundan elementos formales característicos del manierismo: dualidades conceptuales, esquemas bimembres, estructuras reiterativas y aliterativas. Hay un contraste claro entre la modalidad enunciativa de los cuartetos y el primer terceto (de ahí los numerosos endecasílabos heroicos) y la modalidad enunciativa exclamativa del terceto final (en sáficos, vv. 10-13).°

[7] *escoria*: 'desecho, cosa sin valor'. La imagen (*planta, levanta, libre de ... escoria*), que comienza en el verso 4 puede ponerse en relación con la desarrollada en el poema 3, «Cuando dejaba la guerra», donde la reina se identifica con una flor.

[11] *suma*: 'resumen, sustancia'.

[13] *hierros*: 'prisiones'.

[8]

De Miguel de Cervantes, captivo.
A Mateo Vázquez, mi señor.

1577

Si el bajo son de la zampoña mía,
señor, a vuestro oído no ha llegado
en tiempo que sonar mejor debía,
no ha sido por la falta de cuidado,
sino por sobra del que me ha traído
por estraños caminos desviado;
también, por no adquirirme de atrevido
el nombre odioso, la cansada mano
ha encubierto las faltas del sentido.

[8] Hoy ya no caben dudas sobre la autoría de este poema, que ha recibido juicios encontrados y sigue quedando aún al margen del canon de las epístolas poéticas españolas del Siglo de Oro. Entendido en ocasiones como «un relámpago de protesta, de acalorada insumisión que cruza por el heroísmo ininterrumpido del cautiverio histórico», (Zamora Vicente) responde al esquema clásico de este tipo de poemas, con tres partes bien diferenciadas, como también sucede en la dirigida a Veneciano en 1579: *captatio benevolentiae* (vv. 1-90), *narratio* (91-192) y *petitio* (193-240). ¶ La parte inicial arranca de un verso que sitúa el poema en la tradición garcilasiana, cuya influencia es patente en la epístola, como en los poemas escritos anteriormente. A continuación combina retóricamente tópicos de humildad y *captatio benevolentiae* con el elogio del destinatario como privado virtuoso, a quien recuerda un pasado común, pero siempre manteniendo un respetuoso tratamiento (*señor*). El ensalzamiento se realiza a partir de la contraposición de opiniones sobre las razones del ascenso de Vázquez, para concluir que está motivado no por la soberbia ni la ambición sino por sus virtudes: sabiduría, fidelidad y discreción. La *narratio* se convierte en un verdadero memorial de servicios en el que se recorren los principales hechos de armas en los que participó Cervantes –arcabucero en los tercios de Italia, Lepanto, Corfú, Navarino y Túnez– y también su experiencia y sentimientos una vez apresado (vv. 178-183). No es difícil –como así se ha hecho– relacionar esta parte de la composición con el relato del capitán cautivo en la primera parte del *Quijote*. La larga *narratio* prepara la *petitio* del final, también extensa, en la que se pide explícitamen-

1 *zampoña*: 'instrumento rústico musical de viento'; pero es término metafórico con que llaman «por modestia los poetas al propio numen Poético» (*Autoridades*). Se reconoce un eco de la égloga III de Garcilaso: «Aplica, pues, un rato los sentidos / al bajo son de mi zampoña ruda, / indina de llegar a tus oídos» (vv. 41-43), así como del comienzo de la canción V: «Si de mi baja lira...».

Mas ya que el valor vuestro sobrehumano
de quien tiene noticia todo el suelo,
la graciosa altivez, el trato llano
aniquilan el miedo y el recelo
que ha tenido hasta aquí mi humilde pluma
de no quereros descubrir su vuelo,
de vuestra alta bondad y virtud suma
diré lo menos, que lo más no siento
quien de cerrarlo en verso se presuma.
Aquel que os mira en el subido asiento
do el humano favor puede encumbrarse
y que no cesa el favorable viento
y él se ve entre las ondas anegarse
del mar de la privanza, do procura
o por fas o por nefas, levantarse,

te la reconquista de Argel no al secretario sino al mismo rey, por quien espera ser recibido en audiencia y al que acaso, veladamente, Cervantes se estaba ofreciendo para actuar como informador de las defensas de Argel (vv. 211-219). No ha pasado inadvertida la cercanía de ciertos pasajes de esta epístola a Mateo Vázquez con el poema de Lauso en el libro IV de *La Galatea* («una canción que compuso y envió al famoso Larsileo, que en los negocios de la corte tiene larga y ejercitada experiencia», p. 229), hasta el extremo de concebirse este como una continuación de aquel (los nombres de Lauso y Larsileo pudieran encubrir los de Cervantes y Vázquez respectivamente). La cercanía entre ambas composiciones se reconoce generalmente en el exordio, donde se justifica no haber cantado antes los méritos del destinatario ni poder hacerlo ahora por falta de espacio, y en la crítica de los vicios cortesanos (envidia, ambición, ansias de poder, falta de escrúpulos); de forma más concreta se advierte en la mención de la *cansada mano* (v. 8 de la epístola, v. 16 de la canción), en un verso casi idéntico (v. 16 de la epístola, v. 22 de la canción), en la secuencia de rimas *pluma-suma-presuma* (vv. 14, 16 y 18 de la epístola, vv. 19, 22 y 23 de la canción) y en la referencia a la *llave dorada* (v. 61 de la epístola, v. 106 de la canción). ¶ En la dedicatoria del poema, Cervantes recuerda su condición de *captivo* 'cautivo' en Argel, desde el 26 de septiembre de 1575 hasta el 19 del mismo mes de 1580.° ¶ Mateo Vázquez (Córcega, 1544 - Madrid, 1591) estuvo al servicio, primero, del cardenal Espinosa (entre 1565 y 1572) y fue secretario de Felipe II a partir del 29 de marzo de 1573. Él y Cervantes se debieron conocer en Alcalá de Henares en torno a 1565. ¶ El tratamiento de *señor* se repite a lo largo de la carta casi media docena de veces para recordar al lector el carácter epistolar del texto. Este tratamiento implicaba en la época cortesía y alabanza, pero también relación clientelar.°

18 *presuma*: 'envanezca'.

24 *o por fas o por nefas*: 'injustamente, sin razón'.

¿quién duda que no dice: «La ventura
ha dado en levantar este mancebo
hasta ponerle en la más alta altura:

ayer le vimos inexperto y nuevo
en las cosas que agora mide y trata
tan bien que tengo envidia y las apruebo?».

Desta manera se congoja y mata
el envidioso, que la gloria ajena
le destruye, marchita y desbarata.

Pero aquel que con mente más serena
contempla vuestro trato y vida honrosa
y el alma dentro de virtudes llena,

no la inconstante rueda presurosa
de la falsa fortuna, suerte o hado,
signo, ventura, estrella ni otra cosa

dice que es causa que en el buen estado
que agora poseéis os haya puesto
con esperanza de más alto grado;

mas solo el modo del vivir honesto,
la virtud escogida que se muestra
en vuestras obras y apacible gesto,

esta dice, señor, que os da su diestra
y os tiene asido con sus fuertes lazos
y a más y a más subir siempre os adiestra.

¡Oh sanctos, oh agradables, dulces brazos
de la sancta virtud, alma y divina,
y sancto quien recibe sus abrazos!

Quien con tal guía como vos camina,
¿de qué se admira el ciego vulgo bajo
si a la silla más alta se avecina?

[26] Nacido en 1544, Mateo Vázquez contaba con veintiún años al entrar al servicio del cardenal Espinosa (1565) y veintiocho cuando fue nombrado secretario de Felipe II; pero lo más probable es que Cervantes esté pensando en el tiempo en que, al poco de llegar a Alcalá de Henares, Vázquez trabajó como escribano al servicio de Juan de Ovando, matriculándose como estudiante complutense para seguir cursos de filosofía (consta su matrícula el 20 de octubre de 1564).

[50] *alma*: 'excelsa'; así en *Autoridades* y en distintos pasajes del *Persiles* (II, 15 y IV, 3).°

[54] *se avecina*: 'se aproxima', como en el poema núm. 31, v. 8.

Y puesto que no hay cosa sin trabajo,
quien va sin la virtud va por rodeo
y el que la lleva va por el atajo.
Si no me engaña la experiencia, creo
que se vee mucha gente fatigada
de un solo pensamiento y un deseo:
pretenden más de dos llave dorada,
muchos un mesmo cargo y quién aspira
a la fidelidad de una embajada.
Cada cual por sí mesmo al blanco tira
do asestan otros mil y solo es uno
cuya saeta dio do fue la mira
y este quizá que a nadie fue importuno
ni a la soberbia puerta del privado
se halló, después de vísperas, ayuno,
ni dio ni tuvo a quien pedir prestado:
solo con la virtud se entretenía
y en Dios y en ella estaba confiado.
Vos sois, señor, por quien decir podría
y lo digo y diré sin estar mudo,
que sola la virtud fue vuestra guía
y que ella sola fue bastante y pudo
levantaros al bien do estáis agora,
privado humilde de ambición desnudo.
¡Dichosa y felicísima la hora
donde tuvo el real conocimiento
noticia del valor que anida y mora
en vuestro reposado entendimiento,
cuya fidelidad, cuyo secreto
es de vuestras virtudes el cimiento!
Por la senda y camino más perfecto
van vuestros pies, que es la que el medio tiene
y la que alaba el seso más discreto.

[61] La *llave dorada* era símbolo de gentilhombre en la corte.°

[69] *después de vísperas, ayuno*: 'sin comer después de haber pasado la hora en que se podía'. El ayuno duraba hasta la hora de vísperas, que es cuando se pone el sol.

[85-87] Alude al ideal renacentista de la *aurea mediocritas*, presente también en Garcilaso, elegía II, vv. 15-21.

Quien por ella camina vemos viene
a aquel dulce, suave paradero
que la felicidad en sí contiene.
Yo, que el camino más bajo y grosero
he caminado en fría noche escura
he dado en manos del atolladero
y en la esquiva prisión amarga y dura
adonde agora quedo, estoy llorando
mi corta infelicísima ventura,
con quejas tierra y cielo importunando,
con suspiros el aire escuresciendo,
con lágrimas el mar acrescentando.
Vida es esta, señor, do estoy muriendo
entre bárbara gente descreída,
la mal lograda juventud perdiendo.
No fue la causa aquí de mi venida
andar vagando por el mundo acaso
con la vergüenza y la razón perdida:
diez años ha que tiendo y mudo el paso
en servicio del gran Filipo nuestro,
ya con descanso, ya cansado y laso;
y en el dichoso día que siniestro
tanto fue el hado a la enemiga armada
cuanto a la nuestra favorable y diestro,
de temor y de esfuerzo acompañada,
presente estuvo mi persona al hecho
más de esperanza que de hierro armada.

[93] *dar en manos del atolladero* equivale a 'encontrarse con un gran impedimento'; literalmente: 'caer sin percatarse en el lodazal, en el pantano'.

[102] *mal lograda*: 'desdichada, no conseguida'; con el mismo sentido en *Quijote*, II, 44, p. 1078.

[106] Cervantes afirma trabajar al servicio del rey desde 1567. Esto puede significar que consideraba sus poemas a Isabel de Valois y la elegía con motivo de la muerte de la reina, dedicada al cardenal Espinosa, como servicios a la corona; o, bien que, efectivamente, hubiera servido desde esa fecha al rey o al cardenal, y que ello fuera la razón de su viaje a Italia entre 1568 y 1569.□○

[108] *laso*: 'desfallecido'. Se opone el tiempo de ocio, empleado acaso en el cultivo de la poesía, al dedicado al servicio en el ejército, en una contraposición que recuerda la de Garcilaso, elegía II, vv. 25-35.

[109] *dichoso día*: se refiere al 7 de octubre de 1571, día en que tuvo lugar la batalla de Lepanto.

Vi el formado escuadrón roto y deshecho,
y de bárbara gente y de cristiana
rojo en mil partes de Neptuno el lecho;
la muerte airada con su furia insana
aquí y allí con priesa discurriendo,
mostrándose a quién tarda, a quién temprana;
el son confuso, el espantable estruendo,
los gestos de los tristes miserables
que entre el fuego y el agua iban muriendo;
los profundos sospiros lamentables
que los heridos pechos despedían
maldiciendo sus hados detestables.
Helóseles la sangre que tenían
cuando, en el son de la trompeta nuestra,
su daño y nuestra gloria conoscían.
Con alta voz de vencedora muestra,
rompiendo el aire claro, el son mostraba
ser vencedora la cristiana diestra.
A esta dulce sazón yo, triste, estaba
con la una mano de la espada asida
y sangre de la otra derramaba;
el pecho mío de profunda herida
sentía llagado y la siniestra mano
estaba por mil partes ya rompida.
Pero el contento fue tan soberano
que a mi alma llegó, viendo vencido
el crudo pueblo infiel por el cristiano,
que no echaba de ver si estaba herido,
aunque era tan mortal mi sentimiento
que a veces me quitó todo el sentido.
Y en mi propia cabeza el escarmiento
no me pudo estorbar que el segundo año
no me pusiese a discreción del viento,

[117] *de Neptuno el lecho*: 'el mar'.

[118] *furia insana*: 'furia cruel', aunque no deja de ser etimológicamente una redundancia, como en el poema número 5, «¿A quién irá mi doloroso canto...?», v. 32, y con significado similar.

[146] *el segundo año*: 'el año siguiente'. En agosto y septiembre de 1572 Cervantes participó en la campaña naval de don Juan de Austria en Corfú y Modón, y entre el 8 y 10 de octubre de 1573 en la expedición contra Túnez.°

y al bárbaro, medroso pueblo estraño
vi recogido, triste, amedrentado
y con causa temiendo de su daño,
y al reino tan antiguo y celebrado
a do la hermosa Dido fue rendida
al querer del troyano desterrado,
también, vertiendo sangre aún la herida
mayor, con otras dos, quise hallarme
por ver ir la morisma de vencida.
¡Dios sabe si quisiera allí quedarme
con los que allí quedaron esforzados
y perderme con ellos o ganarme!
Pero mis cortos, implacables hados
en tan honrosa empresa no quisieron
que acabase la vida y los cuidados
y, al fin, por los cabellos me trujeron
a ser vencido por la valentía
de aquellos que después no la tuvieron.
En la galera Sol, que escurescía
mi ventura su luz, a pesar mío,
fue la pérdida de otros y la mía.
Valor mostramos al principio y brío
pero después, con la esperiencia amarga,
conoscimos ser todo desvarío.
Sentí de ajeno yugo la gran carga
y en las manos sacrílegas malditas
dos años ha que mi dolor se alarga.
Bien sé que mis maldades infinitas
y la poca atrición que en mí se encierra
me tiene entre estos falsos ismaelitas.

151 *reino antiguo*: se refiere a Cartago, adonde el troyano Eneas llega y enamora a la reina Dido.°

166 *Sol*: así se llamaba, en efecto, la galera en que viajaba Cervantes con su hermano Rodrigo cuando fueron capturados frente a las costas de Barcelona.

168 Junto a Cervantes fueron capturados otros españoles, entre ellos su hermano Rodrigo.

174 *dos años ha*: dado que Cervantes fue apresado el 26 de septiembre de 1575, este dato fija la fecha de la epístola en los últimos meses de 1577, acaso a finales de septiembre.°

176 *atrición*: 'pesar de haber ofendido a Dios, no tanto por el amor que se le tiene como por temor a las consecuencias de la ofensa cometida'.

177 *ismaelitas*: 'árabes'.

Cuando llegué vencido y vi la tierra
tan nombrada en el mundo que en su seno
tantos piratas cubre, acoge y cierra,
no pude al llanto detener el freno
que, a mi despecho, sin saber lo que era,
me vi el marchito rostro de agua lleno.
Ofresciose a mis ojos la ribera
y el monte donde el grande Carlos tuvo
levantada en el aire su bandera,
y el mar que tanto esfuerzo no sostuvo,
pues, movido de envidia de su gloria,
airado entonces más que nunca estuvo.
Estas cosas volviendo en mi memoria
las lágrimas trujeron a los ojos
movidas de desgracia tan notoria.
Pero si el alto cielo en darme enojos
no está con mi ventura conjurado,
y aquí no lleva muerte mis despojos,
cuando me vea en más alegre estado
si vuestra intercesión, señor, me ayuda
a verme ante Philipo arrodillado,
mi lengua balbuciente y cuasi muda
pienso mover en la real presencia,
de adulación y de mentir desnuda,
diciendo: «Alto señor, cuya potencia
sujetas trae mil bárbaras naciones
al desabrido yugo de obediencia;
a quien los negros indios con sus dones
reconoscen honesto vasallaje,
trayendo el oro acá de sus rincones:
despierte en tu real pecho el gran coraje,
la gran soberbia con que una bicoca
aspira de contino a hacerte ultraje.

185 *el grande Carlos*: Carlos V, cuya expedición contra Argel en 1541 fue sorprendida el 28 de octubre por una gran tormenta.

199-201 Estos versos son eco de Garcilaso: «mas con la lengua muerta y fría en la boca, / pienso mover la voz a ti debida» (égloga III, vv. 11-12), y no se alejan mucho de otros del *Viaje del Parnaso*, III, 439-441.

209 *bicoca*: 'fortificación pequeña'.

210 *contino*: 'incesantemente'.

La gente es mucha, mas su fuerza es poca;
desnuda, mal armada, que no tiene
en su defensa fuerte, muro o roca;
cada uno mira si tu armada viene
para dar a sus pies el cargo y cura
de conservar la vida que sostiene.
Del amarga prisión, triste y escura,
adonde mueren veinte mil cristianos
tienes la llave de su cerradura.
Todos, cual yo, de allá, puestas las manos,
las rodillas por tierra, sollozando,
cercados de tormentos inhumanos,
valeroso señor, te están rogando
vuelvas los ojos de misericordia
a los suyos, que están siempre llorando.
Y pues te deja agora la discordia
que hasta aquí te ha oprimido y fatigado,
y gozas de pacífica concordia,
haz, ¡oh buen rey!, que sea por ti acabado
lo que con tanta audacia y valor tanto
fue por tu amado padre comenzado.
Solo el pensar que vas pondrá un espanto
en la enemiga gente, que adevino
ya desde aquí su pérdida y quebranto».
¿Quién duda que el real pecho begnino
no se muestre, escuchando la tristeza
en que están estos míseros contino?
Bien paresce que muestro la flaqueza
de mi tan torpe ingenio que pretende
hablar tan bajo ante tan alta alteza,
pero el justo deseo la defiende.
Mas a todo silencio poner quiero,
que temo que mi pluma ya os ofende
y al trabajo me llaman donde muero.

215 *cargo y cura*: 'cuidado y preocupación'; es fórmula común.

228 Alude al Edicto Perpetuo que don Juan de Austria había firmado con los rebeldes de los Países Bajos en febrero de 1577.°

[9]

1579

Al señor Antonio Veneziani

Señor mío,

Prometo a V.M. como cristiano que son tantas las imaginaciones que me fatigan, que no me han dejado cumplir como quería estos versos que a V.M. envío en señal del buen ánimo que tengo de servirle, pues él me ha movido a mostrar tan presto las faltas de mi ingenio, confiado en que el subido de V.M. recibirá la disculpa que doy y me animará a que en tiempo de más sosiego no me olvide de celebrar como pudiere el cielo que a V.M. tiene tan sin contento en esta tierra, de la cual Dios nos saque y a V.M. llegue a aquella donde su Celia vive. En Argel, los seis de noviembre, 1579.

De V.M. verdadero amigo y servidor,

Miguel de Cervantes

[9] Las octavas responden en buena medida al mismo impulso creativo de *La Galatea*, publicada en 1585, pero cuyos poemas respiran –en especial el que la abre y el soneto de Galatea que comienza «Afuera el fuego, el lazo, el hielo y flecha»– el mismo impulso poético de «sólitas galas y martingalas de un petrarquismo trivial, desde la estructura diseminativa y recolectiva hasta las imágenes del hielo que quema, la avenencia de guerra y paz o de vida y muerte, las armas y la prisión de amor, y un infatigable aunque inexplicable jugar del vocablo con el cielo de Celia, la Celia celestial y la madre que del cielo la trajo» (Rico). Estos versos incorporan semejante estructura formal, con tópicos petrarquistas, plurimembraciones y recolecciones muy similares. Se han destacado, asimismo, algunos ecos garcilasianos. Una estructura tripartita organiza el contenido poético, de acuerdo con el esquema de la epístola clásica: a) *captatio benevolentiae*: un comienzo que funciona a modo de introducción en el que se incluye una pregunta retórica sobre cuál es el origen del mal de Veneziano (octava 1); b) *narratio*: el origen es Celia, a quien dirige el poeta palermitano sus versos; en las octavas 2-8 se describe su estado de ánimo atribulado y confuso a base de los recursos característicos del manierismo: juegos de contrarios, derivaciones, plurimembraciones y correlaciones, entre otras figuras; y c) *petitio*: Cervantes quiere ayudar a su amigo, para ello hace un ruego a la amada de Veneziano. A ello se dedican las últimas cuatro octavas, en las que Cervantes se dirige a Celia, tras una primera estrofa que sirve de enlace con las anteriores («Si es lícito...»). El esquema, pues, es muy semejante al de la epístola a Mateo Vázquez.°

subido: 'elevado, acendrado', en alusión al ingenio de Veneziano, en contraste con las *faltas* del propio; es fórmula de *captatio benevolentiae*.

Si el lazo, el fuego, el dardo, el puro yelo
que os tiene, abrasa, hiere y pone fría
vuestra alma, trae su origen desde el cielo,
ya que os aprieta, enciende, mata, enfría,
¿qué nudo, llama, llaga, nieve o celo
ciñe, arde, traspasa o yela hoy día,
con tan alta ocasión como aquí muestro,
un tierno pecho, Antonio, como el vuestro?
El cielo que el ingenio vuestro mira
en cosas que son dél quiso emplearos
y, según lo que hacéis, vemos que aspira
por Celia al cielo empíreo levantaros.
Ponéis en tal objeto vuestra mira
que dais materia al mundo de envidiaros:
dichoso el desdichado a quien se tiene
envidia de las ansias que sostiene.
En los conceptos que la pluma vuestra
de la alma en el papel ha trasladado,
nos dais no solo indicio pero muestra
de que estáis en el cielo sepultado,
y allí os tiene de amor la fuerte diestra
vivo en la muerte, a vida reservado,
que no puede morir quien no es del suelo,
teniendo el alma en Celia, que es un cielo.
Solo me admira el ver que aquel divino
cielo de Celia encierre un vivo infierno
y que la fuerza de su fuerza y sino
os tenga en pena y llanto sempiterno.
Al cielo encamináis vuestro camino,
mas, según vuestra suerte, yo dicierno
que al cielo sube el alma y se apresura,
y en el suelo se queda la ventura.

[10] *dél*: 'del cielo'; cf. el poema núm. 4, «Cuando un estado dichoso...», v. 29.

[12] *cielo empíreo*: en la vieja teoría precopernicana la Tierra era el centro del universo y estaba rodeada ocho cielos; sobre ellos estaba el primer móvil, que originaba el movimiento de aquellos alrededor de la tierra. Por encima se encontraba el empíreo, el cielo por antonomasia.

[19] Cf. «nos da indicio y clara muestra», *La Galatea*, p. 123; «indicio dais y conocida muestra», *La Galatea*, p. 184.

[28] *llanto sempiterno*: «En llanto sempiterno / mi ánima mezquina», *La Galatea*, p. 36. Eco de Garcilaso, égloga I,

Si con benino y favorable aspecto
a alguno mira el cielo acá en la tierra,
obra ascondidamente un bien perfeto
en el que cualquier mal de sí destierra;
mas si los ojos pone en el objeto
airados, le consume en llanto y guerra,
ansí como a vos hace vuestro cielo:
ya os da guerra y paz y fuego y yelo.

No se ve el cielo en claridad serena
de tantas luces claro y alumbrado,
cuantas con rica habéis y fértil vena
el vuestro de virtudes adornado;
ni hay tantos granos de menuda arena
en el desierto líbico apartado,
cuantos loores creo que merece
el cielo que os abaja y engrandece.

En Scitia ardéis, sentís en Libia frío,
contraria operación y nunca vista;
flaqueza al bien mostráis, al daño brío;
más que un lince miráis, sin tener vista;
mostráis con discreción un desvarío
que el alma prende, a la razón conquista,
y esta contrariedad nace de aquella
que es vuestro cielo, vuestro sol y estrella.

Si fuera un caos, una materia unida
sin forma vuestro cielo, no espantara
de que del alma vuestra entristecida
las continuas querellas no escuchara;

vv. 290-291: «a sempiterno llanto / y a triste soledad me ha condenado».°

[41-44] Para estos versos se han propuesto posibles ecos de Fray Luis de León (odas 3 y 8).°

[45] Cf. «del mar los granos de la blanca arena», *La Galatea*, p. 149.

[46] Imagen similar en Garcilaso, canción I, vv. 1-5: «Si a la región desierta, inhabitable, / por el hervor del sol demasïado / y sequedad d'aquella arena ardiente, / o a la que por el hielo congelado / y rigurosa nieve es intractable, / del todo inhabitada de la gente».

[49] *Scitia* y *Libia* son dos lugares que la tradición poética utiliza con frecuencia como juego de contrarios; así el propio Cervantes en *Viaje del Parnaso*, VI, 199-200, y antes en *La Galatea*, pp. 180 y 326.°

[53] Nótese la cercanía a otro verso cervantino muy conocido: «mostrar con

pero, estando ya en partes esparcida,
que un fondo forman de virtud tan rara,
es maravilla tenga los oídos
sordos a vuestros tristes alaridos.

Si es lícito rogar por el amigo
que en estado se halla peligroso,
yo, como vuestro, desde aquí me obligo
de no mostrarme en esto perezoso;
mas, si me he de poner a lo que digo
y conducirlo a término dichoso,
no me deis la ventura, que es muy poca,
mas las palabras sí de vuestra boca.

Diré: «Celia gentil, en cuya mano
está la muerte y vida y pena y gloria
de un mísero captivo que, temprano
ni aun tarde, no saldrás de su memoria,
vuelve el hermoso rostro, blando y humano,
a mirar de quien llevas la victoria:
verás el cuerpo en dura cárcel triste
del alma que primero tú rendiste.

Y pues un pecho en la virtud constante
se mueve en casos de honra y muestra airado,
muévale al tuyo el ver que de delante
le han un firme amador arrebatado;
y si quiere pasar más adelante
y hacer un hecho heroico y estremado,
rescata allá su alma con querella,
que el cuerpo, que está acá, se irá tras ella.

El cuerpo acá y el alma allá captiva
tiene el mísero amante que padece
por ti, Celia hermosa, en quien se aviva
la luz que al cielo alumbra y esclarece;
mira que el ser ingrata, cruda y esquiva

propiedad un desatino», *Viaje del Parnaso*, IV, 27.°

63-64 Cf. «que será forzoso / que apliquéis los oídos / a los tristes gemidos», *La Galatea*, p. 231.

70 Cf. «un término dichoso / me puedan prometer en tal porfía», *La Galatea*, p. 180.

73 Cf. «Blanca gentil, en cuyo blanco pecho», *La Galatea*, p. 137.

75-76 *temprano / ni aun tarde*: 'nunca', con juego de opuestos.

mal con tanta beldad se compadece:
muéstrate agradecida y amorosa
al que te tiene por su cielo y diosa».

[94] El mismo verso se repite en *La Galatea*, p. 150.

[10]

Soneto de Miguel de Cervantes al autor

1583

Ya que del ciego dios habéis cantado
el bien y el mal, la dulce fuerza y arte
en la primera y la segunda parte,
do está de amor el todo señalado,
ahora, con aliento descansado
y con nueva virtud que en vos reparte
el cielo, nos cantáis del duro Marte
las fieras armas y el valor sobrado.
Nuevos ricos mineros se descubren
de vuestro ingenio en la famosa mina
que al más alto deseo satisfacen
y, con dar menos de lo más que encubren,
a este menos lo que es más se inclina
del bien que Apolo y que Minerva hacen.

[10] Este poema fue escrito con motivo de la publicación del tercer libro extenso de Pedro de Padilla (Linares, hacia 1545 - Madrid, finales de 1605), antes de su entrada en el convento de los carmelitas calzados. El soneto fue incluido en un libro en el que figuran algunos nombres que ayudan a dibujar el mapa de relaciones y amistades madrileñas de Cervantes a la vuelta de su cautiverio en Argel. El privilegio real del libro está firmado en Lisboa por Antonio de Eraso (22 de septiembre de 1583); la aprobación se debe a Juan López de Hoyos (quien, por cierto, describe el libro como «la tercera parte de las obras de Pedro de Padilla»), el antiguo maestro de Cervantes y director del Estudio de Gramática de la Villa de Madrid, y el soneto cervantino viene precedido por uno de Francisco de Montalvo y va seguido de otro de Gabriel López Maldonado. Con una estructura rítmica fundamentalmente narrativa, el soneto se inicia con un cuarteto en el que se informa de cómo Padilla ha cantado al amor a través de dos libros: el *Tesoro de varias poesías* y las *Églogas pastoriles ... juntamente con algunos sonetos del mismo autor.* En ellos su autor ha cantado «el bien y el mal, la dulce fuerza y arte» del amor. El segundo

[3] El verso hace referencia a dos libros de Padilla previos a este de 1583.°

[7-8] Frente al carácter esencialmente amoroso de los libros de Padilla publicados en 1580 y 1582, el que cobija el soneto cervantino se concentra en hechos de armas, pues en él se «contienen algunos sucesos que en la jornada de Flandes los españoles hicieron. Con otras historias y diferentes poesías».

[9] *mineros*: 'vetas por donde corre el metal'.

cuarteto informa del nuevo cariz que ofrecen las poesías de Padilla en el libro para el que se destina el poema cervantino: ahora el motivo son «las fieras armas y el valor sobrado»; el tema amoroso ha dado paso al épico, como explica el título completo del libro: *Romancero de Pedro de Padilla en el cual se contienen algunos sucesos que en la jornada de Flandes los españoles hicieron*. Los dos cuartetos, referidos a un pretérito reciente (años 1580 y 1582 en que fueron publicados los dos libros anteriores de Padilla), se contraponen a los tercetos, que remiten al ahora novedoso del poeta. Tal contraposición se refuerza a través de diversos juegos de palabras, típicos del quehacer poético cervantino, que entroncan con la poesía de cancionero: *minero / mina*; *menos / más* (que se repite en dos ocasiones). Anterior a la conversión de Padilla a la Orden carmelitana, el soneto, desprovisto de cualquier referencia religiosa, constituye buen ejemplo de la lírica pública de Cervantes, aquella que el escritor alcalaíno concibió para su inclusión en los preliminares de libros de amigos y conocidos; el mismo tipo de composiciones que años más tarde, con sorna, fueron objeto de burla en el prólogo del primer *Quijote*.°

[11]

Soneto de Miguel de Cervantes

1584

¡Oh venturosa, levantada pluma,
que en la empresa más alta te ocupaste
que el mundo pudo dar y al fin mostraste
al recibo y al gasto igual la suma!
Calle de hoy más el escriptor de Numa,
que nadie llegará donde llegaste,
pues en tan raros versos celebraste
tan raro capitán, virtud tan suma.
¡Dichoso el celebrado y quien celebra
y no menos dichoso todo el suelo,
que de tanto bien goza en esta historia,
en quien invidia o tiempo no harán quiebra;
antes hará con justo celo el cielo
eterna más que el tiempo su memoria!

[11] Cervantes escribe este soneto para los preliminares de *La Austríada* (1584), largo poema épico que relata la intervención de don Juan de Austria en la guerra de Granada (1568) y en la batalla de Lepanto (1571), acontecimientos en los que estuvo presente su autor, Juan Rufo (Córdoba ¿1547? - ¿Córdoba, después de 1620?). En el segundo de ellos coincidiría con Cervantes, quien le dedica no solo este soneto sino también un comentario elogioso en el «Canto de Calíope» y le incluye en el escrutinio de la librería de Don Quijote. *La Austríada* se publicó en Madrid en 1584, pero la aprobación adelanta la redacción a una fecha anterior a marzo de 1582. ¶ El soneto debe entenderse en el contexto de las relaciones literarias y amistosas de Cervantes a la vuelta de su cautiverio y, como el anterior, forma parte de lo que se ha dado en llamar la lírica pública de nuestro autor. Debe señalarse que, en esas páginas preliminares de *La Austríada*, el texto cervantino va

[2] *empresa más alta*: es decir, la batalla de Lepanto (1571), que el propio Cervantes califica como «la más alta ocasión que vieron los siglos pasados, los presentes, ni esperan ver los venideros» (*Quijote*, II, Prólogo).

[5] *de hoy más*: 'en lo sucesivo, de ahora en adelante'. Con *escriptor de Numa* se alude a Tito Livio, el historiador por antonomasia, como también en el núm. 5, «Oh cuán claras señales habéis dado» (v. 12). Tito Livio incluyó una biografía de Numa Pompilio, el segundo rey de Roma (753 a.C. - 674 a.C.), en el libro primero de *Ab urbe condita*, I, 19-22.°

[8] *capitán*: se refiere a don Juan de Austria, protagonista del poema épico de Rufo; *tan suma*: 'tan elevada'.°

acompañado por otros, entre ellos un soneto de Góngora con apenas veinte años de edad, explicable por la común procedencia cordobesa de ambos («Cantastes, Rufo, tan heroicamente»). Rufo es el nexo que une aquí a Cervantes y a Góngora, pero también permite aventurar que ya por esas fechas ambos escritores se podrían conocer. Y junto a Góngora hay que recordar a Pedro Laýnez, que firma la aprobación (en Madrid, 28 de marzo de 1582), y a Luis de Vargas Manrique, autor del soneto «Apolíneo jurado, a quien jurado». También firma unas octavas Lupercio Leonardo de Argensola («Después que de clarísimos varones»). ¶ La composición sigue el mismo patrón de tantas otras de similares características en las que se alterna el elogio al autor –que aquí es equiparado con Tito Livio, el gran historiador romano (v. 5)– con el de la obra –«la empresa más alta te ocupaste / que el mundo pudo» (vv.2-3)– y el deseo de inmortalidad para uno y otra. No falta, por supuesto, el elogio al protagonista del poema épico, don Juan de Austria, aquí definido como «tan raro capitán, virtud tan suma» (v. 8). La admiración por la obra o por el protagonista, o la amistad que le une al escritor cordobés, o las tres razones juntas, permiten entender la exaltación cervantina, patente desde el principio, no solo por la sonoridad evidente de muchos de los endecasílabos, sino también porque casi todo el soneto, a excepción del segundo cuarteto, está escrito entre admiraciones y su ritmo es preponderantemente sáfico al principio y al final. Los versos heroicos, con algún melódico de por medio, se concentran en el segundo cuarteto y primer terceto. No deja de haber las derivaciones de origen cancioneril a las que Cervantes era tan aficionado: *llegará*, *llegaste*; *celebraste*, *celebra*; *harán*, *hará*.°

[12]

Redondillas de Miguel de Cervantes, al hábito de fray Pedro de Padilla.

1585

Hoy el famoso Padilla,
con las muestras de su celo,
causa contento en el cielo
y en la tierra maravilla,
porque, llevado del cebo
de amor, temor y consejo,
se despoja el hombre viejo
para vestirse de nuevo.
Cual prudente sierpe ha sido,
pues con nuevo corazón
en la piedra de Simón
se deja el viejo vestido
y esta mudanza que hace
lleva tan cierto compás
que en ella asiste lo más
de cuanto a Dios satisface.

[12] Pedro de Padilla toma el hábito carmelitano el 6 de agosto de 1583 en el convento de Madrid. Su entrada en el convento debió de constituir todo un acontecimiento social, dado que veinte años después todavía se recordaba: «Y que había estado en Madrid tan cerca de Lope de Vega como lo estaba de mí, y que había visto a don Alonso de Ercilla mil veces, y que tenía en su casa un retrato del divino Figueroa, y que había comprado los gregüescos que dejo Padilla cuando se metió fraile, y que hoy día los traía, y malos: enseñolos, y dioles a todos tanta risa que no querían salir de la posada» (Quevedo). Una de las consecuencias de esta decisión es el libro *Jardín espiritual*, publicado en Madrid por Querino Gerardo a costa de Blas de Robles en 1585. Cervantes escribe dos poemas que aparecieron

5-6 *llevado del cebo ... consejo*: 'alimentado de amor, temor y consejo'; *cebo* es la 'comida que se echa a las aves, animales y peces para cogerlos en la trampa, en la red, en el anzuelo'.°

7-8 Idea de san Pablo recogida en varias de sus epístolas, pero especialmente en la dirigida a los Colosenses 3, 9-10.°

11 *piedra de Simón*: la Iglesia, con alusión a Mateo, 16, 15-18.°

14 *cierto compás*: es decir, 'se hace concertadamente'; *compás* es el 'tiempo que hay en bajar y levantar la mano el

Con las obras y la fe
hoy para el cielo se embarca
en mejor jarciada barca
que la que libró a Noé
y para hacer tal pasaje
ha muchos años que ha hecho,
con sano y cristiano pecho,
cristiano matalotaje.
Y no teme el mal tempero
ni anegarse en el profundo,
porque en el mar deste mundo
es plático marinero

en los preliminares de este libro: unas redondillas y unos sextetos lira. En el primero, Cervantes acude a una estrofa tradicional castellana –también usada por san Juan de la Cruz («Tras de un amoroso lance»)– para destacar el cambio sucedido en Padilla: «Un cortesano allá más [en los cielos] / y en la tierra un sabio menos» (vv. 63-64). El verso inicial permite pensar que la composición fue escrita, o al menos evoca, el mismo día que entró en el convento Pedro de Padilla, esto es, el 6 de agosto de 1583. Este es el mensaje que se transmite en las dos primeras redondillas: el cielo se alegra y la tierra se maravilla de que un *hombre viejo* haya decidido «vestirse de nuevo» (v. 8). Dos metáforas encadenadas organizan las estrofas siguientes; la de la serpiente que cambia de piel y «en la piedra de Simón / se deja el viejo vestido» (vv. 11-12) y la del mar: el nuevo fraile «se embarca / en mejor jarciada barca / que la que libró a Noé» (vv. 18-20). El léxico se adecua a esta figura retórica y en un largo pasaje de ascendencia frayluisiana se acumulan los sustantivos relativos a la navegación y el mar (vv. 17-40): *pasaje*, *matalotaje*, *mal tempero*, *anegarse*, *profundo*, *práctico marinero*, *aguja*, *orza*, *ondas*, *seguro* y *dulce puerto*, *áncoras*, *nave*. El recurso metafórico se abandona entonces para referirse de manera explícita a la nueva Orden en la que ingresa Padilla («y sobre el Carmelo monte / fuerte ciudad levantada», vv. 47-48); a los apoyos espirituales del nuevo hermano («tendréis el carro de Elías / con el manto de Eliseo», vv. 51-52) y a los votos asumidos, su mejor norte en el camino emprendido: «porqu'el voto de humildad / promete segura alteza / y castidad y pobreza, / bienes de divinidad» (vv. 57-60).°

maestro de capilla o el que rige el canto' (*Autoridades*).

[19] *jarciada*: 'pertrechada'; *jarcias* son los 'aderezos de la nave o galera' (*Autoridades*).

[20] El relato bíblico de Noé se encuentra en Génesis 6-9.

[21] *pasaje*: 'viaje, navegación'. °

[24] *matalotaje*: 'provisión de comida que se lleva en una travesía'.

[25] *mal tempero*: 'temporal, mal tiempo'; según Covarrubias es «vocablo antiguo».

[28] *plático*: 'práctico, experto'. °

y, ansí, mirando el aguja
divina, cual se requiere,
si el demonio a orza diere,
él dará al instante a puja.
Y llevando este concierto
con las ondas deste mar,
a la fin vendrá a parar
a seguro y dulce puerto,
donde, sin áncoras ya,
estará la nave en calma
con la eternidad del alma,
que nunca se acabará.
En una verdad me fundo
y mi ingenio aquí no yerra,
qu'en siendo sal de la tierra,
habéis de ser luz del mundo:
luz de gracia rodeada
que alumbre nuestro horizonte
y sobre el Carmelo monte
fuerte ciudad levantada.
Para alcanzar el trofeo
destas santas profecías,
tendréis el carro de Elías
con el manto de Eliseo
y, ardiendo en amor divino,
donde nuestro bien se fragua,
apartando el manto al agua,
por el fuego haréis camino;

[29] *el aguja*: 'la brújula'.

[31] *a orza*: 'acción de poner la proa contra el viento'; de esta manera el barco pierde velocidad.°

[32] *a puja*: 'acción de seguir adelante'.°

[36] *dulce puerto* es lugar común procedente de la tradición clásica: «In freno viximus, moriamur in porto», Séneca, *Epístolas a Lucilio*, XIX, 2.°

[37] *áncoras*: 'anclas'.

[47] *Carmelo monte*: se refiere al monte Carmelo, la cordillera frente al Mediterráneo, en Israel, donde se fundó en el siglo XII la Orden de los Carmelitas; allí el profeta Elías reparó el altar de Dios, que había sido destruido, con doce piedras, una por cada una de las tribus de Israel (I Reyes 18, 30-32).

[51] *carro de Elías*: carro tirado por caballos de fuego con el que Elías fue llevado al cielo (II Reyes 2, 11).

[52] *manto de Eliseo*: túnica con la que el profeta Elías cubrió a Eliseo para sim-

porqu'el voto de humildad
promete segura alteza
y castidad y pobreza,
bienes de divinidad.
Y ansí los cielos serenos
verán, cuando acabarás,
un cortesano allá más
y en la tierra un sabio menos.

bolizar que le transmitía su misión en el mundo (II Reyes 2, 13-14).

57-59 *humildad ... pobreza*: castidad y obediencia (*humildad*) son los dos votos fundamentales de los carmelitas; añádase a ellos la *pobreza*, como ya ordenaba santa Teresa de Jesús al principio de sus *Constituciones*.°

[13]

1585

Cual vemos que renueva
el águila real la vieja y parda
pluma y con otra nueva
la detenida y tarda
pereza arroja y, con subido vuelo,
rompe las nubes y se llega al cielo;
tal, famoso Padilla,
has sacudido tus humanas plumas,
porque con maravilla
intentes y presumas
llegar con nuevo vuelo al alto asiento
donde aspiran las alas de tu intento.
Del sol el rayo ardiente
alza del duro rostro de la tierra,
con virtud excelente,
la humidad que en sí encierra,

[13] Los seis sextetos-lira (*aBabCC*) que Cervantes escribe también para los preliminares del libro *Jardín espiritual* insisten en el cambio tan importante acaecido en la vida de Pedro de Padilla. El molde estrófico, muy parecido al que utiliza en obras teatrales de fechas similares, tiene una modificación mínima en el verso sexto, que aquí es heptasílabo. Esto puede ser entendido como influencia de fray Luis de León (oda XXII «A Pedro Portocarrero»), pero también como homenaje a san Juan de la Cruz, uno de los refundadores de la Orden religiosa en la que profesa Pedro de Padilla. En las cuatro estrofas iniciales se suceden dos comparaciones: en la primera, de igual manera que el águila real cambia sus plumas, Pedro de Padilla ha entrado en el convento y ha olvidado las «humanas plumas» (v. 8); en la segunda, del mismo modo que el sol convierte la humedad del suelo en lluvia que «alegra al suelo y da a los hombres vida» (v. 18), el sol divino ha convertido a Pedro de Padilla. Las dos estrofas finales constituyen la conclusión alborozada sobre el cambio de lo humano por lo divino, ejemplificado en el autor del *Jardín espiritual*, cuyos modelos a partir de ahora no serán el Parnaso, Aganipe y Pegaso, sino el monte del Calvario y las «benditas llagas del Cordero» (v. 35). Ese alborozo en el plano del contenido se muestra también en el de la expresión, a través del llamativo cambio rítmico que se produce en la quinta estrofa, donde abundan los endecasílabos enfáticos (frente al tono narrativo de los versos anteriores), y la entonación exclamativa general.°

6 *rompe*: 'atraviesa, abre, rasga'.

la cual después, en lluvia convertida,
alegra al suelo y da a los hombres vida;
y desta mesma suerte
el sol divino te regala y toca
y en tal humor convierte
que, con tu pluma, apoca
la sequedad de la ignorancia nuestra
y a sciencia santa y santa vida adiestra.
¡Qué sancto trueco y cambio,
por las humanas, las divinas musas!
¡Qué interés y recambio!
¡Qué nuevos modos usas
de adquirir en el suelo una memoria
que dé fama a tu nombre, al alma gloria!
Que, pues es tu Parnaso
el monte del Calvario y son tus fuentes
de Aganipe y Pegaso
las sagradas corrientes
de las benditas llagas del Cordero,
eterno nombre de tu nombre espero.

31-35 *Padilla* ha cambiado el monte que simboliza la poesía (*Parnaso*) por otro monte, el Calvario, donde Jesús de Nazareth fue crucificado; ahora las fuentes de la inspiración (*Aganipe* y *Pegaso*, consagradas a las musas) manan sangre procedente de las heridas (*llagas*) del Cordero, uno de los nombres de Cristo.

[14]

Soneto al mismo santo, de Miguel de Cervantes.

1585

Muestra su ingenio el que es pintor curioso
cuando pinta al desnudo una figura
donde la traza, el arte y compostura
ningún velo la cubra artificioso.
Vos, seráfico padre, y vos, hermoso
retrato de Jesús, sois la pintura
al desnudo pintada en tal hechura
que Dios nos muestra ser pintor famoso.
Las sombras, de ser mártir descubristes;
los lejos, en que estáis allá en el cielo
en soberana silla colocado;
las colores, las llagas que tuvistes:
tanto las suben que se admira el suelo
y el pintor en la obra se ha pagado.

[14] Tercero de los textos que Cervantes escribe para el *Jardín espiritual*. Se inserta tras una canción de Pedro Padilla a san Francisco de Asís (f. 221), a la que siguen varias composiciones en alabanza del mismo a cargo «de algunos de los famosos poetas de Castilla»; la que precede al soneto cervantino es de Gabriel López Mal-

santo: alude a san Francisco de Asís, como indica el propio Padilla páginas antes: «Canción al seráfico padre san Francisco en cuya alabanza, a intercesión del autor, cuya es esta primera, escribieron algunos de los famosos poetas de Castilla».°

[3] *traza*: 'diseño, primera idea'; *arte*: 'reglas, preceptos'; *compostura*: 'ejecución'.

[5] *seráfico*: 'humilde, hermoso', ambas cualidades propias del serafín; es adjetivo habitualmente empleado para san Francisco de Asís y los franciscanos.

[7] *hechura*: 'forma, semejanza'.

[9-12] *sombras*, *lejos* y *colores* es terminología del ámbito de la pintura. Las *sombras* son los colores de fondo, en este caso la condición de mártir de san Francisco de Asís; *lejos*, la parte del cuadro que está alejada de la figura central (aquí ha de suponerse que Dios es el protagonista del cuadro y el santo está cerca de aquella); *colores* (en femenino, como era habitual) son los materiales con los que se da colorido a la pintura, en este caso, las heridas (*llagas*).°

[12] *llagas*: los estigmas de san Francisco de Asís.°

[13] *las suben*: se refiere a *las colores*, en dilogía, pues *las colores* son *las llagas*, pero también 'hacen enrojecer' (*suben*) y, consecuentemente, logran que el *suelo* (esto es, 'la tierra') se admire de la obra.

[14] *pagado*: 'complacido'.

donado y le sigue otro de Lope de Vega; también hay canciones del doctor Campuzano (ff. 223v-226), Pedro Laýnez (ff. 226v-230v) y unas estancias de Gonzalo Gómez de Luque (ff. 231v-232), todas ellas solicitadas por Pedro de Padilla. En este soneto Cervantes acude al tópico horaciano *ut pictura poiesis* para describir la figura del santo, a través de un artificioso lenguaje pictórico que sabe utilizar con precisión: el pintor *curioso* diseña (*traza*) un cuadro con *arte* ('siguiendo unas reglas y preceptos') y lo ejecuta (*compostura*) de manera que el resultado parezca natural, sin que ningún *velo artificioso* lo cubra. El protagonista de ese cuadro es san Francisco de Asís, verdadera *hechura* de Dios, que es ahora *pintor famoso* porque ha creado al santo a su imagen y semejanza. En el cuadro hay *sombras* ('el fondo'), *lejos* (unas figuras alejadas de la principal) y *colores* (los materiales de las pinturas). Estas últimas hacen enrojecer a quien contempla el cuadro en la tierra y complacen al pintor. El ritmo es fundamentalmente sáfico, con la incorporación de algún endecasílabo melódico.°

[15]

De Miguel de Cervantes en loor del autor y de la obra.

Soneto

1586

El casto ardor de una amorosa llama,
un sabio pecho a su rigor subjeto,
un desdén sacudido y un afecto
blando, que al alma en dulce fuego inflama;
el bien y el mal a que convida y llama
de amor la fuerza y poderoso efecto,
eternamente en son claro y perfecto
con estas rimas cantará la fama,
llevando el nombre único y famoso
vuestro, felice López Maldonado,
del moreno etiope al cita blanco,
y hará que en balde de laurel honroso
espere alguno verse coronado,
si no os imita y tiene por su blanco.

[15] Cervantes compone este soneto para los preliminares del *Cancionero* de Gabriel López Maldonado. Este ejemplo de su lírica «pública» –poemas que elogian libros de conocidos suyos– se inscribe dentro de una serie de poemas laudatorios escritos por poetas como Luis de Vargas Manrique, Vicente Espinel, Juan de Vergara, Gonzalo Gómez de Luque, Pedro de Padilla, Pedro Liñán de Riaza, Diego de Aguiar y Lázaro Luis Liranzo, con métrica diversa (sonetos, quintillas, tercetos, octavas y canciones). Los cervantinos se sitúan entre los de Vargas y Espinel. El libro lleva aprobación de Alonso de Ercilla y privilegio firmado por Antonio de Eraso. En esta ocasión se trata del encomio («llevando el nombre único y famoso / vuestro, felice López Maldonado, / del moreno etíope al cita blanco», vv. 9-11) de un amigo suyo a quien ya había elogiado de manera muy similar en el «Canto de Calíope» («Aquel que, de los reinos del Aurora / hasta los apartados de Occidente, / es conocido, amado y estimado / por el famoso López Maldonado», estrofa 27), y destacado en el *Quijote*, pues es uno de los libros que se salvan de arder en el capítulo sexto. El soneto destaca el contenido del libro: poemas amorosos neoplatónicos («casto ardor»), efectos del amor, desdenes; pero también algunos de sus re-

11 'de un extremo a otro de la tierra'; se trata de un juego de opuestos: *moreno / blanco*; *etiope* (África) / *escita* (Asia). La voz *etiope* debe leerse con acentuación llana.°

12 *en balde*: 'inútilmente, sin provecho'.

14 *blanco*: 'objetivo, modelo'.

cursos expresivos: juegos de palabras habituales en la poesía de raigambre cancioneril («el bien y el mal a que convida y llama»), claridad expresiva en el camino garcilasiano («en son claro y perfecto», v. 7), etc. Por otra parte, reúne buena parte de los recursos expresivos del manierismo, tan queridos por Cervantes: estructuras duales («un desdén ... y un afecto», «convida y llama», «claro y perfecto», «único y famoso», etc.), sonoridad formal («el casto ardor de una amorosa llama»); complejidad organizativa (*la fama*, el sujeto de la oración principal de los cuartetos, aparece en el verso octavo), dislocaciones oracionales, etc.°

[16]

Del mismo al mismo.

1586

Bien donado sale al mundo
este libro do se encierra
la paz de amor y la guerra,
y aquel fruto sin segundo
de la castellana tierra,
que, aunque le da Maldonado,
va tan rico y bien donado
de sciencia y de discreción
que me afirmo en la razón
de decir que es bien donado.
El sentimiento amoroso
del pecho más encendido
en fuego de amor y herido
de su dardo ponzoñoso
y en la red suya cogido,
el temor y la esperanza
con que el bien y el mal se alcanza
en las empresas de amor
aquí muestra su valor,
su buena o su mala andanza.

[16] Estas cuatro coplas reales (*abbabccddc*) fueron escritas para los preliminares del *Cancionero* de Gabriel López Maldonado y se incorporan justo después del soneto cervantino para el mismo propósito. En ellas se parte del juego de palabras en torno al segundo apellido del poeta (*Bien donado*, *Maldonado*, *Biendonado*), para luego elogiarle, destacando la temática amorosa del cancionero. Por su parte, López Maldonado había escrito un soneto para los preliminares de la *Galatea*, y Cervantes le elogia a su vez en el «Canto de Calíope» y en el capítulo sexto de la primera parte del *Quijote*.

[1] *donado*: nótese el juego de palabras con el apellido, que seguirá en los versos 6-7 y 10.

[9] *razón*: «concepto declarado por palabras» (Covarrubias).

[5] *castellana tierra*: López Maldonado era de Toledo.

[13-15] *fuego*, *dardo* y *red* son sustantivos que forman parte de la imaginería amorosa petrarquista y que, como tantos

Sin flores, sin praderías
y sin los faunos silvanos,
sin yerbas, sin aguas frías,
sin ninfas, sin dioses vanos
y sin apacibles llanos,
en agradables conceptos,
profundos, altos, discretos,
con verdad llana y distinta,
aquí el sabio autor nos pinta
del ciego dios los efetos.
Con declararnos la mengua
y el bien de su ardiente llama
ha dado a su nombre fama
y enriquecido su lengua,
que ya la mejor se llama,
y hanos mostrado que es solo
favorecido de Apolo
con dones tan infinitos
que su fama en sus escritos
irá deste al otro polo.

otros poetas de la época, Cervantes emplea también en *La Galatea* y en la *Epístola a Veneziano*.

[21] *praderías*: 'campos de prados'.

[22] *faunos silvanos*: animales que la mitología convirtió en dioses de los campos y las selvas, de ahí el adjetivo.

[23] *ninfas*: deidades mitológicas asociadas a un lugar concreto de la naturaleza (una fuente, un árbol, etc.).

[35] Elogio del castellano de Toledo, o bien de carácter más general, en la línea de las apologías de la lengua castellana del tiempo y, más específicamente, la que se incluye en el prólogo de la *Galatea*, que acababa de publicarse (en 1585).°

[17]

De Miguel de Cervantes. Soneto

1587

Cual vemos del rosado y rico oriente
la blanca y dura piedra señalarse
y en todo, aunque pequeña, aventajarse
a la mayor del Cáucaso eminente,
tal este, humilde al parecer, presente
puede y debe mirarse y admirarse,
no por la cantidad, mas por mostrarse
ser en su calidad tan excelente.
El que navega por el golfo insano
del mar de pretensiones verá al punto
del cortesano laberinto el hilo.
¡Felice ingenio y venturosa mano,
qu'el deleite y provecho puso junto
en juego alegre, en dulce y claro estilo!

[17] Soneto escrito para los preliminares del libro *Philosophía cortesana moralizada* (1587), de Alonso de Barros. Se trata de un elogio al autor –destacado personaje de la corte de Felipe II– y a la obra. Si por un lado esta sirve para manejarse adecuadamente en la corte (es el *hilo* para guiarse en el *laberinto* de la corte), por otro cumple con el precepto horaciano de enseñar deleitando (v. 13) a través de un estilo «dulce y claro» (v. 14). El poema debe leerse en el contexto de las relaciones literarias y políticas de Cervantes a la vuelta del cautiverio (*La Galatea*, *La Numancia*, etc.), dado que el libro de Barros está dedicado a Mateo Vázquez de Leca, secretario de Felipe II. El descubrimiento en 2014 de unas cartas de Cervantes dirigidas en 1593 al proveedor de la Flota de Indias, Cristóbal de Barros y Peralta, puede abrir nuevas vías para entender los trabajos que, como abastecedor de la flota, Cervantes comenzó en el verano-otoño de 1587, y que este soneto, como otros textos de fechas cercanas, podría haber facilitado. Los dos Barros, Alonso, el escritor y cortesano, y Cristóbal, el proveedor, tienen un nexo en común: ambos proceden de Segovia. Al soneto de Cervantes le precede en el libro otro de Pedro Liñán de Riaza.°

[4] «Verso casi gongorino», según Gaos; o mejor herreriano, dadas las fechas.°

[9] *insano*: 'enfurecido'; cultismo.

[10] *al punto*: 'prontamente, sin la menor dilación'.

[11] *laberinto el hilo*: alusión al mitológico laberinto de Creta y al hilo del que Ariadna proveyó a Teseo para que pudiera salir de él, siguiendo su curso hasta la entrada.°

[18]

De Miguel de Cervantes, soneto.

1587

De la Virgen sin par, santa y bendita
(digo de sus loores), justamente,
haces el rico, sin igual presente
a la sin par cristiana Margarita.
Dándole, quedas rico y queda escrita
tu fama en hojas de metal luciente,
que, a despecho y pesar del diligente
tiempo, será en sus fines infinita:
felice en el sujeto que escogiste,
dichoso en la ocasión que te dio el cielo
de dar a virgen el virgíneo canto;
venturoso también, porque heziste
que den las musas del hispano suelo
admiración al griego, al tusco espanto.

[18] Este soneto se publicó en los preliminares de *Grandezas y excelencias de la Virgen señora nuestra* (1587), de Pedro de Padilla, libro escrito en homenaje a la entrada de Margarita de Austria (1567-1633), nieta de Carlos V, en el convento madrileño de las Descalzas Reales en 1584. Le precede otro soneto laudatorio a cargo de Pedro Liñán de Riaza. Con una acertada combinación rítmica, esencialmente narrativa, pero con algunas concesiones a un cierto lirismo y exaltación (vv. 1-3 y 12-14), el soneto comienza con la referencia al valor del libro que se elogia: la alabanza de la Virgen (*sus loores*) constituye el regalo de Padilla a la nueva monja; tal regalo (vv. 4-8) engrandece al poeta, cuya fama quedará escrita en letras doradas (v. 6). Los tercetos acumulan felicitaciones al carmelita, que es *felice* (v. 9) por el tema que ha escogido; *dichoso* (v. 10) por la ocasión que le ha brindado elegir ese tema; y *venturoso* (v. 12) porque es la admiración y envidia de griegos y romanos (v. 14). Revelador quizás de una sincera devoción de Cervantes por la Virgen, este soneto debe encuadrarse en la serie de composiciones dedicadas a su amigo Padilla (véanse los números 10, 12, 13 y 14) y, como otros, conviene entenderlo en el contexto de las convenciones literarias habituales en la época.°

[4] *Margarita*: la archiduquesa Margarita de Austria (25 de enero de 1567-5 de julio de 1633) era la decimoquinta hija de Maximiliano II de Austria y de María de Austria y Portugal. Tenía diecisiete años de edad cuando ingresó en «el monesterio de la Madre de Dios de Consolación en las Descalzas de Madrid», según reza la portada del libro de Pedro de Padilla.

[14] *tusco*: 'toscano', como en *Viaje del Parnaso*, VIII, 391.°

[19]

Al dotor Francisco Díaz, de Miguel de Cervantes

Soneto

1588

Tú, que con nuevo y sin igual decoro
tantos remedios para un mal ordenas,
bien puedes esperar destas arenas,
del sacro Tajo, las que son de oro,
y el lauro que se debe al que un tesoro
halla de ciencia, con tan ricas venas
de raro advertimiento y salud llenas,
contento y risa del enfermo lloro;
que, por tu industria, una deshecha piedra
mil mármoles, mil bronces a tu fama
dará sin invidiosas competencias;
darate el cielo palma, el suelo yedra,
pues que el uno y el otro ya te llama
espíritu de Apolo en ambas ciencias.

[19] Al doctor Francisco Díaz (1527-1590), aún siendo mayor que Cervantes, le unían a la familia del escritor el ser natural de Barajas y la vecindad alcalaína, además del gusto por las letras. Tales circunstancias –y quizá también una posible intermediación ante la orden Trinitaria para el rescate del escritor– explican no solo el soneto de Cervantes, sino también los versos elogiosos que este le dedica a Díaz en el «Canto de Calíope». Doctor en medicina y maestro en Filosofía por la

[3] *arenas*: se refiere a las del Tajo, común lugar poético, pero también las piedras del riñón que los hallazgos del doctor Díaz consiguen remediar, como más abajo se indica (v. 9).

[4] *sacro*: 'sagrado'. A Garcilaso (égloga III) se debe la conversión del río Tajo en motivo poético al que se asociaban una serie de características, como la creencia, ya desde la antigüedad clásica, de que en sus arenas había oro y también de que en sus aguas moraban unas ninfas (deidades mitológicas).°

[6] *venas*: 'filones'.

[9] *desecha piedra*: la piedra (el cálculo renal) se eliminará gracias al método (*industria*) del cirujano y se convertirá en *mármoles* y *bronces* (v. 10) en los que perdurará la fama del médico. Así obtendrá también el *lauro* (v. 5), la *palma* y la *yedra*, con sus significaciones simbólicas de 'triunfo' a la vez que de 'humildad'.

[14] *ambas ciencias*: Francisco Díaz era doctor en medicina y maestro en filosofía por la Universidad de Alcalá de Henares.

Universidad de Alcalá, Díaz alcanzó a ser cirujano de cámara de Felipe II y una figura destacada en la historia de la urología, ya que el tratado para el que Cervantes escribe el soneto ha sido considerado como una «exposición sistemática y en buena parte original de los afectos urogenitales» (Granjel y Rierra). En este soneto, cuyo tono panegírico supera con mucho al que Lope de Vega dedica al mismo Díaz, Cervantes intenta ligar los conceptos y agudezas que emplea con el contenido del tratado, de tal manera que las piedras del riñón se convierten en arenas que se equiparan a las del dorado Tajo, con evidente remisión al comienzo de la égloga III de Garcilaso. Dichas arenas se engarzan conceptualmente con las «ricas venas» (v. 6), esto es, los hallazgos que permitieron al médico alcalaíno perfeccionar el tratamiento médico de algunas dolencias urológicas. La sombra de Garcilaso es alargada, pues se «erige en fuente transformacional de la materia urológica tratada, basándose ... en las ninfas que a orillas del consagrado río hilaban la estambre de los mitos» (Egido). El primer terceto se refiere a los «remedios» para las enfermedades del riñón que el doctor Díaz estudia en el segundo libro, no sin acordarse de los impostores que querían aprovecharse de sus descubrimientos; de ahí las «invidiosas competencias» (v. 11), que también Lope, en su soneto, había traído a colación (vv. 4-6). Parece, no obstante, que Cervantes leyó con más atención que Lope el libro, o al menos supo entender mejor los alcances del tratado para el que escribió el poema encomiástico. El soneto cervantino demuestra, en fin, «su dominio del decoro y su respeto por la ciencia médica ... su capacidad de ingenio a la hora de establecer agudezas entre los conceptos para convertir asuntos tan humanos y prosaicos como los ventilados por el doctor Francisco Díaz en cuestiones sublimes y ponderables» (Egido).°

[20]

Canción nacida de las varias nuevas que han venido de la armada que fue sobre Inglaterra. De Miguel de Cervantes Saavedra.

1588

Bate, fama veloz, las prestas alas;
rompe del norte las cerradas nieblas;
aligera los pies, llega y destruye
el confuso rumor de nuevas malas
y con tu luz desparce las tinieblas
del crédito español, que de ti huye;
esta preñez concluye
en un parto dichoso que nos muestre
un fin alegre de la ilustre empresa
cuyo fin nos suspende, alivia y pesa,
ya en contienda naval, ya en la terrestre,
hasta que, con tus ojos y tus lenguas,
diciendo ajenas menguas,
de los hijos de España el valor cantes
con que admires al cielo, al suelo espantes.
Di con firme verdad, firme y sigura:
«¿hizo el que pudo la victoria vuestra?

[20] Esta canción debió de componerse en el verano-otoño de 1588 a raíz de la expedición militar contra Inglaterra. Son nueve estancias con envío, compuestas conforme al siguiente esquema métrico: *ABCABCcDEEDFfGG*. Más cercana al estilo heroico de Herrera y con algunos ecos todavía de la poesía cancioneril (vv. 57-66), en la primera estrofa se invoca a la fama para que esta contribuya al éxito de la campaña armada, todo ello teñido de un considerable providencialismo que se extiende a lo largo de la segunda estrofa. En la tercera y cuarta se proporcionan detalles realistas, aunque sin duda hiperbólicos, de una batalla. En la sexta se describe la magnificencia del ejército español y en la séptima la fama profetiza la victoria, al tiempo que se menciona y elogia a los generales españoles que dirigen la flota (el duque de Medina Sidonia y Alejandro Farnesio). La octava describe la ansiosa espera por el resultado final y la última, de lectura difícil, acaso por problemas de la transmisión manuscrita, remata el poema con la invocación a Dios y al rey de España como garantes del éxito de la expedición. El texto, con hiperbolización constante, es coherente con el pensamiento cervantino de esa época, tras la vuelta del cautiverio, y expresa ideas semejantes a las incluidas en la *Numancia* o *El trato de Argel*. ¶ La Gran Armada zarpó de A Coruña el 21 de julio de 1588.°

¿Sentenciado ha su causa el Padre eterno?
¿Bañada queda en roja sangre y pura
la católica espada y fuerte diestra?
En fin, de aquel que asiste a su gobierno
¿poblado ha el hondo infierno
de nuevas almas y de cuerpos lleno
el mar, que a los despojos y banderas
de las naciones pertinaces, fieras,
apenas dio lugar su inmenso seno,
del pirata mayor del occidente
ya inclinada la frente
y puesto al cuello altivo y indomable
del vencimiento el yugo miserable?».
   Di (que al fin lo dirás): «allí volaron
por el aire los cuerpos impelidos
de las fogosas máquinas de guerra;
aquí las aguas su color cambiaron
y la sangre de pechos atrevidos
humedecieron la contraria tierra;
cómo huye o se afierra
este y aquel navío; en cuántos modos
se aparecen las sombras de la muerte;
cómo juega fortuna con la suerte
no mostrándose igual ni firme a todos,
hasta que, por mil varios embarazos,
los españoles brazos
rompiendo por el aire, tierra y fuego
declararon por suyo el mortal juego».
   Píntanos ya un diluvio con razones
causado de un conflicto temeroso
y que le pinta la contraria parte;
mil cuerpos sobreaguados y en montones
confusos otros naden codiciosos
d'entretener la vida en cualquier parte;

[27] El *pirata mayor de occidente* es Francis Drake, que en 1587 saqueó Cádiz, donde destruyó más de treinta navíos destinados a la expedición contra Inglaterra, que se retrasó en parte por esta circunstancia.°

[33] *fogosas*: literalmente, 'que lanzan fuego'; se refiere a los cañones de la artillería naval.

[37] *afierra*: 'se atrapa con un garfio u otros instrumentos'.°

[51] *entretener*: 'diferir, dilatar'.

al descuido y con arte
pinta rotas entenas, jarcias rotas,
quillas sentidas, tablas desclavadas
y de impaciencia y de rigor armadas
las dos, y no en valor, iguales flotas.
Exprime los gemidos excesivos
de aquellos semivivos
que, ardiendo, al agua fría se arrojaban
y en la muerte del fuego muerte hallaban.
Después desto dirás: «en espaciosas,
concertadas hileras va marchando
nuestro cristiano ejército invencible,
las cruzadas banderas victoriosas
al aire con donaire tremolando,
haciendo vista fiera y apacible.
Forma aquel son horrible
que el cóncavo metal despide y forma,
y aquel del atambor que engendra y cría
en el cobarde pecho valentía
y el temor natural trueca y reforma;
haz los reflejos y vislumbres bellas
que, cual claras estrellas,
en las lucidas armas el sol hace
cuando mirar este escuadrón le place».
Esto dicho, revuelve presurosa
y, en los oídos de los dos prudentes,
famosos generales, luego envía
una voz que les diga la gloriosa
estirpe de sus claros ascendientes,
cifra de más que humana valentía.
Al que las naves guía
muéstrale sobre un muro un caballero

53-54 *entenas*: 'verga en la que se asegura la vela latina'; *jarcias*: 'aparejos y cabos de la nave' (véase *Viaje*, I, 274; V, 22); *quillas*: 'pieza en que se asienta la armazón del barco y que lo atraviesa de proa a popa en la parte inferior'.

57 *exprime*: 'declara, expresa con puntualidad'.

68 *cóncavo metal*: 'cualquier instrumento de viento para informar a las tropas'.

72 *vislumbres*: 'destellos'.

78 Los *famosos generales* eran Alejandro Farnesio, duque de Parma (v. 78), y don Alonso Pérez de Guzmán, duque de Medina Sidonia (que mandaba la Armada, v. 82).

más que de hierro de valor armado
y, entre la turba mora, un niño atado
cual entre hambrientos lobos un cordero
y al segundo Abraham que dé la daga
con que el bárbaro haga
el sacrificio horrendo que en el suelo
le dio fama y inmortal gloria en el cielo.
   Dirás al otro que en sus venas tiene
la sangre de Austria, que con esto solo
le dirás cien mil hechos señalados
que, en cuanto el ancho mar cerca y contiene,
y en lo que mira el uno y otro polo,
fueron por sus mayores acabados.
Estos ansí informados,
entra en el escuadrón de nuestra gente
y allá verás, mirando a todas partes,
mil Cides, mil Roldanes y mil Martes,
valiente aquel, aqueste más valiente;
a estos solos les dirás que miren
para que luego aspiren
a concluir la más dudosa hazaña:
«¡hijos, mirad que es vuestra madre España!»,
   la cual, desde que al viento y mar os distes,
cual viuda llora vuestra ausencia larga,
contrita, humilde, tierna, mansa y justa,
los ojos bajos, húmidos y tristes,
cubierto el cuerpo de una tosca sarga,
que de sus galas poco o nada gusta
hasta ver en la injusta

85-90 Los versos hacen alusión al gesto de Alonso Pérez de Guzmán, más conocido como «Guzmán el Bueno», quien, en el sitio de Tarifa (1294), antes de entregar la plaza de Tarifa a los moros prefirió sacrificar a su hijo, cautivo de estos, y lanzó, desde las murallas, el puñal destinado a ello. De ahí la alusión a Abraham, con recuerdo del Génesis 22, 10. Guzmán el Bueno era antepasado de Alonso Pérez de Guzmán.°

91-96 Estas menciones a los antecesores de los generales de la flota no son muy distintas de las que incorpora en su intervención final la Fama en *Numancia*, IV, vv. 2423-2428.

100 El *Cid*, *Roldán* y *Marte* como figuras de guerreros por antonomasia que el refranero también recoge.°

110 *sarga*: 'tejido o tapiz de lienzo sobre el que se bordan o pintan historias'.°

cerviz inglesa puesto el suave yugo
y sus puertas abrir, de error cerradas,
con las romanas llaves dedicadas
a abrir el cielo como al cielo plugo.
Justa es la empresa y vuestro brazo fuerte;
aun de la misma muerte
quitará la victoria de la mano,
cuanto más del vicioso luterano.

Muéstrales, si es posible, un verdadero
retrato del católico monarca
y verán de David la voz y el pecho,
las rodillas por el suelo y un cordero
mirando a quien encierra y guarda un arca
mejor que aquella que Israel ha hecho;
puestos de trecho a trecho,
doce descalzos ángeles mortales,
en quien tanta virtud el cielo encierra,
que, con humilde voz, desde la tierra
pasan del mismo cielo los umbrales.
Con tal cordero, tal monarca y luego
de tales doce el ruego,
diles que está siguro el triunfo y gloria,
y que ya España canta la victoria.

Canción, si vas despacio do te envío,
en todo el cielo fío
que has de cambiar por nuevas de alegría
el nombre de canción en profecía.

[122] Se refiere a Felipe II, al que se superpone el recuerdo del bíblico rey David, pues mira arrodillado a un cordero (uno de los nombres de Cristo) y custodia un arca tan valiosa o más que la que guardaba las tablas de la ley de Israel; de esta manera se convierte en garante de los principios de la fe católica. Además le acompañan doce ángeles descalzos, símbolo de pureza y humildad e iguales en número a las doce tribus de Israel (Apocalipsis 21, 12), con lo que se completa la imagen de Felipe II como estandarte y guía de la más pura y antigua tradición cristiana.°

[139] *profecía*: se ha propuesto un parecido de este envío con el de la canción de Góngora «Levanta, España, tu famosa diestra».°

[21]

Mismo. Canción segunda de la pérdida de la armada que fue a Inglaterra.

1588

Madre de los valientes de la guerra,
archivo de católicos soldados,
crisol donde el amor de Dios se apura,
tierra donde se ve que el cielo entierra
los que han de ser al cielo trasladados
por defensores de la fe más pura:
no te parezca acaso desventura,
¡oh España, madre nuestra!,
ver que tus hijos vuelven a tu seno,
dejando el mar de sus desgracias lleno,
pues no los vuelve la contraria diestra:
vuélvelos la borrasca incontrastable
del viento, mar y el cielo que consiente
que se alce un poco la enemiga frente,
odiosa al cielo, al suelo detestable,

[21] Las primeras noticias del desastre de la Gran Armada llegaron a España en octubre de 1588, de manera que la composición del poema no puede ser anterior a esta circunstancia. Cervantes acude a un esquema métrico similar al de la canción anterior, a base de estancias, pero ahora con rimas y estructura diferentes: solo ocho estancias, pero más largas (*ABCABCCdEEDFGGFHH*). En esta ocasión ya se han conocido las trágicas noticias venidas desde Inglaterra y la composición, convertida en un dolorido lamento, intenta ofrecer consuelo ante la derrota. Como la canción anterior, el texto, con hiperbolización constante, se halla inmerso en el humus ideológico cervantino de la época, tras la vuelta del cautiverio, y expresa ideas semejantes a las incluidas en la *Numancia*, la *Epístola a Mateo Vázquez* o *El trato de Argel*. El ritmo vibrante de las estancias se ve reforzado por la eufonía de muchos de los versos, así como por abundantes versos plurimembres. Por otra parte, abundan los recursos conceptistas, fundamentalmente juegos de palabras, derivaciones y dilogías, que ayudan, por un lado, a enfatizar la sensación de tribulación ante la catástrofe y, por otro, a dar un contenido simbólico al poema, esto es, el mensaje que se quiere trasmitir a través de dos ideas clave desarrolladas al principio y al final: la *vuelta* (vv. 9, 11-12, 19, 29-40) y el *alcance* (vv. 129-136), es decir, la *venganza*.°

12 *incontrastable*: 'invencible'.

porque entonces es cierta la caída
cuando es soberbia y vana la subida.
Abre tus brazos y recoge en ellos
los que vuelven confusos, no rendidos,
pues no se escusa lo que el cielo ordena
ni puede en ningún tiempo los cabellos
tener alguno con la mano asidos
de la calva ocasión en suerte buena,
ni es de acero o diamante la cadena
con que se enlaza y tiene
el buen suceso en los marciales casos
y los más fuertes bríos quedan lasos
del que a los brazos con el viento viene;
y esta vuelta que ves desordenada,
sin duda entiendo que ha de ser la vuelta
del toro, para dar mortal revuelta
a la gente con cuerpos desalmada;
que el cielo, aunque se tarda, no es amigo
de dejar las maldades sin castigo.
A tu león pisado le han la cola;
las vedijas sacude; ya revuelve
a la justa venganza de su ofensa,
no solo suya, que, si fuera sola,
quizá la perdonara; solo vuelve
por la de Dios y en restaurarla piensa;
único es su valor, su fuerza inmensa,
claro su entendimiento,
indignado con causa y tal que a un pecho
cristiano, aunque de mármol fuese hecho,
moviera a justo y vengativo intento

[26] *suceso*: 'éxito'.

[27] *lasos*: 'desfallecidos, flojos'.

[29-30] *y esta vuelta ... la vuelta*: 'regreso' y, en segundo lugar, 'camino' (*Autoridades*, s.v. «la vuelta de»); es una dilogía al estilo de la que más adelante aparecerá en torno a la palabra *alcance*.

[31] *revuelta*: «volver cara al enemigo, para embestirse o invadirle» (*Autoridades*).

[35] El *león* es símbolo heráldico de la casa de Austria.

[39-40] *vuelve por*: 'sale en defensa de', 'defiende' (*Autoridades*, en octava acepción). Siguen las dilogías iniciadas en las primeras estancias a partir del verbo *volver*, lo que no deja de tener ciertas implicaciones simbólicas, es decir, el deseo de volver pronto a Inglaterra para culminar la venganza.

y más que el galo, el turco, el moro mira
con vista aguda y ánimos perplejos
cuáles son los comienzos y los dejos
y dónde pone este león la mira,
porque entonces su suerte está lozana,
en cuanto tiene este león cuartana.
Ea, pues, ¡oh Felipe, señor nuestro,
segundo en nombre y hombre sin segundo,
coluna de la fe segura y fuerte!
Vuelve en suceso más felice y diestro
este designio que fabrica el mundo,
que piensa manso y sin coraje verte
como si no bastasen a moverte
tus puertos salteados
en las remotas Indias apartadas
y en tus casas tus naves abrasadas
y en la ajena los templos profanados;
tus mares llenos de piratas fieros,
por ellos tus armadas encogidas
y en ellos mil haciendas y mil vidas
sujetas a mil bárbaros aceros,
cosas que cada cual por sí es posible
a hacer que se intente aun lo imposible.
Pide, toma, señor, que todo aquello
que tus vasallos tienen se te ofrece
con liberal y valerosa mano
a trueco que al inglés pérfido cuello
pongas el justo yugo que merece
su injusto pecho y proceder insano.
No solo el oro que se adora en vano,
sino sus hijos caros
te darán, cual el suyo dio don Diego,
que, en propria sangre y en ajeno fuego,

[46] En este verso se mencionan los tres grandes enemigos de la España de entonces: franceses, turcos y árabes.

[48] *dejos*: 'finales'.

[51] *cuartana*: 'calentura, casi siempre de origen palúdico, que entra con frío, de cuatro en cuatro días'.

[74] *insano*: 'cruel, enfurecido', como en el poema núm. 5, «¿A quién irá mi doloroso canto», v. 32.

[77] *Diego* es don Diego Fernández de Córdoba, caballero de Calatrava, primer caballerizo de Felipe II y comendador mayor de Castilla, entre otros cargos.

acrisoló los hechos siempre raros
de la casa de Córdoba, que ha dado
catorce mayorazgos a las lanzas
moriscas y, con firmes confianzas,
sus obras y su nombre han dilatado
por la espaciosa redondez del suelo,
que el que así muere vive y gana el cielo.
  En tanto que los brazos levantares,
gran capitán de Dios, en Él espera
ver vencedor tu pueblo y no vencido;
pero si, de cansado, los bajares,
los suyos alzará la gente fiera,
que, para el mal, el malo es atrevido
y en tu perseverancia está incluido
un felice suceso
de la empresa justísima que tomas
y no con ella un solo reino domas,
que a muchos pones de temor el peso;
aseguras los tuyos, fortaleces
lo que la buena fama de ti canta,
que eres un justo horror que al malo espanta
y mano que a los justos favoreces;
alza los brazos, pues, Moisés cristiano,
y pondralos por tierra el luterano.
  Vosotros que, llevados de un deseo
justo y honroso, al mar os entregastes
y el ocio blando y el regalo huistes,
puesto que os imagino ahora y veo
entre el viento y el mar que contrastastes
y los mortales daños que sufristes
de entre Scila y Caribdis no tan tristes

El hijo de don Diego, a quien alude Cervantes más abajo, fue don Felipe Fernández de Córdoba y Lasso de Castilla, ahijado de Felipe II; murió, en efecto, en el desastre de 1588, donde figuraba como embarcado en el galeón *San Marcos*, de la escuadra de Portugal.°

79 *acrisoló*: 'dio esplendor'.

87 *espera*: 'confía', pues *esperar* tenía el valor de «aguardar el suceso de alguna cosa buena» (Covarrubias) y «ansí se dice constantemente "esperar en Dios" con certeza de bondad y misericordia» (*Autoridades*).°

107 *contrastastes*: 'resististeis con firmeza'.

109 *Scila y Caribdis*: peñascos que delimitan el estrecho de Mesina, de difícil

salís que no se vea
en vuestro bravo, varonil semblante
que romperéis por montes de diamante
hasta igualar la desigual pelea:
que los bríos y brazos españoles
quilatan su valor, su fuerza y brío
con la hambre, la sed, calor y frío,
cual se quilata el oro en los crisoles
y, apurados así, son cual la planta,
que al cielo con la carga se levanta.
  El diestro esgrimidor, cuando le toca
quien sabe menos que él, se enciende en ira
y con facilidad se desagravia;
y en la orilla del mar la fuerte roca,
mientras su furia a deshacerla aspira,
muy poco, o nada, su rigor la agravia;
y es común opinión de gente sabia
que, cuanto más ofende
el malo al bueno, tanto más aumenta
el temor del alcance de la cuenta,
que siempre es malo del que mal espende.
Triunfe el pirata, pues, agora, y haga
júbilo y fiestas, porque el mar y el viento
han respondido al gusto de su intento,
sin acordarse si el que debe, paga,
que, al sumar de la cuenta, en el remate,
se hará un alcance que le alcance y mate.
  ¡Oh España, oh rey, oh mílites famosos!,
ofrece, manda, obedeced, que el cielo
en fin ha de ayudar al justo celo,
puesto que los principios sean dudosos
y en la justa ocasión de la porfía
encierra la vitoria su alegría.

navegación a causa de las corrientes; por tanto, 'lugar muy peligroso'.

115 *quilatan*: es decir, 'aquilatan'.

129 *alcance de la cuenta*: 'la deuda'.

130 *espende*: 'gasta'.

136 *un alcance que le alcance*: 'un ataque que le llegue'. Es una dilogía: *alcance* es una técnica de esgrima para conseguir tocar al contrario, o bien porque el brazo es más largo o bien por habilidad; también es la tercera persona del verbo *alcanzar*; y además, como en el verso 129, es un término contable.

[22]

Romance a una cueva muy escura.

1592

Yace donde el sol se pone,
entre dos tajadas peñas,
una entrada de un abismo,
quiero decir, una cueva
profunda, lóbrega, escura,
aquí mojada, allí seca,
propio albergue de la noche,
del horror y las tinieblas.
Por la boca sale un aire
que al alma encendida yela
y un fuego, de cuando en cuando,
que el pecho de yelo quema.
Óyese dentro un ruido
como crujir de cadenas
y unos ayes luengos, tristes,
envueltos en tristes quejas.
Por las funestas paredes,
por los resquicios y quiebras,

[22] El romance presenta al pastor Lauso que cae *como muerto* por el recuerdo de los celos que siente por su querida Silena. Los dos nombres de pastores aparecen también en *La Galatea*, lo que permitiría acercar la fecha del romance en torno a la publicación de aquella, esto es, hacia 1585, cuando Cervantes era un reconocido poeta romancista en la corte madrileña. El primero aparece asimismo en *La casa de los celos y selvas de Ardenia*. En la estructura de la composición se observa el cuartetismo característico del Romancero nuevo y una cuidada elaboración formal en la que no faltan las antítesis tan del gusto cervantino (*fuego*, *hielo*, etc.), los juegos de palabras, las estructuras trimembres, la sonoridad aliterativa, etc. No cabe duda de que este figura entre esos romances infinitos a los que se refiere Cervantes, con expresa mención al que nos ocupa: «Yo he compuesto romances infinitos, / y el de los *Celos* es aquel que estimo, / entre otros que los tengo por malditos» (*Viaje del Parnaso*, IV, 40-42).°

2 *tajadas*: 'cortadas'.

4 No es la única *cueva* que Cervantes describe; recuérdese la de Montesinos, en la segunda parte del *Quijote*.°

18 *quiebras*: 'hendiduras o aberturas en la tierra'.

mil víboras se descubren
y ponzoñosas culebras.

A la entrada tiene puestos,
en una amarilla piedra,
huesos de muerto, encajados
en modo que forman letras,

las cuales, vistas del fuego
que arroja de sí la cueva,
dicen: «Esta es la morada
de los celos y sospechas».

Y un pastor contaba a Lauso
esta maravilla cierta
de la cueva, fuego y yelo,
aullidos, sierpes y piedra;

el cual oyendo, le dijo:

«Pastor, para que te crea
no has menester juramentos
ni hacer la vista esperiencia:
un vivo traslado es ese

de lo que mi pecho encierra,
el cual, como en cueva escura,
no tiene luz ni la espera.

Seco le tienen desdenes,
bañado en lágrimas tiernas,
aire, fuego y los suspiros
le abrasan contino y yelan.

Los lamentables aullidos
son mis continuas querellas,
víboras mis pensamientos,
que en mis entrañas se ceban.

La piedra escrita, amarilla,
es mi sin igual firmeza,
que mis huesos en la muerte
mostrarán que son de piedra.

[29] El nombre de *Lauso* aparece en la *Galatea* referido a un pastor de las riberas del Tajo, amigo de Francenio y Damón, enamorado de Silena. Aunque se han propuesto otros nombres (Ercilla, Barahona de Soto), parece haber unanimidad en la crítica al pensar que detrás de Lauso podría estar el propio Cervantes.°

[42] Eco de Garcilaso, «Estoy contino en lágrimas bañado», soneto 38, v. 1.°

[48] *ceban*: 'alimentan'.

Los celos son los que habitan
en esta morada estrecha,
que engendraron los descuidos
de mi querida Silena».
En pronunciando este nombre,
cayó como muerto en tierra,
que, de memorias de celos,
aquestos fines se esperan.

56 *Silena* es el nombre de una pastora de la *Galatea* a la que solo se nombra, sin que intervenga en el libro. Reaparecerá en el *Viaje del Parnaso*, IV, 52.

59 *memorias*: 'recuerdos', 'evocaciones', como en *Quijote*, I, 8, p. 107.

[23]

1595

El cielo a la Iglesia ofrece
hoy una piedra tan fina
que en la corona divina
del mismo Dios resplandece.

De Miguel Cervantes

Glosa

Tras los dones primitivos
que, en el fervor de su celo,
ofreció la iglesia al cielo,
a sus edificios vivos
dio nuevas piedras el suelo.
Estos dones agradece
a su esposa y la ennoblece,
pues, de parte del esposo,
un Jacinto, el más precioso,
el cielo a la Iglesia ofrece.
Porque el hombre de su gracia
tantas veces se retira
y el Jacinto, al que le mira,
es tan grande su eficacia

[23] Nuestro escritor participó en las justas poéticas que organizó el convento de Santo Domingo de Zaragoza con motivo de la canonización de san Jacinto por Clemente VIII el 14 de abril de 1594. Lo hizo en el segundo de los siete certámenes convocados, consistente en glosar cuatro versos en alabanza al santo canonizado. Cervantes ganó las tres cucharas de plata estipuladas para el primer premio, que acabaron formando parte de la herencia de su hija. La suya es una glosa de cuatro coplas reales a una redondilla con el siguiente esquema métrico: *acbba cddcdaaeea*, la segunda parte de cada una de las coplas reales tiene una de las rimas de la cabeza, pues el último verso de la copla es uno de los de la redondilla. Esta combinación métrica se usaba para los asuntos elevados, mientras que la glosa en coplas

13-15 Según tradición que se remonta a Plinio, parece que el *jacinto* era eficaz para mitigar los accesos de *ira*.°

que le sosiega la ira,
su misma piedad lo inclina
a darlo por medicina,
que en su juicio profundo
ve que ha menester el mundo
hoy una piedra tan fina.

Obró tanto esta virtud
viviendo Jacinto en él
que a los vivos rayos dél,
en una y otra salud,
se restituyó por él.
Crezca gloriosa la mina
que de su luz jacintina
tiene el cielo y tierra llenos,

de arte menor se reservaba para los populares. En las cuatro coplas reales se desarrolla la idea de partida, esto es, el mensaje de que hoy el cielo resplandece con una *piedra tan fina*, en alusión a la canonización de san Jacinto. La primera estrofa juega con el doble significado del sustantivo *Jacinto*, por un lado es el nombre de quien ha sido canonizado, y por otro la flor que el esposo ofrece a la esposa: «pues de parte del esposo, / un Jacinto, el más precioso, / el cielo a la iglesia ofrece» (vv. 8-10). Cervantes acude, en fin, a tópicos teológicos bien conocidos y reiterados, como el del *santo* como una *flor* y la *iglesia* y *Dios* como *esposa* y *esposo*. La segunda estrofa desarrolla el mismo juego en torno al nombre para ponderar las cualidades y virtud del nuevo santo: «y el Jacinto, al que le mira, / es tan grande su eficacia, / que le sosiega la ira, / su misma piedad lo inclina / a darlo por medicina» (vv. 13-17). La estrofa tercera sigue ponderando sus virtudes y sirve de conexión con la última, en la que se concluye que todas las cualidades del ahora santo justifican su canonización, de tal manera que –siguiendo la metáfora expresada en la cabeza de la composición– es piedra que resplandece tanto como el cielo, contrastando el recuerdo que deja en la tierra con su luz en el cielo: «Allá luce ante los ojos / del mismo autor de su gloria, / y acá en gloriosa memoria / de los triumphos y despojos / que sacó de la vitoria». Así pues, sin descartar la posible devoción del autor por este santo, se trata de un ejemplo más de la lírica pública de Cervantes, en la que se reúnen virtuosismo, artificiosidad e intelectualismo. Es una de esas típicas composiciones escritas para justas poéticas, relaciones de fiestas, etc., que constatan la integración del escritor en el ambiente poético español de principios del siglo XVII, donde estaban a la orden del día las academias y los certámenes poéticos, aunque Cervantes los criticara en los versos finales del primer *Quijote*, en el *Viaje del Parnaso* y en la deliciosa conversación entre Don Quijote y Don Lorenzo de Miranda, avanzada la segunda parte de la inmortal novela.°

[24] *una y otra salud*: es decir, 'la del cuerpo y la del alma'.

pues no mereció estar menos
que en la corona divina.

Allá luce ante los ojos
del mismo autor de su gloria
y acá en gloriosa memoria
de los triunfos y despojos
que sacó de la vitoria,
pues si otra luz desfallece
cuando el sol la suya ofrece,
¿qué tan viva y rutilante
será aquesta si delante
del mismo Dios resplandece?

[24]

De Miguel de Cervantes Saavedra

Soneto

1596

No ha menester el que tus hechos canta,
¡oh gran marqués!, el artificio humano
que a la más sutil pluma y docta mano
ellos le ofrecen al que al orbe espanta.
Y este que sobre el cielo se levanta,
llevado de tu nombre soberano,
a par del griego y escritor toscano,
sus sienes ciñe con la verde planta.
Y fue muy justa prevención del cielo
que a un tiempo ejercitases tú la espada
y él su prudente y verdadera pluma,
porque, rompiendo de la invidia el velo,
tu fama, en sus escritos dilatada,
ni olvido o tiempo o muerte la consuma.

[24] Este soneto en elogio de don Álvaro de Bazán, a cuyas órdenes sirvió Cervantes en Lepanto, fue incluido en el libro de Cristóbal Mosquera de Figueroa *Comentario en breve compendio de disciplina militar en que se escribe la jornada de las islas Açores* (Madrid, 1596). El autor, auditor general de la armada, fue vez amigo de Cervantes, lo que ayuda a explicar la publicación del soneto, como también una determinada octava del «Canto de Calíope». En el soneto Cervantes elogia al militar («ejercitases tú la espada», v. 10), pero también al escritor («prudente y verdadera pluma», v. 11). El tono encomiástico explica el ritmo narrativo del texto, compuesto básicamente por versos heroicos y complementado con alguno enfático.

[2] El *marqués* es don Álvaro de Bazán, primer marqués de Santa Cruz (Granada, 12 de diciembre de 1526-Lisboa, 9 de febrero de 1588), que tuvo una participación decisiva en la batalla naval de Lepanto (1571) y bajo cuya dirección se realizó la conquista de las Azores (1582-1583), motivo que origina el libro de Mosquera de Figueroa.

[7] 'cual escritor de la Antigüedad'.

[8] *verde planta*: 'laurel', símbolo de victoria y corona tradicional de los poetas eximios.

[12] *velo*: «metafóricamente se llama también cualquier cosa que encubre o disimula el conocimiento expreso de otra» (*Autoridades*).

[14] Nótese el final tripartito, semejante al que remata el soneto al túmulo sevillano a Felipe II de 1598 (número 27).

[25]

1596

Vimos en julio otra Semana Santa
adornada de varias cofradías
que los soldados llaman compañías,
de quien el vulgo, y no el inglés, se espanta.
Vimos de plumas muchedumbre tanta
que, en obra de catorce o quince días,
volaron los pigmeos y Golías,
y cayó el edificio por la planta.

[25] El tono épico y, por momentos, de exaltación que predomina en las composiciones dedicadas a la Gran Armada de Inglaterra y el soneto a don Álvaro de Bazán ha quedado atrás; el transcurrir de la poesía española del fin de siglo (romancero nuevo, sensación de agotamiento del petrarquismo, metaliteratura), como también el devenir vital de Cervantes, dan paso a la ironía y el desengaño, que encuentran un magnífico ejemplo en este soneto, escrito seguramente en Sevilla, y reconocido como el que muestra por primera vez a un Cervantes con otros tonos y matices, que deja atrás la poesía seria para practicar la burlesca; tras este soneto a la entrada del duque de Medina Sidonia en Cádiz seguirá, un par de años más tarde, el dedicado al túmulo sevillano a Felipe II.°

[1] El 1 de julio de 1596 las tropas inglesas al mando del conde de Essex comenzaron el saqueo de la ciudad de Cádiz, que se prolongó durante quince días. Este es el motivo del que parte el soneto y también una de las *Novelas ejemplares*: *La española inglesa*.°

[2] *cofradías*: 'hermandades de semana santa', muy tradicionales en Andalucía; en lenguaje de germanía también 'muchedumbre' e incluso 'junta de rufianes o ladrones'. Aquí se origina buena parte del contenido irónico del soneto, que se basa en los significados rectos y derivados de las palabras empleadas.

[3] *compañías*: 'unidades militares al mando de un capitán'; ha de notarse el juego metafórico entre *compañías* y *cofradías*, dado que ambas desfilan, si bien unas en la Semana Santa y las otras en julio, en expedición militar.

[5] *plumas*: en sentido recto, 'los adornos de vistosos colores con que se distinguían los soldados', pero metafóricamente es una manera de llamar cobardes a estos; 'hay muchedumbre de plumas', como las de las gallinas, con el significado implícito que conlleva.°

[7] *pigmeos y Golías*: 'pequeños y grandes', esto es, 'todos'; *Golías* es Goliat, el gigante filisteo.°

[8] 'toda la fachada bélica de esa expedición de socorro (el *edificio*) cayó por su planta', esto es, reveló su inconsistencia.°

Bramó el becerro y púsolos en sarta,
ciscose el mundo, obscureciose el cielo,
pronosticando una total ruina,
y al fin en Cádiz, con prudencia harta,
ido ya el conde sin ningún recelo,
entró triunfando el gran duque de Medina.

[9] Nótese la ironía: el capitán Becerra ordena a su compañía que se ponga en hilera (*sarta*) para entrar en Cádiz desfilando, pero la orden se da con un bramido, con el que se juega con el apellido del militar, Becerra, que con ello se convierte en becerro. Como documentos de época constatan, uno de los capitanes al mando de las compañías que salieron de Sevilla para reconquistar Cádiz se llamaba Marco Antonio Becerra.°

[10] *ciscose el mundo*: 'el mundo se cagó de miedo'; *ciscarse*: «tomar uno tan gran miedo que parece estarse entre sí deshaciendo», en la definición eufemística de *Covarrubias*.°

[11] Nótese el juego correlativo con el verso 8.

[13] El *conde* es el de Essex (o de Leste, como dice Cervantes en *La española inglesa*), que dirigía las tropas inglesas; es decir, Robert Devereux, segundo Conde de Essex (Nethewood, 10 de noviembre de 1567-Londres, 25 de febrero de 1601); *recelo*: 'temor', 'sospecha', 'preocupación'.°

[14] Aquí *el gran duque de Medina* es el séptimo duque de Medina Sidonia, don Alonso Pérez de Guzmán y Sotomayor (Sanlúcar de Barrameda, 10 de septiembre de 1550-1619), que había comandado el desastre de la Gran Armada de Inglaterra (1588).°

[26]

Miguel de Cervantes autor de Don Quijote.
Este soneto hice a la muerte de Fernando de Herrera y, para entender el primer cuarteto, advierto que él celebraba en sus versos a una señora debajo deste nombre de Luz. Creo que es de los buenos que he hecho en mi vida.

1597

El que subió por sendas nunca usadas
del sacro monte a la más alta cumbre,
el que a una Luz se hizo todo lumbre
y lágrimas en dulce voz cantadas;
el que con culta vena las sagradas
de Helicón y Pirene en muchedumbre
(libre de toda humana pesadumbre)
bebió y dejó en divinas transformadas;
aquel a quien invidia tuvo Apolo
porque, a par de su Luz, tiende su fama
de donde nace a donde muere el día;

[26] Este soneto que Cervantes dedica a su admirado Fernando de Herrera («sus obras y su fama verdadera / dirán que en ciencias es Hernando solo / del Gange al Nilo, y de uno al otro polo», *La Galatea*, p. 376) plantea problemas sobre su fecha de datación. Me inclino por 1597, año de muerte del poeta sevillano, aunque también se ha fechado en 1604. Perteneciente a los años andaluces de Cervantes, el soneto rebosa veneración. Se ha dudado de su carácter de epitafio, no obstante, el texto presenta un esquema muy similar a uno de los sonetos burlescos del final del primer *Quijote*, donde sí se hace constar explícitamente su condición de epitafio: el del Monicongo, que comienza: «El calvatrueno que adornó la Mancha». Ambos rematan con el mismo verso, «yace debajo desta losa fría», recuerdo acaso de un verso gongorino; y ambos siguen un esquema estructural idéntico. Burlesco el uno, en serio el otro, los dos pueden considerarse como epitafios y se construyen siguiendo un mismo patrón. Escrito, en cualquier caso, en tiempo cercano al óbito del poeta, Cervantes alaba la poesía de Herrera encadenando, a lo largo de los trece primeros versos, elementos que evocan la figura del poeta sevillano (*Luz*, la

[2] *sacro monte*: el Parnaso, sagrado por ser la morada de Apolo y las musas.

[6] *Helicón*: monte de Beocia donde había una fuente consagrada a las musas; *Pirene*: fuente de Corinto.

[11] *de donde nace ... el día*: es decir, 'en oriente y occidente', como en *Viaje*, VI, 125, y *Quijote*, I, «El caballero del Febo a Don Quijote de la Mancha», p. 33.°

el agradable al cielo, al suelo solo,
vuelto en ceniza de su ardiente llama,
yace debajo desta losa fría.

musa a la que dedicaba sus poesías; sus logros poéticos, su fama) y que sirven de sujeto a la oración principal, cuyo verbo y complementos se encontrarán en el endecasílabo final. Este verso ejercería de verdadero *acumen* del epitafio, y los previos funcionarían como la *narratio* del mismo, de manera similar a los dos cuartetos del soneto dedicado a Isabel de Valois pero con un grado mayor de subjetividad. En este la parte objetiva puede a la reflexiva, que es mínima, pero además la descripción se tiñe de gran subjetividad dada la modalidad de endecasílabo empleada: no hay aquí el ritmo funeral y monótono que se observa en el de 1569. En el de 1597 prevalece la admiración a Herrera, de manera que la parte descriptiva (esto es, casi la composición entera) se escribe en versos sáficos, frente al estilo heroico que predomina en el dedicado a la reina.°

12 *al suelo solo*: 'único en la tierra'.°
14 Posible eco de un soneto atribuido a Góngora, «Yace debajo de esta piedra fría», anterior a 1604.°

[27]

Al túmulo del rey en Sevilla

1598

«¡Voto a Dios, que me espanta esta grandeza
y que diera un doblón por escribilla!
Porque, ¿a quién no suspende y maravilla
esta máquina insigne, esta braveza?
¡Por Jesucristo vivo, cada pieza
vale más de un millón, y que es mancilla
que esto no dure un siglo! ¡Oh gran Sevilla,
Roma triunfante en ánimo y riqueza!
¡Apostaré que el ánima del muerto,
por gozar deste sitio, hoy ha dejado
el cielo, donde vive eternamente!»

[27] Este soneto se debió de componer a finales de 1598, una vez construido el túmulo sevillano a Felipe II. Se trata de un soneto con estrambote, acaso uno de los primeros que se escriben en la España del Siglo de Oro, y que ha acabado convirtiéndose en paradigma de este tipo de estructura métrica. Su extraordinaria fortuna, superior a la de ningún otro poema cervantino, alcanzó no menos de dieciocho copias manuscritas de la época, lo que revela una difusión enorme y cuyas variantes «indican que el soneto tuvo una transmisión oral» (Solís de los Santos). A esas copias hay que añadir una impresa de 1654 y otras muchas posteriores, ya

[1] *voto a Dios*: juramento que en la época era una expresión malsonante, casi una blasfemia, y cuyo uso se recriminaba. «Un juramento hay usado entre gente inconsiderada y fanfarrona de *voto a Dios*, sin advertir qué es lo que dicen, ni lo que votan» (Covarrubias). *grandeza*: palabra polisémica que reúne las acepciones de 'exceso, hecho heroico, majestad, poder, dignidad'; el contexto y la rima en *-eza* orientan la palabra por el camino de la ironía. Se refiere al túmulo que la ciudad de Sevilla levantó en honor de Felipe II, fallecido el 13 de septiembre de 1598.°

[2] *doblón*: moneda de oro, la de más valor. El juramento, como otras palabras ('apostaré') y la hipérbole ('más de un millón'), sirve para caracterizar lingüísticamente al soldado.°

[4] *máquina*: 'construcción grande y suntuosa'; *braveza*: 'suntuosidad, excelencia de alguna obra, edificio o templo'.°

[5] Nótese como *máquina*, *braveza* y *pieza* remiten al mismo campo semántico.°

[7] La imagen de Sevilla como ciudad de gran poder económico es tópica en torno a 1600, después de la instauración de la Casa de Contratación de Indias y la llegada y salida de las flotas de América desde principios del siglo XVI. De ahí la comparación con la capital del imperio romano.

Esto oyó un valentón y dijo: «¡Es cierto
lo que dice vuasé, mi so soldado,
y el que dijere lo contrario, miente!».
Y luego encontinente
caló el chapeo, requirió la espada,
miró al soslayo, fuese y no hubo nada.

en el siglo XIX. De una de ellas, la que publica Vicente Salvá y Pérez en su *Gramática de la lengua castellana según ahora se habla* (1830), es interesante recordar la afirmación del editor sobre la difusión del texto: «Como no me acuerdo de que haya ninguno de esta clase de nuestro Parnaso moderno, copiaré *el tan sabido de Cervantes*». La afirmación que acerca de este soneto hace Cervantes en el *Viaje del Parnaso* («honra principal de mis escritos») viene refrendada por esta enorme difusión, por los elogios unánimes que ha recibido así como por el número de páginas que se han escrito sobre él. El soneto (junto con el poema núm. 25) viene siendo considerado como el punto de partida a la reorientación de la carrera literaria de Cervantes hacia la ironía y la burla, con implicaciones que van más allá de lo poético.°

[12] *valentón*: 'fanfarrón, matón'; es novedad léxica de por esos años.°

[13] *vuasé*: 'vuestra merced'; *so*: 'señor', en contracción vulgar.

[14] *miente*: el valentón profiere un *mentís*, como reto y provocación de desafío.°

[15] *encontinente*: 'de inmediato'.°

[16] 'se ajustó el sombrero, comprobó el estado de la espada'.°

[17] *al soslayo*: 'de lado'. Final de carácter casi aforístico en el que resuena un verso de Góngora: «en tierra, en humo, en polvo, en sombra, en nada».°

[28]

1598

Ya que se ha llegado el día,
gran rey, de tus alabanzas,
de la humilde musa mía
escucha, entre las que alcanzas,
las llorosas que te envía,
que, puesto que ya caminas
pisando las perlas finas
de las aulas soberanas,
tal vez palabras humanas
oyen orejas divinas.
¿Por dónde comenzaré
a exagerar tus blasones,
después que te llamaré
padre de las religiones
y defensor de la fe?
Sin duda habré de llamarte
nuevo y pacífico Marte,
pues en sosiego venciste
lo más de cuanto quisiste
y es mucha la menor parte.
Tembló el cita en el oriente,
el bárbaro al mediodía,

[28] Estas coplas, muy olvidadas por la crítica, constituyen un poema elegíaco funeral a Felipe II que parte de la hiperbolización tópica del rey recién fallecido para enumerar sus méritos. No han faltado otras lecturas que ven en los versos cervantinos ironía y crítica velada, como también elementos paradójicos y un punto de ambigüedad. La crítica maneja indistintamente la denominación de quintilla y décima para referirse a la combinación estrófica empleada aquí por Cervantes; nosotros preferimos, sin embargo, considerarlas coplas reales.°

8 *aulas*: 'palacios'.

10 *orejas*: 'oídos'; debía de sonar ya arcaico a finales del siglo XVI, pero quizá influyera el eco de Garcilaso.°

12 *blasones*: 'virtudes, méritos'. Por metonimia, «lo mismo que honor y gloria, tomando la causa por el efecto: pues como los blasones o escudos de armas ilustran y dan estimación a las personas que los traen, así por blasón se entiende el mismo honor y gloria con que fueron adquiridos» (*Autoridades*).

21 *cita*: 'escita', como en el soneto a López Maldonado, poema núm. 15, v. 11.

el luterano al poniente,
y en la tierra siempre fría
temió la indómita gente.
Arauco vio tus banderas
vencedoras y las fieras
ondas del sangriento Egeo
te dieron como en trofeo
las otomanas banderas.
Las virtudes en su punto
en tu pecho se hallaron,
y el poder y el saber junto,
y jamás no te dejaron,
aun casi el cuerpo difunto.
Y lo que más tu valor
sube al extremo mayor,
es que fuiste, cual se advierte,
bueno en vida, bueno en muerte,
y bueno en tu sucesor.
Esta memoria nos dejas,
que es la que el bueno cudicia,
que, amigables y sin quejas,
misericordia y justicia
corrieron en ti parejas,
como la llana humildad
al par de la majestad,
tan sin discrepar un tilde
que fuiste el rey más humilde
y de mayor gravedad.
Quedar las arcas vacías,
donde se encerraba el oro

[26] Diego de Almagro comenzó la conquista de Chile en 1535, pero las batallas y conflictos se prolongaron a lo largo de la segunda mitad del siglo XVI. En 1569 Alonso de Ercilla publicó el primer volumen de *La Araucana*, libro donde se cantaba en octavas reales la conquista de aquellos territorios.°

[48] *tilde*: 'cosa mínima, lo más mínimo'.

[51] Este verso se ha interpretado en ocasiones como una velada crítica a Felipe II. Pero junto con los cuatro siguientes es una evocación del evangelio de san Mateo: «No acumuléis tesoros en esta tierra, donde la polilla y la carcoma echan a perder las cosas, y donde los ladrones socavan y roban. Acumulad mejor tesoros en el cielo, donde ni la polilla ni la carcoma echan a perder las cosas. Porque donde está tu

que dicen que recogías,
nos muestra que tu tesoro
en el cielo lo escondías.
  Desde ahora en los serenos
Elíseos campos amenos,
para siempre gozarás,
sin poder desear más
ni contentarte con menos.

tesoro, allí está también tu corazón» (Mateo, 6, 19-21).°

[57] *Elíseos campos*: en la mitología grecolatina, lugar donde habían de pasar la eternidad las almas de los hombres virtuosos y guerreros heroicos.

[29]

De Miguel de Cervantes

1602

Yace en la parte que es mejor de España
una apacible y siempre verde Vega
a quien Apolo su favor no niega,
pues con las aguas de Helicón la baña.
Júpiter, labrador por grande hazaña,
su ciencia toda en cultivarla entrega;
Cilenio, alegre, en ella se sosiega;
Minerva eternamente la acompaña;
las Musas su Parnaso en ella han hecho;
Venus, honesta, en ella aumenta y cría
la santa multitud de los amores.
Y así, con gusto y general provecho,
nuevos frutos ofrece cada día
de ángeles, de armas, santos y pastores.

[29] Hay discrepancias en la crítica sobre la fecha de redacción del soneto; entre una datación más temprana, en torno a 1597, y otra un poco posterior, alrededor de 1602. En cualquier caso, el soneto marca probablemente el punto final –literariamente hablando– de la amistad entre Cervantes y Lope de Vega, que muy poco después se convertiría en guerra abierta. El soneto emplea un recurso usado de forma reiterada por Cervantes: la asociación del nombre del escritor al que se elogia con un sustantivo afín que le permite desarrollar un concepto poético. Así *el cielo* para la *Celia* de Veneziano (1579), *el donado y bien donado* de López Maldonado (1586), será *el rosal* de Rosel y Fuenllana (1613) y aquí *la vega* de Lope de Vega. A partir de esta asociación, Cervantes describe y sintetiza los frutos de la misma en el último endecasílabo, un verso plurimembre donde se evocan sutilmente las obras de Lope de Vega más recientes: *La Arcadia* (1598), *La Dragontea* (1598), el *Isidro* (1599) y *La hermosura de Angélica* (1602), a las que aluden, respectivamente, los pastores, las armas, los santos y los ángeles. En esta ocasión, el escritor acude a un ritmo predominantemente sáfico con alternancia en los acentos iniciales de apoyo: [1] 4 8 10 y [2] 4 8 10.°

[4] *Helicón* es el monte y (aquí) la fuente consagrados a las musas en Beocia.

[7] *Cilenio*: Mercurio, que había nacido en la montaña más oriental del Peloponeso llamada Cilene, hoy Ziria.°

[10] No ha faltado quien ha propuesto una lectura irónica de estos versos, reconociendo en ellos una alusión a la turbulenta vida amorosa del Fénix de los ingenios.°

[30]

Miguel de Cervantes a Don Diego de Mendoza, y a su fama.

Soneto

1610

En la memoria vive de las gentes,
varón famoso, siglos infinitos,
premio que le merecen tus escritos
por graves, puros, castos y excelentes.
Las ansias en honesta llama ardientes,
los Etnas, los Estigios, los Cocitos
que en ellos suavemente van descritos,
mira si es bien, ¡oh fama!, que los cuentes
y aunque los lleves en ligero vuelo
por cuanto ciñe el mar y el sol rodea
y en láminas de bronce los esculpas;
que así el suelo sabrá que sabe el cielo
que el renombre inmortal que se desea
tal vez le alcanzan amorosas culpas.

[30] Cervantes escribe este soneto para los preliminares de las *Obras del insigne caballero don Diego de Mendoza*, publicadas en Madrid, en 1610. Los protocolos administrativos del libro remiten, el más lejano, a marzo de 1609 (la aprobación del doctor Cetina corresponde al día 30 de ese mes), mientras que las erratas y la tasa son de diciembre de ese mismo año (23 y 29 respectivamente), por lo que el soneto de Cervantes debió de ser escrito dentro de ese plazo, probablemente en primavera, antes de la entrega de materiales al consejo del rey para que comenzase el proceso de autorización y la posterior edición. El de Cervantes es el primero de los poemas preliminares, al que siguen unos cuantos más: de Antonio Hurtado de Mendoza, de Mariana de Vargas y Valderrama y de «un Grande de España» cuyo nombre no se concreta. Se ha defendido la hipótesis de que tras la «Epístola al lector» que encabeza el volumen de las *Obras* se halla también la mano de

[6] *Etnas… Estigios… Cocitos* son tres topónimos que remiten a lugares infernales. El *Etna* es el volcán donde está la fragua de Vulcano; la *Estigia*, la laguna que hace de frontera entre el mundo de los vivos y el de los muertos; y el *Cocito*, un afluente del Aqueronte, por cuyas orillas vagan durante cien años quienes no pueden pagar a Caronte.°

Cervantes (A. Blecua y F. Rico). Diego Hurtado de Mendoza es el Meliso de *La Galatea*, cuyas exequias literarias se relatan en el libro VI. El poema, muy de oficio, constituye un nuevo ejemplo de la lírica pública cervantina, a la par que supone la constatación de uno de los modelos poéticos de Cervantes, comparable, desde esta perspectiva, al dedicado a Fernando de Herrera (núm. 26).°

[31]

Soneto a D. Diego Rosel y Fuenllana, inventor de nuevos artes.
Hecho por Miguel de Cervantes.

1613

Jamás en el jardín de Falerina
ni en la Parnasa, excesible cuesta,
se vio Rosel ni rosa cual es esta,
por quien gimió la maga Dragontina.
Atrás deja la flor que se reclina
en la del Tronto archiducal floresta,
dejando olor por vía manifiesta,
que a la región del cielo la avecina.
Crece, ¡oh muy felice planta!, crece,
y ocupen tus pimpollos todo el orbe,
retumbando, crujiendo y espantando.
El Betis calle, pues el Po enmudece,
y la muerte, que a todo humano sorbe,
sola esta rosa vaya eternizando.

[31] Cervantes escribe este soneto para los preliminares de la *Parte primera de varias explicaciones y transformaciones...* de Diego Rosel y Fuenllana (Nápoles, 1611). Al soneto le preceden otros del doctor Pedro de Contreras y Juan de Figueroa, y le siguen otros de Quevedo, don Juan de Salazar, don Juan Calvo (canónigo de la catedral de Cartagena) y del alférez Martín Calvo, además de otros textos en latín. Del autor del libro poco más se sabe, aparte de lo que figura en la portada: «Sargento Mayor en las Partes de España, y Gobernador de la Ciudad de Santa Ágata en las de Italia por su magestad, natural de Madrid». Se trata de una extensa miscelánea en la que Rosel se ocupa de asuntos diversos, como él mismo señala: «Me distes de sugeto traçasse con inuentiua algunas nueuas aplicaciones, y transformacio-

[1-2] *Falerina*: nombre de un jardín y personaje del *Orlando innamorato* (1486) de Mateo Boiardo, especialmente del libro II, canto II. Calderón le dedicó una zarzuela y una comedia (en colaboración con Francisco de Rojas Zorrilla y Antonio Coello Ochoa), ambas con el mismo título.°

[2] *excesible*: 'que excede, muy grande'; *Parnasa... cuesta* alude al monte Parnaso. °

[4] *Dragontina*: otro personaje del *Orlando innamorato*.

[6] *Tronto*: río de la Italia central, que desemboca en el mar Adriático. Comienza aquí un juego de alusiones que remata en el v. 12.

[8] *región del cielo*: véase el v. 12 de las octavas a Antonio Veneziano, (núm. 9); *avecina*: 'aproxima', como en el poema a Mateo Vázquez (núm. 8), v. 54.

nes, imitando en alguna parte al modelo de nuestro antiguo *Metamorfóseos*, aunque diferente en los pensamientos, mas hauía de ser con pinsión que fuessen deriuadas de un nombre proprio, para que después de arguyendo ingenio fuessen de utilidad, y gusto del que las oyesse, sobre la cual derivación se hauía de hazer la fábula, o historia aplicándola siempre al animal, o persona del dicho nombre» (f. 13). De acuerdo con este propósito, desarrolla Rosel el argumento de la envidia con el elefante, el de la liviandad con el avestruz, el de la vanidad de los hombres con el escarabajo, etc. En la obra se incluyen asimismo poemas, jeroglíficos, discursos moralizantes, etc., elementos que han llevado a calificarla como «peregrino y ridículo libro» (Menéndez Pelayo) o de «miscelánea estrafalaria» (Soons). Lope de Vega, en 1624, decía que era libro para hipocondríacos: «No era menester buscarle las aplicaciones de don Diego Rosel de Fuenllana, un caballero que se llamaba alférez de las partes de España y que imprimió un libro en Nápoles, *De aplicaciones*, que no debría estar sin él ningún hipocondríaco» (*Novelas a Marcia Leonarda*). Siguiendo un recurso ya empleado en las octavas a Veneziano (1579), en las coplas a López Maldonado (1586) y en el soneto a Lope de Vega (1602), Cervantes juega con el apellido del autor, de manera que el libro es una *rosa* del *rosal* de *Rosel*, que supera con mucho las que se pueden encontrar en lugares famosos: el jardín de Falerina –personaje del *Orlando innamorato*– o el monte Parnaso («excesible cuesta»); y también motivo de suspiros para la maga Dragontina, otro personaje del texto de Boiardo. El juego fácil en torno al apellido se extiende al segundo cuarteto, sugiriendo que la rosa que ha criado Rosel supera a cualquier otra flor que haya podido crecer en las riberas del Tronto (río italiano), símil que se retomará en el verso 12 («el Betis calle, pues el Po enmudece»). Las comparaciones dan paso a frases desiderativas y enfáticas («Crece, ¡oh muy felice planta!, crece», v. 9) que sirven para orientar el final del soneto por el camino de la fama que se desea que obtenga todo libro que se publica. El poema responde a la llamada literatura de circunstancias, en este caso los típicos sonetos que se incluían en los preliminares de libros de amigos y conocidos: costumbre de época que Cervantes criticó en el prólogo del primer *Quijote* pero que no por eso dejó de practicar en varias ocasiones. El elogio aparente del libro no deja de tener cierto punto de ironía y burla, no solo por el juego en torno al apellido del autor, demasiado obvio y fácil, sino también por el contenido de algunos versos: «y ocupen tus pimpollos todo el orbe, / retumbando, crujiendo, espantando» (vv. 10-11). No es propio de unos *pimpollos* ('los brotes del *rosal/Rosel*') que *retumben*, *crujan* y *espanten*: la trimembración proporciona un ritmo muy marcado al endecasílabo por la acumulación aliterativa de consonantes nasales, dentales y líquidas, además de vocales *a* y *o*; son gerundios que pueden evocar el movimiento del engranaje de una pieza de artillería –como se corresponde con alguien que es soldado y en un libro que incluye también «términos ... de práctica militar»– pero no del nacimiento de los brotes de un rosal. Este punto de burla e ironía también lo incorpora Quevedo en el soneto que escribe para el mismo propósito que Cervantes («Coronado de lauro, yedra y box»), donde no solo juega con una rima aguda, difícil y cacofónica (*box*, *carcax*, *ax*, *ox*, *latrox*...), sino que acaba el poema con una palabra que remite a un conocido juego de naipes: «pues hizo en todas artes un gran flux».°

[32]

Miguel de Cervantes al secretario Gabriel Pérez del Barrio Angulo

1613

Tal secretario formáis,
Gabriel, en vuestros escritos,
que por siglos infinitos
en él os eternizáis.
De la ignorancia sacáis
la pluma y, en presto vuelo,
de lo más bajo del suelo
al cielo la levantáis.
Desde hoy más la discreción
quedará puesta en su punto
y el hablar y escribir junto
en su mayor perfeción,
que, en esta nueva ocasión,
nos muestra, en breve distancia,
Demóstenes su elegancia
y su estilo Cicerón.
España os está obligada
y con ella el mundo todo,
por la subtileza y modo
de pluma tan bien cortada.

[32] Estas cuatro coplas de arte menor con rima *abbaacca* se insertan en los preliminares del libro de Gabriel Pérez del Barrio Angulo titulado *Dirección de Secretarios de Señores* (Madrid, 1613). Los protocolos administrativos del libro son de 1612, lo que permite suponer que el texto cervantino se compuso en ese año. Del autor poco más se sabe aparte de lo que se indica en la portada, a saber, que era secretario del marqués de los Vélez y «Alcayde de la Villa de Librilla», en la provincia de Murcia, y sobrino de Juan del Barrio, guardadamas y aposentador de Palacio. Según Schevill y Bonilla debió de nacer por los años 1557 o 1558 y vivía aún en 1650. El poema es una suma de expresiones y motivos tópicos que se encadenan para elogiar al autor, cuya obra alcanza la elegancia de Demóstenes y el estilo de Cicerón (vv. 15-16).°

[9] *desde hoy más*: 'en lo sucesivo, de hoy en adelante', como en los núms. 5, «¿A quién irá mi doloroso canto?», v. 76, y 11, «Oh, venturosa, levantada pluma», v. 5.

La adulación defraudada
queda y la lisonja en ella;
la mentira se atropella,
y es la verdad levantada.
Vuestro libro nos informa
que solo vos habéis dado
a la materia de estado
hermosa y cristiana forma;
con la razón se conforma
de tal suerte que en él veo
que, contentando al deseo,
al que es más libre reforma.

[33]

De Miguel de Cervantes, a los éxtasis de nuestra beata madre Teresa de Jesús.

Canción

1615

Virgen fecunda, madre venturosa,
cuyos hijos, criados a tus pechos,
sobre sus fuerzas la virtud alzando,
pisan ahora los dorados techos
de la dulce región maravillosa
que está la gloria de su Dios mostrando:
tú, que ganaste obrando
un nombre en todo el mundo
y un grado sin segundo,
ahora estés ante tu Dios prostrada
en rogar por tus hijos ocupada
o en cosas dignas de tu intento santo,
oye mi voz cansada
y esfuerza, ¡oh madre!, el desmayado canto.

[33] Cervantes participa en Madrid en uno de los muchos certámenes literarios convocados en España para celebrar la beatificación de la madre Teresa de Jesús. El que nos ocupa debió de convocarse en octubre de 1614, para composiciones en latín y castellano, con un jurado compuesto por don Rodrigo de Castro, hijo del conde de Lemos, don Melchor de Moscoso, hijo del conde de Altamira, don Francisco Chacón, hijo del conde de Casarrubios, y Lope de Vega, quien actuó como secretario. Cervantes participó en el tercero de los certámenes propuestos: «Al que con más gracia, erudición y elegante estilo, guardando el rigor lírico, hiciere una canción castellana en la medida de aquella de Garcilaso "El dulce lamentar de dos pastores", a los divinos éxtasis que tuvo nuestra Santa Madre, que no exceda de siete estancias, se le dará un jarro; el segundo, ocho varas de chamelote; y al tercero, unas medias de seda» (*Compendio*, f. 12v; Fernández de Navarrete 1819:486-490).

7-9 Cervantes acude aquí a unos versos bien conocidos de la égloga I de Garcilaso (vv. 7-9) y los incluye en el mismo lugar que el toledano los suyos. Hay que recordar que la canción cervantina formaba parte del tercero de los certámenes poéticos en el que se tenía que imitar precisamente este poema de Garcilaso.

14 *esfuerza*: «anima, infunde aliento» (*Autoridades*).

Luego que de la cuna y las mantillas
sacó Dios tu niñez, diste señales
que Dios para ser suya te guardaba,
mostrando los impulsos celestiales
en ti, con ordinarias maravillas,
que a tu edad tu deseo aventajaba
y, si se descuidaba
de lo que hacer debía,
tal vez luego volvía
mejorado, mostrando codicioso
que el haber parecido perezoso
era un volver atrás para dar salto,
con curso mas brioso,
desde la tierra al cielo, que es más alto.

Fray Diego de San José publicó al año siguiente el libro que recogía no solo el certamen madrileño sino los otros muchos que se celebraron por toda la geografía española. La canción cervantina sigue, en efecto, el esquema métrico de la égloga primera de Garcilaso (*ABCBACcddEEFeF*), repetida a lo largo de siete estrofas, y se cierra con el envío final típico. La imitación del texto garcilasiano explica también la reproducción, en el mismo lugar (vv. 7-9), de tres versos de la égloga, lo que ha sido criticado en distintas ocasiones y enjuiciado acertadamente por Fernández de la Torre: «estamos ante un largo poema forzado por la convocatoria de una justa poética donde no cabe la improvisación, o mejor la poetización libre, sino arreglarse –en terminología de Fernández de Navarrete– a las partes marcadas por el certamen. Cervantes, pues, al participar de nuevo en un festejo acepta los condicionantes impuestos por el mismo». No es muy distinto –por poner un ejemplo– lo que hace el doctor Campezo en su canción, que comienza así: «El dulce lamentar de los pastores, / Cristo y Elías, cada cual celoso, / he de cantar sus quejas imitando; / cuyas ovejas al cantar sabroso / estaban muy atentas, los amores / (casi de sí olvidadas) escuchando. / Tú que ganaste obrando / un nombre en todo el mundo, / y un grado sin segundo, / agora de tu esposo estés al lado / gozando como gozas nuevo estado» (*Compendio*, f. 43v.) ¶ El poema, redactado muy al final de la vida de Cervantes, apenas un año y medio antes de morir, parece reflejar una auténtica devoción religiosa, probablemente reforzada tras su definitiva vuelta a Madrid, donde en 1609 ingresaba en la congregación de Esclavos del Santísimo Sacramento del Olivar y el 8 ocho de junio del mismo año recibía el hábito de la venerable Orden Tercera de San Francisco. La canción recorre la vida de la santa: su infancia y adolescencia, y su nacimiento y muerte, que se unen en un forzado juego de palabras (vv. 57-62). El núcleo central del texto (estrofas 3, 6-7) se dedica al tema de la composición, conforme reza el título; esos arrebatos místicos ya están presentes en la adolescencia de Teresa (vv. 35-42) y constituyen para Cervantes indicios notorios de santidad verdadera pues «todos fueron admirables / y sobrehumanamente / nuevos, continuos, sacros, inefables» (vv. 82-84).°

Creciste y fue creciendo en ti la gana
de obrar en proporción de los favores
con que te regaló la mano eterna,
tales que, al parecer, se alzó a mayores
contigo alegre Dios en la mañana
de tu florida edad, humilde y tierna.
Y así tu ser gobierna,
que poco a poco subes
sobre las densas nubes
de la suerte mortal y así levantas
tu cuerpo al cielo sin fijar las plantas,
que ligero tras sí el alma le lleva
a las regiones santas
con nueva suspensión, con virtud nueva.

Allí su humildad te muestra santa,
acullá se desposa Dios contigo,
aquí misterios altos te revela.
Tierno amante se muestra, dulce amigo
y siendo tu maestro te levanta
al cielo que señala por tu escuela.
Parece se desvela
en hacerte mercedes,
rompe rejas y redes
para buscarte el mágico divino;
tan tu llegado siempre y tan contino
que, si algún afligido a Dios buscara,
acortando camino,
en tu pecho o en tu celda le hallara.

Aunque naciste en Ávila, se puede
decir que en Alba fue donde naciste,
pues allí nace donde muere el justo.
Desde Alba, ¡oh madre!, al cielo te partiste:
alba pura, hermosa, a quien sucede
el claro día del inmenso gusto.

[53] *tan tu llegado*: 'tan allegado, tan cercano'.

[60] Teresa de Cepeda y Ahumada nació en Ávila el 28 de marzo de 1515 y murió en Alba de Tormes el 4 de octubre de 1582. Fue beatificada en 1614 (motivo por el que fue compuesto este poema) y canonizada en 1622.

Que le goces es justo
en éxtasis divinos
por todos los caminos
por donde Dios llevar a un alma sabe,
para darle de sí cuanto ella cabe
y aun la ensancha, dilata y engrandece
y, con amor suave,
a sí y de sí la junta y enriquece.
Como las circunstancias convenibles
que acreditan los éxtasis, que suelen
indicios ser de santidad notoria,
en los tuyos se hallaron, nos impelen
a creer la verdad de los visibles
que nos describe tu discreta historia
y el quedar con vitoria,
honroso triunfo y palma
del infierno y tu alma
más humilde, más sabia y obediente
al fin de tus arrobos, fue evidente
señal que todos fueron admirables
y sobrehumanamente
nuevos, continuos, sacros, inefables.
Ahora, pues, que al cielo te retiras
menospreciando la mortal riqueza
en la inmortalidad que siempre dura
y el visorrey de Dios nos da certeza
que sin enigma y sin espejo miras
de Dios la incomparable hermosura,
colma nuestra ventura:
oye, devota y pía,
los balidos que envía
el rebaño infinito que criaste,
cuando del suelo al cielo el vuelo alzaste,
que no porque dejaste nuestra vida
la caridad dejaste,
que en los cielos está más estendida.

[88] *visorrey*: 'virrey'.

Canción: de ser humilde has de preciarte
cuando quieras al cielo levantarte,
que tiene la humildad naturaleza
de ser el todo y parte
de alzar al cielo la mortal bajeza.

[34]

De Miguel de Cervantes Saavedra.

Soneto

1616

De Turia el cisne más famoso hoy canta
y no para acabar la dulce vida,
que, en sus divinas obras escondida,
a los tiempos y edades se adelanta.
Queda por él canonizada y santa
Teruel; vivos Marcilla y su homicida;
su pluma, por heroica conocida,
en quien se admira el cielo, el suelo espanta.
Su dotrina, su voz, su estilo raro,
(que por tuyos, ¡oh Apolo!, reconoces),
según el vuelo de sus bellas alas,
grabadas por la Fama en mármol pario
y en láminas de bronce, harán que goces
siglos de eternidad, Yagüe de Salas.

[34] Poema publicado entre los preliminares del libro de Juan Yagüe de Salas *Los amantes de Teruel* (Valencia, 1616). Los protocolos administrativos de la obra remiten a enero y julio de 1615, por lo que es de suponer que el poema cervantino debió de componerse antes de esas fechas. Del autor del libro poco se sabe, más allá de que fue secretario del ayuntamiento de Teruel. La obra constituye un largo y erudito poema dividido en veintiséis cantos escritos en endecasílabos sobre los amores –reales o inventados– de Juan Martínez de Marcilla e Isabel de Segura, a quienes la leyenda convirtió en *Los amantes de Teruel* («Queda por él canonizada y santa / Teruel; vivos Marcilla y su homicida», vv. 5-6). El texto de Cervantes, muy de oficio, debe entenderse en el contexto de las convenciones habituales en los libros auriseculares y la tradición –criticada por Cervantes en el prólogo y preliminares del primer *Quijote*– de incorporar en sus preliminares poemas en alabanza del autor.°

[6] *Marcilla* es Juan Martínez de Marcilla, y *su homicida* es Isabel de Segura; los dos son los amantes de Teruel.°

[12] *mármol pario*: un tipo de mármol muy apreciado para hacer esculturas, de grano fino y color muy blanco, que se extraía del monte Parpessa, en la isla griega de Paros.

[35]

De Miguel de Cervantes Saavedra a la señora doña Alfonsa González, monja profesa en el Monasterio de Nuestra Señora de Constantinopla, en la dirección deste libro de la Sacra Minerva.

Soneto

1616

En vuestra sin igual, dulce armonía,
hermosísima Alfonsa, nos reserva
la nueva, la sin par *Sacra Minerva*
cuanto de bueno y santo el cielo cría.
Llega el felice punto, llega el día
en que, si os oye la infernal caterva,
huye gimiendo al centro y, de la acerba
región, suspiros a la tierra envía.

[35] Soneto publicado en los preliminares del libro *Minerva Sacra. Compuesta por el Licenciado Miguel Toledano* (Madrid, 1616), entre los que se encuentran además una décima de Alfonsa González de Salazar a Miguel Toledano, un soneto «de la misma al mismo» y unas décimas de Valdivieso dedicadas a ambos. Poco se sabe del autor del libro más allá de lo que dice la portada: que era clérigo presbítero y natural de la ciudad de Cuenca. Acaso Cervantes lo pudo conocer a través de su yerno Luis de Molina, «o, mejor, de los licenciados Francisco Martínez y Luis Antonio Martínez, curas como él y también naturales de Cuenca, en cuya casa vivía Cervantes y con quienes y el resto de la familia tuvo estrecha amistad hasta su muerte. Solo registro que uno de los curas de la parroquia de Esquivias se llamaba Simón Toledano, y pudo ser hermano de Miguel, y engendrarse aquí la conocencia [*sic*] con nuestro alcalaíno» (Astrana Marín). Lo mismo sucede con doña Alfonsa González de Salazar, la monja a la que va dedicado el libro de Toledano: consta solamente que fue monja francisca profesa en el monasterio de la Madre de Dios de Constantinopla, sito en la madrileña calle de la Almudena, y algo dada a la poesía, según se deduce de sus contribuciones a los preliminares.°

EPÍGRAFE. El de Nuestra Señora de Constantinopla era un viejo convento de monjas franciscanas; fue derribado en 1840.°

6 *infernal caterva*: 'los demonios', es expresión hecha.°

7 *acerba*: 'cruel, terrible, rigurosa'.

8 *región*: el infierno en este caso.

En fin, vos convertís el suelo en cielo
con la voz celestial, con la hermosura
que os hacen parecer ángel divino.
Y así conviene que tal vez el velo
alcéis y descubráis esa luz pura
que nos pone del cielo en el camino.

ÍNDICE DE PRIMEROS VERSOS

TABLA

VIAJE DEL PARNASO

POESÍAS SUELTAS

BIBLIOTECA CLÁSICA BÁSICA
DE LA REAL ACADEMIA ESPAÑOLA

Espasa es un sello de Editorial Planeta, S. A.
Avda. Diagonal, 662-664
08034 Barcelona (España)
www.planetadelibros.com
www.espasa.com

Primera edición: marzo, 2026

Diseño de cubierta: Planeta Arte & Diseño

ISBN: 978-84-670-8108-4
Depósito legal: B. 491-2026

Impreso en España — *Printed in Spain*
Impresión: Egedsa

PEFC Certificado
Este libro procede de bosques gestionados de forma sostenible
PEFC
PEFC/14-38-00305
www.pefc.es